L'Excessive

DU MÊME AUTEUR

Aux éditions Robert Laffont

La Lionne du Boulevard, 1984.
Un homme fatal, 1987.
L'Absent, 1991.
Fanny Stevenson, 1993.
Artemisia, 1998.
Le Salon des petites vertus, 2000.
Le Voleur d'éternité, 2004.

Aux éditions Arthaud

En collaboration avec Christel Mouchard
Elles ont conquis le monde. Les grandes aventurières, 1850-1950, 2007.

Aux éditions Plon

Tout l'honneur des hommes, 2008.

ALEXANDRA LAPIERRE

L'Excessive

PLON
www.plon.fr

© Plon 2010
ISBN : 978-2-259-20625-9

Au panache d'Elizabeth Chudleigh
qui se risqua à inventer son destin,
comme aucun romancier n'aurait osé le faire.

Mieux vaut trop d'audace, que pas assez.
Catherine II, impératrice de Russie

L'extravagante Miss Chudleigh a bien existé.
Les péripéties relatées dans ce livre reposent sur des événements réels.

(1)

Prélude
« La Citoyenne du monde »

Elle était née *Elizabeth Chudleigh*.
D'origine britannique, elle fit son apparition en Russie au mois d'août 1777, à l'âge de cinquante-six ans. Elle s'y présenta toutes voiles dehors, à bord de son propre yacht, un bâtiment aussi grand qu'un vaisseau de guerre, d'un luxe inouï. On n'avait jamais vu un tel navire naviguer sur aucun océan.
On n'avait surtout jamais vu un tel navire affrété par une femme.
Avec insolence, elle avait baptisé le bateau de son propre nom, ou plutôt du titre et du nom que la loi anglaise lui interdisait de porter. Il s'appelait *La Duchesse de Kingston*.

La duchesse de Kingston – la propriétaire – arrivait de Calais. Passionnée d'horticulture, elle avait traversé les mers avec ses arbres et ses plantes vertes, ses graines exotiques et son chef jardinier, un paysagiste de génie qui dessinait les parcs de ses châteaux, dans le Nottinghamshire.
Elle voguait, accompagnée de son cuisinier français, de son chapelain anglican et d'un prêtre catholique... De son orchestre napolitain et de sa troupe de joueurs de fifre irlandais... De ses quatre dames de compagnie,

qu'elle appelait, comme toutes les reines, ses « dames d'honneur » ; de ses huit guenons, de ses perroquets et de ses chiens.

On disait qu'elle pouvait recevoir jusqu'à trente personnes à la table de son carré. Elle l'avait décoré d'énormes cartons de tapisserie, quatre scènes de chasse provenant de l'atelier de Rubens.

L'orgue, qui se dressait dans son salon de musique, agrémentait ses soirées en mer. Les tableaux de la Renaissance italienne, qui ornaient sa salle de bal, délassaient ses yeux des horizons sans fin. Les bustes romains et les statues antiques, qui conduisaient à ses appartements, donnaient la mesure de sa gloire.

Elle-même reposait dans un lit monumental, drapé de damas rouge et couronné de plumes. Elle s'était fait aménager, contigu à sa cabine, un boudoir qui évoquait, en miniature, la galerie des Glaces... Ainsi qu'une salle de bains avec un *water-closet* et une baignoire dorée, deux articles inconnus sur un vaisseau.

*

Catherine II, séduite par tant d'audace, amusée par le charme, par l'esprit et par les richesses de la voyageuse, la reçut comme une amie.

Quant à son tout-puissant ministre – que d'aucuns disaient le mari de l'impératrice –, le prince Potemkine, il fit asseoir la duchesse à sa droite lors des cérémonies officielles. Et la garda en tête à tête, pour s'entretenir avec elle de l'organisation de ses plaisirs en son nouveau domaine d'Ozerki.

La duchesse de Kingston possédait de quoi fasciner Potemkine. Elle dégageait un parfum de stupre et de lucre qui enivrait les sens, envoûtait l'imagination et faisait battre le cœur des hommes.

« *La Citoyenne du monde* »

Le prince Potemkine – et ses aides de camp – ne furent pas les seuls à se laisser captiver.

Le prince Radziwill, un magnat polonais, offrit à la duchesse de Kingston des fêtes superbes, mit à ses pieds sa fortune, et la supplia de l'épouser.
Devant un tel succès, les grandes dames du palais d'Hiver s'interrogèrent.
Elles questionnèrent leurs maris. Elles pressèrent leurs amants : que lui trouvaient-ils de spécial ? Les messieurs, embarrassés, employèrent la même expression, une périphrase qui n'évoquait rien aux rivales de la duchesse. Mais ils choisirent le mot qui résumait pour eux l'essentiel : « Le tempérament... Elle a du tempérament ! »

Casanova, lui-même, qui avait connu Elizabeth Chudleigh dans son fabuleux hôtel à Londres et qui l'avait retrouvée plus tard dans les auberges pouilleuses et les tripots de Naples, lui reconnaissait un cran sans égal, du panache et de la fantaisie.

En dépit de sa noble naissance – ancienne demoiselle d'honneur de la princesse de Galles, elle descendait, entre autres, de George Villiers, premier duc de Buckingham –, elle créait le scandale partout où elle passait.
Une aventurière de haut vol.
Une grande séductrice.

*

En cette fin du XVIIIe siècle, *tous* les ambassadeurs en poste en Russie, mais aussi *toute* l'aristocratie de *toutes* les cours européennes, la haute société du monde entier connaissaient personnellement « Sa Grâce, la duchesse de Kingston ».
Quatre mille personnes étaient même venues assister à son procès.

L'Excessive

C'était il y a juste un an, dans l'Angleterre du roi George III. La Chambre des Lords l'accusait alors d'un crime qui pouvait lui coûter la vie. Elle courait le risque d'être pendue.

Au mieux : marquée au fer rouge.

Princesses russes, marquises françaises, comtesses prussiennes, baronnes belges, toutes ses « amies », avaient passé la Manche pour ne pas manquer le spectacle du siècle. Le tribunal siégeait dans le Hall de Westminster, où seules les plus grandes figures de l'Histoire avaient été jugées. Et condamnées... Le chancelier Thomas More. Les amants d'Anne Boleyn. Le roi Charles Ier.

Et *Miss Chudleigh, duchesse de Kingston.*

Neuf mois plus tard, elle soupait à la droite de Catherine II et bavardait gaiement avec Sa Majesté Impériale, tête haute, la chevelure ornée d'immenses plumes d'autruche, la gorge, les oreilles, les poignets ruisselants de perles et de diamants... *Comment était-ce possible ?*

Cette question, toutes les femmes qui siégeaient à la même table, toutes sans exception, se la posaient.

Après une telle honte, comment était-ce possible ?

La comtesse de N*** – la plus naïve et la plus charitable parmi les curieuses du grand monde –, écrivait dans son journal intime :

« Cette nuit, j'ai revu la duchesse de Kingston dont parlent la Cour et la Ville, sur laquelle chacune fait son histoire. Il y a probablement beaucoup à reprendre sur la sévérité de ses mœurs, beaucoup à redire sur la décence de ses principes. Je n'évoquerai même pas la faiblesse de sa raison. Mais peut-être le Ciel veut-Il que les personnes douées de facultés supérieures payent ces avantages par un autre côté ?

« *La Citoyenne du monde* »

« Quoi qu'il en soit, son existence est l'une des plus romanesques que l'on raconte. Je désirerais vivement savoir la vérité de tout cela… Je n'ai jamais rencontré plus grand air que le sien. Je ne sais pas de salut plus noble et plus gracieux que sa révérence. Elle a le port presque aussi majestueux que celui de l'impératrice. Elle marche comme une déesse. Et cependant les mauvaises langues prétendent qu'elle compte soixante printemps ! Elle en affiche vingt de moins… Quels sont ses secrets ? Cette femme doit en avoir beaucoup, pour avoir réussi à demeurer si digne et si belle. Malgré tout.

« L'éternelle jeunesse, la puissance, la gloire et la richesse… *quand même !* »

(2)

1721-1744
Quand même !
D'un fiancé secret à un mari caché

D'origine noble, oui, mais sans titre.
Orpheline de père, dès l'âge de cinq ans.
Un seul frère, mort à la guerre.
Une mère usée par sept grossesses et presque autant de deuils, une mère veuve, sans beauté, sans fortune et sans espérances.
Résultat : bien avant l'adolescence, Miss Elizabeth Chudleigh avait compris qu'elle ne pourrait compter que sur le Ciel pour assurer son avenir.
Elle comptait donc sur le Ciel. Accessoirement, sur le réseau de relations familiales et mondaines de sa vaste parentèle. Et, plus accessoirement encore, sur ses propres appas.
Elle serait toujours trop pauvre pour se permettre d'habiter Londres ? Aucun problème ! Seule une vie à la campagne, seule une existence de labeur et d'économie lui permettrait de subsister sans déchoir ? Parfait ! Elle adorait le grand air.
Dotée d'un naturel optimiste et d'une solide joie de vivre, elle croyait en son étoile. Même les paysans du Devonshire, où elle grandissait, la qualifiaient d'« ensorceleuse ». Les animaux la suivaient sans qu'elle les appelât, formant autour d'elle une meute débonnaire qui l'accompagnait dans ses courses. Comme le joueur de

L'Excessive

flûte qui attirait les rats, elle charmait les bêtes... Pourquoi pas les maris ?

Excellente amazone à dix ans, fusil formidable à douze, elle montait les étalons les plus vicieux avec passion, chassait le renard et tirait le faisan mieux que les vieux *squires* des environs de « Hall », le manoir délabré des Chudleigh. Quand elle passait au galop sous la futaie, elle incarnait à leurs yeux Diane, déesse de la chasse et de la chasteté. Sur ce dernier point, la chasteté, Miss Chudleigh hésitait encore.

De petite taille, la poitrine pigeonnante, la bouche sensuelle, une longue chevelure brune, une peau de lait, d'immenses yeux bleus : à treize ans, elle ne manquait pas de prétendants. Sa nourrice racontait partout qu'elle était formée depuis belle lurette, et que le hobereau qui l'accepterait sans dot pourrait l'avoir dans l'heure.

Au reste, tous les *gentlemen-farmers* se disaient amoureux d'elle. Les plus jeunes menaçaient même de se tirer une balle dans la tête si « Miss Lizzie » ne répondait pas à leur flamme, tant ses charmes suscitaient de violentes émotions chez les mâles de la région. Elle rougissait des propos qu'ils lui tenaient, promettait tout ce qu'ils demandaient, s'enfuyait très agitée, s'enfermait très émue, perdait le sommeil, perdait quelquefois même l'appétit, mais ne se hâtait pas. Sans doute pressentait-elle qu'une fois mariée, elle passerait en troisième position dans le cœur de son époux ? Après ses chevaux ? Après ses chiens ? Or, elle briguait la première place.

Dans les cœurs, dans les esprits, dans la nature, dans le monde : la première... Ou rien.

Ni rêveuse ni bas-bleu, elle ne ressentait pas ce principe comme une philosophie, pas même comme un désir ou une volonté. Un instinct. Elle serait partout la première... Et la seule. Pas plus. Pas moins.

Elle se reprochait toutefois plusieurs de ses travers, notamment une tendance à la colère qui la transformait en furie. Elle devenait alors si rouge, que seul le jet de plusieurs baquets d'eau en peine figure pouvait la rendre à elle-même. La chance – à ses yeux, le malheur – voulait qu'elle fût d'humeur mobile et qu'elle oubliât ses griefs aussi vite que montaient ses accès de rage. Elle détestait se sentir triste, elle avait son propre mécontentement en horreur : elle ne réussissait donc ni à bouder, ni à se venger. Cela aussi, elle se le reprochait car elle eût voulu savoir se montrer tenace dans la revanche. Même sa mère, que choquait sa difficulté à accepter la contradiction, que scandalisaient ses courroux incontrôlables, la reconnaissait incapable de rancune.

Quant au reste, pour sa propre édification, Miss Chudleigh ne formulait qu'une devise qui se composait de trois adjectifs. Ce mot d'ordre, elle l'avait brodé à quinze ans sur tous ses mouchoirs : *Court, drôle et saisissant.*

Lorsqu'elle fêta ses dix-huit ans, le Ciel, ou plutôt la Providence, se présenta sous la forme d'un vieux satyre, surgissant d'un fourré. Il s'appelait William Pulteney. Chef du parti whig, il deviendrait l'année suivante le premier comte de Bath. Ses adversaires politiques, qui craignaient son éloquence, le jugeaient retors et méchant. Ses amis le tenaient pour lettré, spirituel et malin. Quant à son épouse, ses fermiers et ses créanciers, ils ne lui attribuaient qu'une qualité et qu'un défaut : aussi riche qu'avare... Mais il aimait les femmes intelligentes, qu'il courtisait en général par correspondance, avec, contre toute attente, une nette préférence pour les épistolières intellectuelles, les cérébrales et les pédantes.

Miss Chudleigh débourrait une pouliche dans la clairière quand apparut dans son champ de vision ce personnage d'âge mûr, vêtu en chasseur, le mousquet à la main et la perruque de travers. Elle le reconnut pour ce qu'il était : un ami de son oncle, un voisin de Hall, le plus redoutable de tous, et le plus fameux.

Mais lui, qui ne l'avait pas vue grandir, crut recevoir une flèche en plein cœur :

— Madame, lui déclara-t-il de ce ton solennel dont il usait à la Chambre, heureux le mortel qui sort du bois pour rencontrer la Divinité !

Le trait que la Divinité lui décocha en réponse ne fut pas retenu par la légende. « Courte, drôle et saisissante », la réplique le fit toutefois rire aux éclats. Or Pulteney n'avait pas ri depuis longtemps... Depuis la perte de son enfant, sa fille chérie, qu'il avait tendrement soignée avant de la porter en terre.

Surpris par tant de fraîcheur, séduit par tant d'impertinence, il s'institua d'autorité le mentor de la demoiselle. L'instruction de Miss Chudleigh laissait à désirer ? Il lui donnerait des leçons de grec et de latin, quelques concepts de philosophie, quelques notions de mathématiques. Lui-même était diplômé d'Oxford, grand savant, et féru de culture classique.

Si les connaissances du maître ne furent pas totalement perdues pour l'élève, il rencontra quelques difficultés à faire de sa protégée la sorte d'érudite dont il rêvait. Elle se révéla incapable de raisonner dans l'abstrait. Elle pécha par le manque d'attention. En vérité : elle n'avait aucun goût pour l'étude, et ne deviendrait jamais une lettrée.

Très musicienne toutefois, elle possédait une bonne oreille. Et une mémoire de cheval. Elle avait, de plus, beaucoup d'esprit. Sans parler d'un réel talent pour identifier dans une conversation les détails qui l'intéressaient. Et le don, plus spectaculaire encore, de les resservir à sa façon. Elle donnait au moindre de ses propos un tour original, réinventant selon son cru ce qu'elle avait entendu ailleurs. Dotée d'une forme de mimétisme,

D'un fiancé secret à un mari caché

elle engrangeait les bribes d'un savoir éclectique qui lui servirait en société. Bref, au contact de Pulteney, elle se patinait d'un vernis qui pouvait rendre son bavardage éblouissant. Même son Pygmalion s'y laissait prendre. Par sa rapidité dans la riposte, par la souplesse, par l'humour de ses reparties, elle ne cessait de l'étonner... Et continuait de le faire rire.

Elle finissait par lui donner l'impression qu'elle connaissait une infinité de choses, qu'elle en parlait bien, qu'elle pourrait en dire bien davantage, si elle le voulait. Elle était capable, par exemple, de réciter l'*Énéide* par cœur, un numéro qui laissait croire qu'elle parlait le latin couramment, alors qu'elle ne comprenait pas un mot de ce qu'elle débitait. Pulteney se doutait bien que Virgile ne soulevait pas son enthousiasme, mais il préférait ne pas l'en convaincre, et travaillait à lui inculquer d'autres valeurs.

Il lui apprenait notamment l'importance de conserver son bien et la nécessité de l'accroître. Construire. Agrandir. Acquérir... Faire souche et s'implanter partout. Il lui prêchait la fierté d'étendre ses racines, lui donnait le respect de la propriété foncière et l'amour de la terre. Cette dernière passion, Elizabeth la partageait d'instinct.

Sur ces bases, ils s'entendaient comme larrons en foire.

Si Pulteney eût aimé pousser l'intimité plus loin, l'histoire ne le dit pas.

Les mauvaises langues et les jaloux prétendaient que Miss Chudleigh était devenue sa maîtresse. Elle s'en défendait. Lui-même le niait. Il reconnaissait cependant que sa réserve lui coûtait ; et qu'il avait grand mérite à faire preuve de pareille retenue, face à une telle beauté.

Sa protégée comptait aujourd'hui vingt printemps. Elle incarnait la grâce. La joie. La chaleur. La vie. Son regard, son rire, son pas, tout en elle pétillait de gaieté et d'ardeur... Une merveille. Oui, mais une merveille sans le sou. Pulteney, qui connaissait le poids de l'argent, prenait très précisément la mesure du désastre... Coincée entre le chenil et l'écurie, cette splendeur resterait au manoir de Hall, à élever ses poules. Au mieux, ses coqs de combat... Il ne songeait pas à la doter, mais travaillait à lui trouver une autre place dans le monde.

À la tête de l'opposition, Pulteney – désormais Lord Bath – résistait aux ministres de Sa Majesté George II. Il se trouvait donc lié d'intérêt à la coterie du prince de Galles, fils aîné du roi, qui haïssait son père et cherchait, sinon à l'assassiner, du moins à le chasser et à le remplacer.

Cette communauté de vues permettait à Lord Bath d'échanger certains services avec le prince, dont il s'était institué le champion au Parlement. Il pouvait briguer auprès de lui la faveur de quelques postes pour les membres de sa propre clientèle. Il obtint exactement ce qu'il désirait. Miss Chudleigh entrerait au service de Son Altesse Royale Augusta de Saxe-Gotha, princesse de Galles, épouse de l'héritier de la couronne d'Angleterre, comme demoiselle d'honneur.

Ce miracle, auquel Elizabeth ne s'attendait pas, elle l'accepta comme une évidence.

Elle manifesta sa gratitude en sautant au cou de son bienfaiteur, but trois pintes de bière à sa santé, chanta sa joie debout sur la table, dansa la sarabande jusque dans la chambre de sa mère, mais ne s'interrogea pas sur les changements qui l'attendaient dans sa nouvelle existence. Ni sur la société qu'elle allait devoir affronter.

Elle débarqua à Londres le 11 mai 1743, avec armes et bagages, et passa directement de la diligence de Hartford à Leicester House, la demeure de l'héritier du trône et le plus élégant de tous les palais du West End.

Normal.

Sans titre, sans fortune, elle surgissait de l'obscurité de sa campagne pour se produire sous les flambeaux de la cour d'Angleterre.

Normal.

Sans même une station chez une vieille tante qui l'aurait initiée aux usages du monde, elle gagnait d'un coup l'accès direct et quotidien à toute la noblesse d'Angleterre.

Normal.

Elle allait fréquenter, jour et nuit, la famille royale. Obtenir le droit de se faire appeler « *Honourable* ». Recevoir une rente de deux cents livres par an…

À cette sinécure, nulle ne pouvait prétendre, nulle ne pouvait même rêver, qui ne fût fille de duc ou de comte, rejeton d'un lord siégeant à la Chambre des Pairs, qui ne possédât des milliers d'acres de terres, plusieurs châteaux dans les trois royaumes, et les revenus gigantesques permettant de soutenir un train à la cour.

La hauteur de son extraordinaire position ne lui donna le vertige que lorsqu'elle en mesura l'énormité, la bizarrerie, et toute l'invraisemblance.

Alors seulement, elle prit peur et tomba malade.

Trop tard. *Nage ou coule*.

Elle nagea.

« Comme un poisson dans l'eau, raconterait bientôt la princesse de Galles, Miss Chudleigh s'installa chez nous. À peine remise de son étourdissement, elle fit sensation. Elle eut, dès qu'elle parut, quantité d'amies, bien davantage encore d'admirateurs. Pour moi, je m'y attachai sur-le-champ. »

***

Son premier coup fut un coup de maître. Courte, drôle et saisissante, elle frappa au plus haut, tout de suite.

Moins d'une semaine après son installation à la cour de la princesse de Galles, elle échangeait le baiser qui allait sceller son destin en s'attachant le cœur de James, sixième duc de Hamilton. L'un des plus jolis garçons du royaume. L'un des plus riches. Et l'un des plus titrés.

D'origine écossaise, éduqué à Winchester College, diplômé en droit d'Oxford, « Jamie » venait d'hériter de la fortune et de toutes les charges de son père, le cinquième duc, mort en mars. Cette disparition le rendait libre de ses appétits. Le jeu, le vin, les filles lui avaient constitué, en trois mois, un portrait moral assez complet.

Aucun des tripots de Londres ne lui était inconnu. Il entretenait plusieurs actrices et compromettait, avec un bel instinct, toutes les jeunes personnes qu'il approchait. Il avait le sang chaud. La tête lui tournait devant la multitude des voluptés qui s'offraient à son caprice.

Mais devant Miss Chudleigh, il reconnut la promesse du bonheur suprême.

Fasciné par son piquant, il oublia d'un coup ses prétentions au vice et l'aima avec la fougue et la sincérité de sa jeunesse. Il avait trois ans de moins qu'elle. Il s'en éprit à la folie.

— Je fais le serment de ne vivre que pour vous, Elizabeth !

— J'aimerais mieux avoir du chagrin, pleurer tous les jours, toutes les nuits, plutôt que cesser de croire en votre amitié.

— Vous ne verserez jamais une larme.

En dépit de sa gourmandise et de sa sensualité, Elizabeth n'avait pas connu l'amour. Elle était même restée étrangement sage. Une tentative de flirt avec son cousin ne l'avait pas satisfaite. Le marivaudage avec Pulteney l'avait flattée sans l'émouvoir... Pourquoi aurait-elle cédé à des demi-tentations dont elle devinait qu'elles ne lui causeraient que des demi-transports ? *Tout ou rien.* Ses soupirants du Hampshire ne lui plaisaient qu'à moitié : elle avait donc refusé leurs avances.

En recevant les hommages du duc, elle se livrait à sa première inclination. Ils s'enflammèrent l'un l'autre. Elle n'avait pas connu l'amour ? Elle découvrit la passion dans les bras de ce jeune Écossais qui jouissait de la vie, presque aussi ardemment qu'elle.

Rubans volés, mouchoirs oubliés, billets doux et poèmes échangés, ils ne s'embarrassèrent pas longtemps des rites d'usage. Passant du regard aux mains, et des frôlements aux étreintes, ils allèrent au fond du parc s'accorder, dans le susurrement des jets d'eau, les moins chastes des privautés.

Ils n'étaient pas les seuls à pousser l'idylle jusqu'aux limites de la décence. La frivolité et la galanterie, le goût du sport et celui du jeu régnaient en maître sur le milieu où Elizabeth venait d'échouer. Elle en acceptait les règles, elle en respectait intuitivement les artifices et la légèreté. Mais gare ! À l'ombre des Dianes et des Pomones, les demoiselles de la princesse de Galles ne concédaient *rien* au-dessous de la ceinture. Cet absolu-là n'avait pas dans le vocabulaire d'Elizabeth son sens habituel : il voulait dire *presque* rien ou *si peu*.

Pour le reste, son service se réduisait au minimum. Elle ouvrait les rideaux de l'alcôve princière le matin, vêtait et dévêtait *Her Royal Highness*, L'accompagnait à la promenade, Lui faisait la lecture, jouait Sa partie de whist et partageait avec Elle les multiples plaisirs de la nuit. L'opéra. La comédie. Le bal...

Les contraintes de la cour, la petitesse des intrigues, le joug de l'étiquette, tout à Leicester House aurait dû lui

L'Excessive

peser. Elle, qui aimait tant la nature... Elle, qui avait tant besoin d'air... Elle, qui ne maîtrisait ses fureurs qu'avec tant de peine, et ne cachait ses joies qu'au prix de tels efforts... Comment aurait-elle pu survivre dans cet univers confiné où le moindre mouvement de l'âme ne se justifiait que par la recherche de l'illusion et le triomphe des apparences ? Comment supporter le mensonge, l'hypocrisie, la jalousie ? Erreur : aucune de ces tares ne lui causa la moindre gêne, ni même un vague désagrément. Dans les dédales et les labyrinthes du parc, dans les fausses perspectives des galeries, dans les architectures feintes des plafonds, dans tous les trompe-l'œil du palais, elle avait trouvé son paradis. Et, comble du paradoxe, la plus douce de ses découvertes n'était autre que la sincérité de l'affection qui la liait à la princesse de Galles.

Augusta, sensiblement du même âge que les treize demoiselles qui lui étaient imposées, venait de fêter son vingt-troisième anniversaire. D'origine allemande, elle avait épousé son mari à seize ans et l'avait suivi avec une belle énergie neuf mois plus tard, quand il l'avait arrachée de son lit au palais de Hampton Court. Elle était alors dans les douleurs, prête à accoucher de leur premier bébé. Prenant le risque de la tuer et de tuer l'enfant, le prince l'avait jetée dans un carrosse. Tandis que la sage-femme et les dames d'honneur épongeaient l'hémorragie à grand renfort de mouchoirs, il l'avait conduite au grand galop à Londres. Le but de la manœuvre était d'ôter à ses propres parents, le roi et la reine d'Angleterre, la joie de voir naître leur héritier chez eux.

Augusta était aujourd'hui mère de deux filles et de deux garçons, enceinte de nouveau. Ses grossesses ne l'empêchaient pas de rester svelte, de jouer au cricket, et

D'un fiancé secret à un mari caché

de danser chaque nuit tout son soûl. Sa nature bienveillante lui permettait d'accepter sans drame les multiples infidélités de son mari. Elle exigeait seulement des maîtresses de Frédéric qu'elles ne la privent pas, elle, de la présence de son époux, et qu'elles vivent sous son toit. Le prince, qui n'en demandait pas tant, semblait comblé par la vie conjugale.

Ses rapports désastreux avec son propre père avaient cimenté son mariage, instaurant autour du couple une atmosphère de révolte et de fronde qui convenait à la jeunesse d'Écosse, d'Irlande et d'Angleterre. Les irrévérencieux des trois royaumes se regroupaient à la petite cour de Leicester House. On y désobéissait en tout, s'opposait en tout, contrevenait en tout aux ordres et aux goûts de George II.

Le roi n'avait guère le sens esthétique, détestait la littérature et s'intéressait peu aux arts ? Le prince de Galles, en réaction, protégeait les artistes. Il logeait le peintre Jean-Baptiste Van Loo, s'entourait de graveurs, d'architectes, et d'auteurs dramatiques. « Son » poète avait composé pour lui *Rule Britannia*, que « son » compositeur avait mis en musique. Ce chant patriotique, qui connaissait depuis quelques années une popularité sans égale, lui servait d'outil pour propager ses idées sur la puissance maritime de son pays, l'une des marottes qu'il partageait avec Pulteney. Pour le reste, excellent violoncelliste lui-même, le prince Frédéric soutenait l'« Opéra de la Noblesse » contre le « Théâtre du Roi ». La troupe de *Lincoln Inn's Field* contre celle de *Drury Lane*... Bononcini, Porpora, Farinelli, tous les musiciens italiens contre Haendel.

Sur le terrain de la musique, Elizabeth pouvait, sans trop de difficulté, suivre ses nouveaux maîtres. Elle retenait les airs à la mode, était dotée d'une jolie voix, et jouait passablement du clavecin.

L'Excessive

On aimait surtout l'entendre à la harpe, un instrument qui lui permettait de dévoiler sa cheville, en avançant son petit pied sous sa jupe. On admirait aussi la rondeur de son bras et – quand elle se penchait en avant pour atteindre la dernière corde –, quelques-uns des avantages de son décolleté. L'ensemble devenait chaque jour plus populaire.

Sans vapeurs, sans états d'âme, pleine d'enthousiasme et d'imagination, elle se révélait une véritable perle pour animer tous les divertissements. Elle imitait à « mourir de rire les ridicules des vieux croûtons », les courtisans du roi, au palais Saint James. Son sens de la repartie, qui lui avait attiré la faveur de Pulteney, lui valait une réputation d'esprit que nul n'osait aujourd'hui lui contester.

Bref, la « piquante » Miss Chudleigh était devenue, en moins d'un an, la plus flamboyante des filles d'honneur, l'incarnation même de la jeune cour.

Ses amours avec un parti très convoité lui attiraient, certes, quelques inimitiés parmi ses consœurs. Toutes étaient riches, nobles et titrées : comment n'auraient-elles pas considéré la fréquentation d'une Miss Chudleigh comme une insulte aux prérogatives de leur naissance et de leur fortune ? Comment ne se seraient-elles pas senties offensées par la concurrence d'une Miss Chudleigh dans la course au mariage ? Aucune néanmoins n'osait se plaindre. Et pour cause ! Miss Chudleigh s'était assuré l'appui des trois plus spirituelles et des trois plus puissantes d'entre elles : Miss Charlotte Dives, déjà fiancée à Lord Masham ; Miss Lucy Boscowen, future Lady Frederick ; et Miss Catherine Hyde, promise au duc de Queensbury. Ces trois grâces, qu'amusaient ses saillies, qu'émouvait sa pauvreté, qu'intriguait sa différence, lui prêtaient le montant de ses mises au whist, lui offraient leurs rubans, lui cédaient leurs colifichets, et surtout, surtout, soutenaient sa réputation du tranchant de leur langue et de la malice de leur verve. Ensemble, les quatre insolentes formaient un escadron auquel mieux valait ne pas s'attaquer.

Seule ombre au tableau : l'omniprésence de Lady Archibald Hamilton, qui régentait la maison et se flattait de rabattre le caquet de la petite Chudleigh sans risques de représailles.

Lady Hamilton avait quarante-deux ans et dix enfants. Elle était la tante de James, sixième duc du nom. Elle était aussi la « Mistress of the Robes » de la princesse de Galles. Elle était surtout la maîtresse du prince de Galles. La favorite en titre, depuis près d'une décennie. Même la princesse Augusta s'impatientait de sa tyrannie, et de l'invasion des rejetons « Hamilton » que Lady Archibald importait d'Écosse. Ils débarquaient si nombreux que les amies de la princesse trouvaient drôle de n'appeler que « Mr. Hamilton » ou « Mrs. Hamilton » tous les inconnus qu'elles rencontraient au palais. Lady Archibald renvoyait les impertinentes à leurs affaires et travaillait à favoriser les alliances de ses filles et de ses neveux. Parmi ses proches, seul « Jamie » était un héritier. Elle veillait au grain : hors de question de le laisser filer avec une « aventurière » ! Le mot était lancé : il ne lâcherait plus Miss Chudleigh.

— Je ne vous ai jamais tant aimée que depuis qu'on cherche à me séparer de vous ! Mais...

Mais le duc de Hamilton était mineur : il avait dix-neuf ans. Il ne pouvait qu'obéir à sa famille qui cherchait à interrompre ses amours en l'expédiant sur le continent. Il accomplirait son Grand Tour, le voyage sur les traces de la culture grecque et latine, si nécessaire à l'éducation d'un lord. Il visiterait la France, l'Italie, pousserait jusqu'à Athènes et Constantinople, et resterait absent plus d'une année.

L'Excessive

— Vous m'oublierez, soupirait Elizabeth, jouant la carte du réalisme et de la philosophie.
— Vous oublier ! Comment pouvez-vous ajouter l'insulte au chagrin ? Vous ne savez pas ce que je souffre ! Quand je ne vous vois pas, je ne désire plus rien, quand je vous vois, je ne désire que vous. Je vous aime à en mourir !
— Et moi, croyez-vous que je puisse vivre sans vous ?
— Courtisée comme vous l'êtes, Elizabeth, recherchée par tous vos amis, aurez-vous la patience de m'attendre ?
— Vous m'oublierez, vous dis-je. Et je ne vous en blâme pas... Devant toutes les merveilles que vous allez découvrir, vous n'aurez d'autre choix que celui-là... L'oubli. La pauvre Elizabeth vous paraîtra si laide, si lointaine et si pâle ! Je le sens bien, moi, qu'avant un mois, vous ne m'aimerez plus. Et que votre mère, que votre tante...
— ... en seront pour leurs frais. Je vous jure, moi, de ne jamais changer à votre égard. Je jure sur la Bible de vous aimer éternellement. Le garant de ma foi sera la lettre que je vous écrirai chaque jour. Où que je sois, Elizabeth, en mer ou sur terre, dans le vent ou dans la tempête, à Paris ou à Rome, sur tous les chemins, dans toutes les auberges, à tous les relais, je fais le serment de vous écrire. Je ne ferai que cela chaque matin et chaque soir, je dépenserai ma fortune en messagers, mais vous aurez ma lettre tous les jours, et je resterai à vos côtés, je vous en donne ma parole... Promettez-moi la pareille : une lettre par jour. Nous serons l'un à l'autre, malgré l'espace, malgré le temps, malgré cette affreuse séparation qu'on nous impose... M'épouserez-vous à mon retour, Elizabeth ? Accepterez-vous de devenir la sixième duchesse de Hamilton, ma femme très chérie ? Je consacrerai mon existence entière à votre bonheur ! À mon retour, le voulez-vous ?

D'un fiancé secret à un mari caché

Ils se quittèrent en février 1744, chacun laissant au cou de l'autre une bague tressée de leurs cheveux – une boucle brune qu'il garderait sur son cœur, une blonde qu'elle porterait dans son giron –, le gage devant Dieu de leurs secrètes fiançailles.

Le duc de Hamilton abandonnait derrière lui une Miss Chudleigh dont la mélancolie et le besoin de solitude ne lui ressemblaient pas. Sans appétit, sans insolence, elle semblait avoir perdu jusqu'à son sens de l'humour. Le rêve d'épouser le duc, le rêve de devenir *Sa Grâce, la Duchesse de Hamilton*, ne la quittait plus. Non qu'elle aimât Jamie par intérêt. Mais sa passion, désormais indissociable du désir de grandeur, l'enfiévrait et l'obsédait.

Enfermée dans sa mansarde, elle noircissait des volumes et ne sortait de sa frénésie épistolaire que pour s'informer de l'heure du départ des courriers... Et pour presser les cavaliers de porter ses propres missives à Sa Grâce, avant son embarquement... Au galop, combien de temps leur faudrait-il jusqu'à Douvres ? Combien entre Calais et Paris ? Et de Paris à... Une semaine ? Un mois ?

Contre toute attente, les airs absents d'Elizabeth accrurent ses succès auprès de ses admirateurs. Elle chantait le lamento de Didon avec une sensibilité qui leur donnait la chair de poule, et dansait le menuet avec une langueur qui soulignait la plénitude de ses charmes. L'évanescence et l'amour seyaient à sa beauté.

En vérité, durant le printemps 1744, la popularité mondaine de Miss Chudleigh atteignit des sommets. Jamais elle n'avait été plus courtisée que depuis qu'elle paraissait inatteignable. Qui réussirait à la ravir à ce brave Hamilton ? Tous se posaient la question. Tous se mettaient sur les rangs. Chacun se flattait de la conquérir. Les paris étaient ouverts.

L'Excessive

En fait de fiançailles secrètes, même Sa Majesté George II savait qu'une protégée de son ennemi, l'avare, l'infâme Pulteney, une demoiselle très désargentée au service de sa belle-fille, recevait les hommages du petit duc écossais... Qu'elle l'avait ferré, au point que ce fou lui avait promis le mariage... Et que la mère et la tante du jeune homme ne se ménageaient pas pour empêcher pareille mésalliance.

« L'épousera ? » « L'épousera pas ? » À la cour de Saint James – la grande cour –, les paris étaient ouverts aussi. Combien de temps pouvait durer la constance d'un rejeton des Hamilton ? Combien de temps, la fidélité d'une Miss Chudleigh ?

Les premiers temps, Jamie se surpassa : ses messagers arrivaient sinon chaque jour, au moins deux fois par semaine à Leicester House. Les voitures aux armes du duc dans les allées, les postillons à la livrée du duc dans les galeries, les sacoches aux couleurs du duc dans l'escalier... Elizabeth, que flattait ce remue-ménage autour de sa personne, n'aimait rien tant que de se trouver ainsi au centre des conversations et de la convoitise.

En mars, les lettres s'espacèrent un peu... Et pour cause ! Le malheureux avait passé la Manche.

En avril, elles arrivèrent de Versailles, plus nombreuses que jamais.

La présence du duc de Hamilton chez Louis XV aurait pu toutefois paraître improbable : la France et l'Angleterre entraient en guerre et les relations entre les deux cours tournaient au désastre. Les origines écossaises du duc expliquaient-elles un accueil si favorable ? Certainement. La France, toujours aussi perfide, soutenait les prétentions des Stuart – d'origine écossaise, eux aussi – contre la dynastie des Hanovre qui régnait sur l'Angleterre... Au fond, quelle importance ? Les méandres de l'Histoire n'éveillaient pas l'intérêt – ou la méfiance – d'Elizabeth.

D'autres rapports en revanche, émanant d'autres voyageurs, pouvaient susciter son inquiétude. Ceux-là racontaient que l'impétueux duc de Hamilton avait repris du poil de la bête, qu'il avait retrouvé, chemin faisant, certaines de ses bonnes vieilles habitudes, qu'il semblait même beaucoup se plaire en compagnie des servantes d'auberge. Ils disaient aussi qu'il jouait gros jeu et qu'il avait gagné des sommes folles chez une certaine duchesse française, liée au cercle de Mme de Châteauroux, la maîtresse du roi. « Heureux aux cartes, malheureux en amour » : Elizabeth affectait de ne pas entendre la sorte d'adage dont les cousins de l'absent la régalaient. Lady Archibald Hamilton, quant à elle, ne tarissait pas sur le bon air du continent qui avait rendu la santé à ce cher Jamie.

Lorsqu'il partit pour l'Italie, les nouvelles cessèrent de nouveau. Elles ne reprirent, plus rares, qu'à son arrivée à Gênes, en juin.

*

De son côté, le cercle de Leicester House quitta Londres et se dispersa. Les demoiselles d'honneur se retiraient dans leur famille, comme il était d'usage durant la saison d'été.

Elizabeth partit en villégiature chez l'un de ses parents, grand ami de Pulteney, un cousin qui venait de perdre sa femme. Ne pouvant loger seule sous le toit d'un célibataire, fût-il un veuf beaucoup plus âgé, elle se fit accompagner par l'une de leurs tantes, un chaperon selon son cœur. Mrs. Hanmer appartenait à cette catégorie de vieilles dames pleines de joie de vivre, d'énergie, d'entregent et de curiosité, qui forcent l'admiration. Une

L'Excessive

merveilleuse vieille dame. Ou, selon l'éclairage, une douairière stupide et redoutable. Quoi qu'il en soit, la tante Hanmer n'avait rien d'une duègne.

On disait même qu'elle avait été très courtisée dans sa jeunesse : une beauté. Outre son énergie et son franc-parler, elle partageait avec Elizabeth certains autres traits. Elle était de petite taille, le regard bleu, l'allure déterminée. Là, s'arrêtait leur ressemblance, car Mrs. Hanmer pesait lourd et marchait à tout petits pas.

Son embonpoint et son emphysème ne l'empêchaient pas de s'introduire partout. De ses succès d'antan, elle gardait un réseau de relations qu'elle cultivait frénétiquement. Issue, elle aussi, de la race insubmersible des Villiers, elle avait fait un mariage très au-dessous de sa naissance avec un négociant qu'elle ne présentait nulle part. Cette mésalliance lui avait apporté une fortune confortable qu'elle affectait de mépriser ; cette mésalliance l'avait surtout frustrée du rôle de premier plan qu'elle aurait dû jouer. Elle ne s'en remettait pas.

« Paysanne tant que tu voudras, aimait-elle à répéter en instruisant sa nièce... Bourgeoise, jamais ! »

Plus férue de titres et de généalogie, plus au fait des usages de la noblesse, et plus mondaine que la fille de son amie d'enfance qui avait fort bien réussi dans le monde – Lady Archibald Hamilton, la tante de Jamie –, Mrs. Hanmer se voulait informée de tout ce qui se passait dans les deux cours. Elle n'ignorait donc aucun détail des amours de sa nièce. Aussi snob que réaliste, elle jugeait sévèrement les prétentions d'Elizabeth. Elle savait elle, de source sûre, que jamais le duc de Hamilton ne l'épouserait. La pauvre Elizabeth n'avait pas une chance. La pauvre Elizabeth perdait un temps précieux. La pauvre Elizabeth n'était qu'une vieille fille de vingt-trois ans qui se construisait des châteaux en Espagne. La pauvre Elizabeth devait s'employer à trouver un parti sérieux. Et vite.

D'un fiancé secret à un mari caché

Elizabeth quitta Londres, très préoccupée de la façon dont les lettres de Jamie la suivraient dans le Hampshire. Elle avait pris toutes les précautions pour que les messagers du duc sachent où la rejoindre, et n'avait pas choisi au hasard le manoir de Lainston : un important réseau de routes sillonnait la région. La proximité de Salisbury permettrait de la trouver sans difficulté.

Durant le voyage, Mrs. Hanmer insista sur les multiples distractions qui les attendaient chez le cousin John. Elle lui décrivit le joli manoir de Lainston comme le haut lieu de tous les rendez-vous de la *gentry*. Les bals et les dîners s'y succédaient, fréquentés par ce que l'aristocratie comptait de plus recommandable. D'autant qu'à l'occasion des grandes courses de chevaux à Winchester, les courses très élégantes de juillet, les voisins donnaient eux aussi des fêtes. Et que les somptueuses propriétés des environs – Mrs. Hanmer montrait les cheminées au-dessus des bosquets – s'emplissaient de charmants jeunes gens, issus des meilleures familles.

Quand la voiture s'engagea sous les gros ormes de l'allée et qu'Elizabeth aperçut la vieille gentilhommière rose qui fermait l'horizon, une solide bâtisse au fond d'un berceau d'arbres, elle fut saisie d'une bouffée de joie… Le premier bonheur, le premier élan, qui ne concernaient pas les lettres du duc. Elle sauta parmi les chiens qui gambadaient sur le perron, et grimpa gaiement les marches vermoulues. Elle retrouvait les mêmes bruits, les mêmes odeurs, toutes les impressions de Hall, la maison de son enfance. Elle croyait avoir tout oublié de ses goûts d'autrefois… Elle se sentit à nouveau chez elle, et rassurée.

Impression trompeuse.

Elle allait commettre, dans ce lieu trop poétique, l'erreur de sa vie.

L'*Excessive*

***

« Tu vois que j'avais raison ! » déclarait chaque jour la tante Hanmer avec une expression de triomphe. La vieille dame ne développait pas précisément son propos. Inutile. Chacun savait à Lainston qu'elle faisait allusion au silence de l'amoureux transi, dont aucune lettre n'était jamais parvenue au manoir. «... Tu vois que j'avais raison ! »

Sur les instances d'Elizabeth, le cousin John Merrill s'était discrètement informé. Le duc de Hamilton avait fait ses études à Winchester, il y gardait des relations : avait-on rencontré un postillon à sa livrée ? Le brave Merrill se renseigna auprès des relais de poste, fit interroger à grands frais tous les aubergistes autour de Salisbury... Non, rien. Aucun voyageur aux couleurs du duc, aucun cavalier porteur de lettres. Même à Londres, même à Leicester House, rien. Les missives d'Elizabeth y transitaient, la princesse Augusta ayant généreusement donné l'ordre qu'on traitât le courrier de sa demoiselle d'honneur comme s'il se fût agi de son courrier personnel. Mais si les lettres d'Elizabeth partaient sans encombre pour le continent – une lettre par jour, tissu d'interrogations, déluge d'exclamations, bientôt torrent d'accusations et de supplications –, elle ne recevait en réponse qu'un silence tonitruant. Jamie était-il malade en Italie ? Mourant ? Elle lui laissa longtemps le bénéfice du doute.

Mais elle connaissait son duc : eût-il voulu lui faire parvenir de ses nouvelles – même mauvaises –, elle les aurait reçues. Riche, puissant, têtu, il avait l'habitude de faire céder la réalité devant ses caprices. Eût-il voulu vaincre les obstacles, il y fût parvenu. Elle devait se rendre à l'évidence. «... Tu vois que j'avais raison ! » Non seulement il ne lui écrivait pas le mot quotidien qu'il lui avait promis, mais il ne lui écrivait pas du tout... Pas une ligne ! « ... Tu vois que j'avais raison ! » Il ne se donnait même pas la peine de s'expliquer.

Elle connaissait sa réputation de débauché. Au besoin, la tante Hanmer la lui rappelait. Joueur, bretteur, libertin. Un très mauvais sujet dont la parole ne valait rien. Il avait brisé ce serment-là. Il briserait les autres.

... Un vil séducteur qui s'était amusé à la mettre sur son tableau de chasse.

« Tu n'es pas la première, Elizabeth, et tu ne seras pas la seule ! »

Il s'était joué d'elle. Il ne l'avait jamais aimée.

« Tu vois que j'avais raison ! Il ne t'épousera pas. »

Elizabeth ravalait son chagrin. « Il t'a compromise et ridiculisée... Et maintenant ? »

Elle avait cessé d'écrire.

Du jour au lendemain : plus une larme pour Jamie, plus un mot, plus un reproche, plus une question. Elle semblait l'avoir rayé de sa vie.

« Et maintenant ? Qu'allons-nous faire de nous, ma pauvre petite ? » répétait la tante.

Le ton n'était plus au triomphe. Mais l'air de Mrs. Hanmer, qui s'assombrissait de jour en jour, donnait la mesure de la situation.

La *pauvre petite* s'employait à donner le change. Même le cousin John, qu'elle avait dépêché sur toutes les routes et qui connaissait sa déconvenue, ne pouvait soupçonner l'étendue de sa peine et de son humiliation. Droite dans la tempête que suscitait en elle le silence du duc, elle travaillait à dominer ses sentiments. L'incompréhension. Le chagrin. La colère. Le dépit. Réagir. Elle détestait sa tristesse. Ne plus souffrir.

Avec l'idée que *mieux vaut faire envie que pitié*, elle jetait de la poudre aux yeux par poignées. Aussi riait-elle trop souvent, chantait-elle trop fort, poussait-elle son cheval trop loin, trop haut sur l'obstacle, et se jetait-elle dans toutes les activités mondaines de la vie à Lainston avec une violence qui aurait dû donner l'alarme sur son état d'esprit... Coquette sans désir mais coquette frénétique, elle traînait à sa suite une nouvelle meute de soupirants. Leurs épouses, leurs fiancées, leurs sœurs – ses rivales – la présentaient comme une aguicheuse qui usait des armes les plus vulgaires. Elle flattait, minaudait, agaçait. La maison ne désemplissait pas. Les amis du cousin John qui recherchaient sa présence faisaient plusieurs dizaines de lieues, juste pour prendre le thé avec elle. Et alors ? soupirait la tante. Tous, mariés. Quant aux célibataires... Qui voudrait d'une fille sans dot, dans la force de l'âge, avec une réputation à ce point écornée ? Ces questions, Mrs. Hanmer ne les posait pas à haute voix. Mais elle arborait une expression si préoccupée en regardant la pauvre petite offrir leurs tasses à ces messieurs, que son inquiétude finissait par miner jusqu'au courage d'Elizabeth... La peur commençait à la gagner.

***

— Mais enfin que reproches-tu au lieutenant Hervey ? Moi, je le trouve charmant ! Tu ne trouveras jamais mieux, ma pauvre petite !

Augustus Hervey avait vingt ans. Sa position de cadet de famille l'avait contraint à chercher fortune dans la marine. Il était aujourd'hui lieutenant, avec une modeste solde de cinquante livres par an : le quart des émoluments d'Elizabeth à Leicester House.

Jusqu'à présent, rien qui justifiât un tel enthousiasme chez la tante.

Mais le lieutenant était un Hervey, de la famille Hervey, une lignée si ancienne, si célèbre et si particulière, que Dieu en créant le monde avait, disait-on, créé les hommes, les femmes et les Hervey. Ce genre de plaisanterie ne faisait pas rire Mrs. Hanmer. Le lieutenant appartenait à la branche des comtes de Bristol, pairs d'Angleterre, l'une des maisons les plus influentes du parti whig. Le deuxième comte de Bristol, son frère aîné qui avait hérité du titre et des biens, était, disait-on, en très mauvaise santé. Aux bals de Winchester, les amies de Mrs. Hanmer murmuraient même que le frère ne passerait pas l'hiver. Traduction : le lieutenant Hervey, de la Royal Navy, deviendrait un jour, sous peu, le troisième comte de Bristol.

Socialement, il incarnait pour Elizabeth le chevalier servant idéal. Physiquement, on ne pouvait rêver plus joli garçon.

De stature moyenne, la taille bien prise, le mollet, le genou, la cuisse parfaitement tournés dans ses hautes bottes de cuir, il portait à ravir l'uniforme bleu de la marine royale. Sous le tricorne, l'expression était vive. Avec son petit nez, ses yeux pétillants, sa bouche ronde et sensuelle, il plaisait aux femmes. Quant à lui, il les adorait, et savait y faire... À vingt ans, son tableau de chasse était déjà impressionnant. Mrs. Hanmer avait pris ses renseignements et connaissait les noms des dames qui lui avaient cédé à Londres, à Portsmouth, à Salisbury et à Winchester. Elle-même le trouvait irrésistible. Et puisque Elizabeth aimait les séducteurs et les conquérants... Celui-ci, à l'inverse de l'autre, celui-ci buvait peu et perdait raisonnablement au jeu. On ne lui savait pas de dettes. On le disait gentil, gai, généreux...

Certes, il ne serait pas duc. La tante Hanmer reconnaissait que sa nièce devrait en rabattre. Et pour l'heure il n'était pas comte non plus. Et, oui, oui, en effet, il n'avait pas le sou. Mais s'il épousait Elizabeth, elle deviendrait une Hervey. Et si les Chudleigh, les Hanmer et les Merrill avaient une Hervey dans la famille, comtesse de Bristol et pairesse d'Angleterre, ils retrouveraient leur place et leur lustre d'antan.

Mrs. Hanmer ne quittait pas des yeux les danseurs. Elle regardait sa nièce ouvrir le bal avec le lieutenant Hervey que, décidément, elle trouvait très à son goût. Un beau couple. Jamais Elizabeth n'avait semblé plus ravissante ni plus détendue que ce soir. Sa robe blanche lui allait à ravir. Elle souriait. Elle rayonnait même. Il semblait ébloui, mais n'en perdait pas ses moyens. Il la menait dans la ronde avec autant d'autorité que de grâce... Ils se prenaient, ils se quittaient, ils se saluaient, ils se contournaient et se reprenaient... Le menuet de l'amour.

Tous les spectateurs en tombèrent d'accord. Ces deux-là étaient faits pour s'entendre. Les mauvaises langues ajoutaient même que, côté badinage et séduction, Miss Chudleigh avait trouvé son maître. Une rencontre entre deux professionnels de la galanterie.

Au lendemain de ce bal mémorable, le lieutenant invita ces dames dans sa voiture, les conduisit en promenade jusqu'au port, et leur fit fort aimablement les honneurs de *La Victory*, perle de la flotte anglaise amarrée à Portsmouth... Mrs. Hanmer lui retourna la politesse en l'invitant à venir lui rendre visite chez son neveu, à Lainston. Il s'exécuta dès le lendemain. Il y alla. Il y revint. Il y retourna. Il s'y installa.

La cour pressante qu'il faisait à Elizabeth ne semblait pas déplaire à la jeune fille. Elle le laissait dire. Qu'on puisse l'aimer la rassurait. Qu'on puisse s'obstiner à le lui dire la flattait. Elle se sentait à nouveau vivante... Sinon heureuse.

Quant à lui, il voyait bien qu'elle ne se laissait pas séduire. Elle avait pourtant l'air légère. Il n'avait pas

D'un fiancé secret à un mari caché

douté qu'il la posséderait. Mais : rien. Au-delà des joutes oratoires, elle ne lui accordait rien. Pas un baiser. Pas une étreinte. Elle évitait même de rester seule avec lui. Elle refusait de lui prendre le bras ou de lui laisser sa main quand il tentait de l'aider à monter en barque ou à sauter un fossé.

Il n'était pas habitué à ce qu'on lui résiste. Il ne la voulait que plus follement. L'idée que son bateau allait lever l'ancre dans dix jours et qu'il allait partir sans en avoir rien obtenu, qu'il resterait absent deux ans et qu'il allait la perdre à jamais, l'obsédait et le rendait fou... Devait-il l'épouser pour pouvoir la trousser ? Il se posait sérieusement la question. La tante Hanmer l'avait attrapé au détour d'un couloir, porteuse d'un message clair : sans mariage, pas d'Elizabeth. Il tremblait de désir à son approche.

Parties de chasse avec le cousin John et ses invités, parties de pêche, chevauchées... Ce fut au retour de l'une de leurs équipées qu'il fit sa demande.

Ils avaient laissé les chevaux aux écuries, et remontaient à pas lents, bavardant à l'écart, derrière le groupe. Ils traversaient la pelouse vers la maison. Le soleil du soir illuminait les vitraux de la petite église gothique au fond du jardin. Depuis la mort de Susana, la femme du cousin, la chapelle était désaffectée. Hervey proposa d'aller la visiter. Elizabeth accepta. Elle sut dès l'entrée qu'elle n'aurait jamais dû se laisser entraîner ici. Le froid, l'humidité lui tombèrent sur les épaules, elle frissonna. Il ferma la porte derrière eux. Dans l'obscurité de la nef, il la saisit par le coude :

— Je vous avais dit que je ne savais pas si je serais en Angleterre pour longtemps.

Il haletait d'émotion et parlait d'un ton qu'elle reconnut tout de suite. Elle baissa la tête. La question

L'Excessive

qu'il allait poser l'angoissait. Elle ne savait pas ce qu'elle allait répondre. Elle eût voulu échapper à l'inévitable.
— Je viens d'apprendre la nouvelle. Nous appareillons mardi... Voulez-vous être ma femme ?

Elle ne releva pas le regard et balbutia :
— C'est impossible... Je suis désolée.

Elle s'enfuit.

Mais à peine eut-elle rejoint ses quartiers, que la tante Hanmer surgit dans sa chambre.

De sa fenêtre, elle les avait vus entrer dans l'église.
— Ça y est, il l'a fait, il t'a parlé, il t'épouse ?
— Oui.
— Dieu soit loué !
— Son navire lève l'ancre début août.
— La semaine prochaine ? Mais c'est impossible !
— Le plus tôt sera le mieux.
— Comment : le mieux ? Ne me dis pas... L'effroi avait glacé ses traits... Tu l'as refusé ?
— Je ne l'aime pas, ma tante.
— ... Refusé !

La réaction de la vieille dame donna la mesure des liens de famille qui l'unissaient à sa nièce. Elle se couvrit de plaques rouges. Quant à sa colère, ce fut une explosion dont la violence évoquait les rages d'Elizabeth à Hall. Dans sa fureur, elle ne la ménagea pas. Au détour des reproches et des accusations, elle lui assena le coup de grâce. Son Hamilton, dont Elizabeth continuait sans doute à se croire la fiancée, son Hamilton dont elle continuait sans doute à espérer les lettres, son Hamilton s'était épris d'une autre en Italie. Il avait fait sa demande. Il avait été agréé. Il s'était marié.

La scène cessa brusquement, faute de combattants. Miss Chudleigh s'était évanouie. Mrs. Hanmer fut terrassée par une crise d'asthme.

D'un fiancé secret à un mari caché

Quand la visite du médecin et quelques coups de lancette eurent calmé leur agitation, elles purent reprendre leurs explications. Mrs. Hanmer attaqua posément :
— En février, le duc de Hamilton avait commencé son Grand Tour par un séjour en Écosse, tu te souviens de cela ?
Si Elizabeth s'en souvenait !
— Il s'était rendu sur ses terres pour mettre de l'ordre dans ses affaires, poursuivait la tante avec calme. Il les a trouvées dans un état désastreux... Son père ne lui avait laissé que des dettes... Il a dû prendre les mesures qui s'imposaient. Épouser une héritière... En vérité, il n'a pas eu le choix.
— Comment savez-vous tout cela ?
— Je le sais depuis longtemps, ma pauvre petite, par une lettre de mon amie Lady Abercorn. Je ne voulais pas t'en parler. Pourquoi te torturer davantage ? Le silence du duc en disait suffisamment... N'aie aucun regret, Elizabeth : tu aurais perdu ta jeunesse à l'attendre. Sa mère ne l'aurait jamais laissé épouser une fille de petite noblesse, sans dot, sans fortune, sans espérances. L'*Honourable* Mr. Hervey, en revanche... Ah, l'*Honourable*, c'est une autre histoire. Il se conduit correctement. Il t'aime. Il t'épouse. Crois-moi, ma petite, ne laisse pas passer cette chance. À ton âge et dans ta situation, je doute fort que tu reçoives d'autres demandes aussi avantageuses. Souviens-toi que tu as vingt-trois ans, Elizabeth ! Ne refuse pas le lieutenant Hervey. Je te l'ai dit, je te le redis : *tu ne trouveras jamais mieux* !

Comment se laissa-t-elle convaincre ? Comment accepta-t-elle d'épouser un homme qu'elle connaissait à peine ? Et qu'elle n'aimait pas ?
La trahison de Jamie l'avait-elle à ce point dépossédée de tous ses instincts ? Sans doute.

Elle se méfiait soudain d'elle-même, de ses choix et de ses certitudes. Elle avait perdu confiance en ses propres intuitions.

Si Hamilton, dont elle s'était sentie si sûre, l'avait abandonnée, c'était donc qu'elle n'avait rien compris à la vie et qu'elle s'était trompée sur tout ! Non, elle ne comprenait rien... Ou plutôt, elle comprenait trop bien : seul le rang, seule la fortune, seule *l'appartenance* comptaient... Elle se souvenait des préceptes de Pulteney. Conserver son bien. L'accroître. S'implanter.

Elle bataillait toutefois. Elle résistait encore. Elle tentait de réfuter les raisons de sa tante par des arguments qu'elle voulait plus concrets, plus pratiques même.

— Si les parents du lieutenant Hervey découvrent qu'il a épousé une fille sans dot, ils le déshériteront... D'autant que le lieutenant a vingt ans et qu'il est mineur.

— Où est le problème, mon petit ? Son mariage avec toi peut demeurer secret jusqu'à sa majorité.

— Mais si la princesse de Galles découvre que je suis mariée, elle m'exclura de son service et me renverra. Ses filles d'honneur doivent rester demoiselles. Quand elles se marient, elles partent... Je perdrai deux cents livres par an.

— Ton mariage ne sera pas difficile à cacher : le lieutenant Hervey doit reprendre la mer... Pourquoi voudrait-il te priver d'un revenu dont tu as besoin pour vivre, alors qu'il ne peut pas t'entretenir sur le pied auquel tu es habituée ? D'autant qu'absent de Londres, il ne cohabitera pas avec toi durant deux ans. L'important, Elizabeth, c'est que le jour où le lieutenant Hervey deviendra le comte de Bristol, tu sois son épouse. Alors tu feras valoir tes droits et tu occuperas la place qui te revient. Fais-moi confiance : je connais le monde mieux que toi.

Elle fermait les yeux.

D'un fiancé secret à un mari caché

Ce qu'elle redoutait était arrivé.

Hamilton était marié. Elle avait perdu tout espoir de bonheur… Autant épouser Hervey, en effet, et l'épouser tout de suite ! Que la noce ait lieu avant son départ. Avant que cette famille-là ne s'y oppose aussi… Loin de la retenir, l'éventuelle désapprobation des Hervey travaillait en faveur du mariage. Qu'on la jugeât, elle, de si basse extraction finissait par ulcérer son orgueil. Son amour-propre avait été si mal traité dernièrement qu'elle se révoltait à l'idée d'une nouvelle insulte.

Sa tante était la seule qui voulût son bien, la seule qui cherchât à la protéger, la seule qui sût ce qu'il convenait de faire… Elle céda d'un coup.

Faire vite. En finir.

Si les parieurs de Leicester House et les parieurs de Saint James Palace avaient su que la piquante, la spirituelle Miss Chudleigh se liait à un pauvre petit lieutenant de marine ; qu'elle l'épousait moins de six mois après ses fiançailles avec l'amour de sa vie, et moins de quinze jours après l'avoir rencontré ; qu'elle lui jurait fidélité en secret, de nuit, sans même avoir demandé la bénédiction de sa propre mère, en cachette de la princesse de Galles, en cachette de sa famille à lui ; s'ils avaient su, qu'en plus, elle s'en moquait et n'éprouvait aucune attirance à son égard… ils ne l'auraient pas cru.

Trop absurde pour être vrai.

Et cependant, en cette soirée du 4 août 1744, le révérend Thomas Amis, recteur du village voisin, attendait le couple dans la chapelle du manoir.

(3)
1744-1752
L'erreur de jeunesse

Durant les années à venir, au retour de tous les bals, Elizabeth se poserait la même question en cherchant le sommeil. Cette inquiétante masse sombre, plantée au milieu de la pelouse, la petite chapelle gothique de Lainston, en quoi la concernait-elle ? Voyons, voyons, comment les événements s'étaient-ils enchaînés ?
La tante avait tout prévu. Quand les onze coups sonneraient au cartel, Elizabeth devait sortir dans le jardin et respirer les fleurs au clair de lune. Hervey l'accompagnerait. Ils traverseraient nonchalamment la pelouse, comme pour une petite promenade digestive. Mrs. Hanmer leur emboîterait le pas. Elle aurait l'air de vouloir, elle aussi, prendre le frais. Elle descendrait les marches du perron au bras de sa femme de chambre – Ann – qu'elle avait fait venir de Londres pour la servir. Les amours d'Ann avec le valet d'Hervey rendaient la complicité de cette jeune personne nécessaire : Ann connaissait tous les détails de l'intrigue. Mrs. Hanmer et Ann suivraient les fiancés à quelque distance. Ils se dirigeraient, au hasard de cette belle nuit d'été, tous quatre vers la chapelle. Oui, la tante avait tout prévu. L'église resterait obscure pour ne pas attirer l'attention des domestiques. Si, de la maison, un serviteur avait aperçu une lumière derrière les vitraux, il se serait douté de

quelque chose... Ou bien il aurait cru à la présence d'un fantôme et donné l'alarme. Le mariage devait se dérouler dans le noir le plus total.

Voyons... Elle, Elizabeth, où se trouvait-elle ? Qu'avait-elle dit ? Qu'avait-elle fait ? Voyons, voyons... Reprenons.

Elle traverse la nef. Elle s'enfonce au cœur de la pénombre. Elle entend ses talons claquer sur les dalles. Elle avance sans peur, comme absente à elle-même. Elle n'est pas émue. Elle n'a pas le cœur qui bat. Elle n'a pas conscience de se laisser mener au sacrifice. Elle n'a même pas conscience de la présence d'Hervey qui la conduit, passive et consentante, vers l'autel. Elle devine au loin la silhouette du prêtre qui doit officier. Il se trouve déjà flanqué de ses assistants, le cousin John et le gros Mountenoy, l'ami le plus intime des Merrill qui servira de témoin. Mr. Mountenoy a coincé une minuscule bougie dans le ruban de son chapeau, pour permettre tout de même au révérend de lire les psaumes.

Sans salutations, sans préambules, la cérémonie commence.

La chandelle sur le chapeau n'éclaire rien. Elle ne voit ni le profil de l'homme qui se tient à ses côtés, ni le visage de celui qui se tient devant elle. Elle ne comprend aucune des paroles que grommelle le révérend, Mr. Amis. Il marmonne ses prières en hâte, comme si lui-même redoutait l'acte qu'il est en train de commettre. Pose-t-il les questions rituelles ? Elle l'ignore. Elle ignore même si elle a entendu Hervey lui promettre son amour, sa protection, sa fidélité... Elle, a-t-elle proféré un serment d'obéissance à son endroit ? Elle pourrait jurer que non. Y a-t-il eu échange des consentements ? Les autres l'affirmeront, bien qu'ils n'aient pas mieux vu la cérémonie qu'elle, pas mieux entendu ni mieux compris le service du révérend

L'erreur de jeunesse

Thomas Amis... Ont-ils échangé une alliance ? Non, puisqu'elle sortira de la chapelle sans bague au doigt.

Une seule certitude : à la lueur d'une flamme, en quelques minutes, cette noce confuse, minable et triste, est expédiée. Avant minuit, elle sera devenue Mrs. Hervey.

Il s'agit maintenant de regagner la maison sans se faire remarquer.

Mrs. Hanmer envoie Ann en éclaireur. La jeune fille court jusqu'à la porte latérale et revient : les autres domestiques sont bien couchés, la voie est libre... Six ombres se glissent hors de la chapelle et remontent rapidement la pelouse.

Hervey mène la marche. Il est pressé. Sa hâte, Elizabeth la sent. Il la tient par le coude. Il la serre de près. Il a grande impatience de profiter de ses nouvelles prérogatives d'époux. Elle le sait. Elle commence à sortir de sa torpeur. Elle commence à prendre peur.

Dans le hall, il l'attrape et l'entraîne à l'étage, directement, sans saluer personne. Mrs. Hanmer les talonne dans l'escalier. Elle s'essouffle, halète d'une voix sifflante que les domestiques vont savoir ! Que les domestiques vont entendre ! Hervey pousse Elizabeth dans sa propre chambre. Il claque la porte au nez de la tante. Il tire le verrou... S'ensuit une scène de comédie. Mrs. Hanmer frappe et tempête derrière le battant : elle exige que la mariée lui soit rendue. Elle n'en est pas à une contradiction près : elle somme Hervey de lui rendre sa nièce... Si quiconque devait s'apercevoir qu'Elizabeth passe la nuit dans les appartements de son hôte, le *secret* du mariage serait éventé.

Elizabeth plaide la même cause. Si quiconque devait découvrir leur union, Hervey perdrait la pension qu'il reçoit de ses parents, elle-même perdrait son poste de demoiselle d'honneur. L'argument porte. Hervey accepte de libérer sa proie.

L'Excessive

Ils redescendent. Toujours chaperonnés par la tante, ils rejoignent Merrill et Mountenoy au fumoir. Mais à trois heures du matin, Mrs. Hanmer pique du nez dans son fauteuil. La jeune Ann la conduit à l'étage. Mrs. Hanmer entraîne Elizabeth avec elle. La tante se couche. Elizabeth, dont la porte ne compte ni clé ni verrou, s'enferme : elle empile et coince deux chaises contre le battant.
Mais à peine la maison semble-t-elle endormie qu'Hervey se présente devant sa chambre. Il réclame de nouveau ses droits. Il est prêt à faire un scandale si sa femme les lui refuse. Elle écarte les chaises. Elle ouvre.

Sur ce qui se passa ensuite, Elizabeth refuserait d'épiloguer, même en son for intérieur et dans l'intimité de son âme. Interrogée bien plus tard, elle n'évoquerait sa nuit de noces que pour justifier son horreur d'un tel époux.
Il y a fort à parier toutefois que l'ardeur de son propre tempérament, conjuguée à l'enthousiasme, à l'expérience et à la virtuosité du très amoureux lieutenant de marine – un amant que les générations futures appelleraient le *Casanova des mers* – ne rendirent pas les premières étreintes trop désagréables.
Quoi qu'il en soit, cette nuit-là, elle dormit avec son nouveau maître dans son lit de jeune fille, avant de se glisser chez lui les deux nuits suivantes. Apparemment sans répugnance.

Ann raconterait un jour que les nouveaux mariés s'étaient fréquentés durant tout le temps qui les séparait du départ. Elle les avait vus se promener dans le parc, prendre le thé à l'écart, cueillir des mûres en les dévorant dans la main l'un de l'autre au fond des chemins creux.

L'erreur de jeunesse

Mais le 7 août 1744, à l'aube, l'officier dut s'arracher aux bras de sa tendre moitié pour ceindre son baudrier et boucler son ceinturon. Il partait rejoindre son navire à Portsmouth. Il s'embarquait vers les Antilles. Sa mission allait durer deux ans. La lune de miel avait duré deux jours.

Ann, qui perdait elle aussi son amoureux – le serviteur suivait le maître sur son bateau –, ne douta pas que son propre désespoir fût partagé par Mrs. Hervey. En ce triste matin, elle trouva la jeune épouse à plat ventre sur son lit, le visage enfoncé dans l'oreiller, le corps secoué de sanglots. Elizabeth pleurait. Elle versait même un déluge de larmes...
Regrettait-elle son mari ?
Ou regrettait-elle son mariage ?

***

De retour à Londres, les succès mondains de *Miss Chudleigh* ne connurent plus de bornes. De saison en saison, ils se répétèrent, ils s'étendirent.

Jamais elle n'avait semblé plus gaie, plus pétillante et plus volage...

Cherchait-elle à donner le change, en affectant d'avoir oublié ses fiançailles secrètes avec le duc de Hamilton, le parjure, l'infidèle qui l'avait abandonnée ?

Ou bien voulait-elle masquer, par son pouvoir de séduction et sa légèreté, les péripéties de son mariage caché ?

Quoi qu'il en soit, Miss Chudleigh collectionnait les soupirants et multipliait les conquêtes, sans état d'âme. Finis, les airs mélancoliques ! Terminés, les menuets languissants de l'époque de ses amours avec le duc ! Elle avait retrouvé son énergie et brillait de tous ses feux. Ils étaient étincelants. Par son impertinence et ses fantaisies, par son culot et son extravagance, elle donnait le ton. Bientôt elle lancerait la mode. Adorée de la princesse de Galles que le sens de la repartie de Miss Chudleigh faisait rire, que la passion de Miss Chudleigh pour la famille royale touchait, Elizabeth ne connaissait plus de rivale. L'absence de Lady Archibald Hamilton – renvoyée dans ses foyers durant l'été, et remplacée par une Lady Middlesex à la Garde-Robe et dans les affections du prince – l'avait soulagée d'une présence hostile. Elle pouvait en toute tranquillité devenir la favorite, la mascotte du petit cercle, l'enfant gâtée de la maison qui se permettait des folies pour le plus grand plaisir des courtisans. Frivole, piquante, elle faisait battre les cœurs, tyrannisait les esprits, excitait les sens, et menait un jeu mondain en tous points magnifique et parfait... Ou plutôt : un jeu qui aurait pu être parfait. N'était le souvenir de la faute qui la hantait. Son mariage.

Oui, magnifique, sans cette erreur. Sans cette horreur.

Toute autre demoiselle – moins libre, moins fière, moins brave qu'Elizabeth – eût sans doute préféré passer pour une femme mariée plutôt que pour une vieille fille. *Miss* Chudleigh : *une laissée-pour-compte de vingt-cinq ans*. Elle se faisait fort d'imposer silence aux mauvaises langues qui se risquaient à cette sorte de commentaires. En revanche...

Si les liens qui l'enchaînaient à ce fantôme d'Hervey, dont elle-même ne se rappelait le visage qu'avec difficulté, si ces liens devaient être révélés, elle perdait ce qui était nécessaire à sa vie. L'essentiel : sa place dans l'univers, son sentiment d'appartenance, sa réputation, son éclat, son brio, son panache... Son pouvoir.

La réalité était magique, oui. L'illusion – son mariage –, terrifiante.

Comble de désagrément, elle n'entendait prononcer le nom d'*Hervey* qu'avec la plus grande hostilité à

L'erreur de jeunesse

Leicester House. Elle n'avait pas mesuré cette antipathie autrefois, elle n'y avait même prêté aucune attention. *Les Hervey.* Aujourd'hui, elle ne pouvait ignorer que feu Lord Hervey, le père de son mari, avait été l'ennemi intime du prince de Galles et que son clan – lié à la coterie du roi – restait la bête noire de la jeune cour. Même le mentor d'Elizabeth, William Pulteney, s'était battu en duel avec feu Lord Hervey. Elle avait choisi de s'unir avec la famille que détestaient ses protecteurs.

Plus elle plaisait au monde, plus elle redoutait que le monde ne découvrît son secret. Plus elle plaisait, plus elle vivait écartelée entre le tourbillon du présent et la peur de l'avenir.
Son mariage.
Comme quelqu'un qui aurait commis un crime, elle ne parvenait pas à se convaincre que le meurtre avait eu lieu. Son mariage ? Cette nuit de folie lui paraissait à chaque instant plus onirique. Non, elle ne parvenait pas à comprendre le rôle qu'on lui avait fait jouer. La scène de la chapelle – aussi intime, aussi viscérale et collée à sa peau, qu'étrangère à sa personne – lui semblait dépourvue de toute réalité.
Mais loin de s'estomper, le rêve virait au cauchemar. Et le cauchemar devenait, avec le temps, la croix de son existence.

Elle ne prit la mesure du désastre que deux ans, jour pour jour, après la cérémonie funeste.
Ce fut au mois d'août 1746, quand l'impétueux duc de Hamilton, aujourd'hui majeur, rentra de son Grand Tour.
Occupée par l'éclat de ses succès et par le souvenir de ses propres noces, elle n'avait plus évoqué l'existence de Jamie. Et, contre toute attente dans ce milieu qui n'épar-

gnait personne, aucune de ses amies n'avait eu la cruauté de la torturer, en lui distillant les détails du mariage italien. Ce silence autour de son ancien amoureux seyait à Elizabeth. Elle travaillait à prouver son indifférence. Elle s'était donc gardée de poser la moindre question sur la nouvelle duchesse.

Elle se croyait guérie.

Toutefois, lorsque le jeune Hamilton accourut à Leicester House au lendemain même de son arrivée à Londres, et qu'elle l'aperçut dans tout le chatoiement de sa beauté, de son élégance et de sa maturité, elle reçut au cœur un tel coup qu'elle manqua se donner le ridicule d'une émotion publique. Elle ne dissimula son trouble qu'à grand-peine. Par chance, la rencontre se passait au milieu de la foule qui peuplait les galeries. À l'ostentatoire coup de chapeau de Jamie, elle put répondre à distance, se contentant d'un vague signe de tête. Elle lui tourna le dos et se contraignit à s'éloigner, riant et plaisantant bruyamment avec sa propre cour. Elle ne put donner le change bien longtemps. Très agitée, elle se retira tôt et monta s'enfermer dans l'appartement qu'elle occupait sous les combles. À peine fut-elle chez elle, qu'il surgit dans l'antichambre.

— Une si longue absence a donc changé vos sentiments ! attaqua-t-il avec amertume et violence.

Elle répondit sur le ton du persiflage qui lui était coutumier :

— *Mes* sentiments ? Où les prendrais-je, Votre Grâce ?

— Votre cœur m'est donc fermé sans retour ?

— La séparation a détruit le peu qui nous unissait.

— Le peu ! Si vous aviez gardé quelque pitié, Elizabeth, vous respecteriez au moins les tourments que vous m'avez fait endurer !

— Vous aurais-je coûté un remords ? Ce serait trop.

— Je n'ai pas cessé de vous aimer.
— Allez porter vos mensonges ailleurs : je suis certaine que votre épouse appréciera !
— Mon épouse s'appelle Elizabeth et m'a oublié. Elle... Elle a cessé de répondre à mes lettres, elle m'a abandonné...

Les larmes aux yeux, il se jeta à ses pieds, l'accusant de l'avoir mis au désespoir et lui demandant des explications sur son affreux silence.

— Un mot, un seul mot de vous, Elizabeth, et je vous pardonnerai tous vos torts !

Cette fois, la spirituelle Miss Chudleigh fut incapable de trouver la riposte. Avant même qu'il eût fini de lui jurer sa constance et de lui réitérer sa flamme, l'échange entre eux avait cessé. Elle venait de comprendre qu'il disait la vérité. Qu'il lui avait écrit. Qu'il ne s'était jamais marié... Elle s'évanouit. La deuxième pâmoison d'une longue liste à venir.

Quand elle fut revenue à elle, la fièvre s'installa.... Était-ce possible ?

Quelques coups de lancette ne suffirent pas au médecin pour calmer son délire.

... Était-ce possible ? Jamie lui avait envoyé des dizaines et des dizaines de lettres ? Et la tante Hanmer les avait captées ? Escamotées ! Détruites ! Pourquoi ? Pourquoi ? Pourquoi ? La tante Hanmer avait inventé que le duc avait pris femme en Italie. La tante Hanmer avait *tout* inventé ! Mais pourquoi ?

Pour rien.

Sinon parce que la stupide vieille dame – qui cherchait à plaire aux puissants Hamilton – s'était alliée avec Lady Archibald par l'intermédiaire de sa mère, Lady Abercorn, qu'elle avait connue dans sa jeunesse.

Sinon parce que la stupide vieille dame s'était laissé flatter par la famille du duc, et persuader que Lord Jamie n'épouserait jamais Elizabeth.

L'Excessive

Sinon parce que la stupide vieille dame s'était mis en tête de sauver les Chudleigh du ridicule et du déshonneur, en favorisant le mariage de sa nièce avec un prétendant de bonne famille : un candidat qui lui plaisait, à elle.

Oui, le désespoir par la grâce d'un chaperon qui raffolait d'intrigues et se ruait sur les amours d'autrui comme une mouche sur le miel.

— Si vous m'aimez toujours, Elizabeth, épousez-moi ! suppliait-il.

D'un aristocrate comme le duc de Hamilton, une telle proposition ne se refusait pas. Ni lui ni personne ne comprenaient la réaction de l'obscure demoiselle Chudleigh, « une vieille fille de vingt-cinq ans ». Qu'avait-elle donc en tête ?

L'impossibilité de répondre à la passion de l'homme qu'elle continuait d'adorer rendit cette fois Elizabeth très malade. L'impuissance où elle se trouvait de lui donner la raison de son refus ; l'incapacité de lui expliquer qu'elle n'était plus *Miss Chudleigh*, qu'elle s'était donnée par dépit à un autre ; le devoir de l'éconduire et de le désespérer ; enfin la nécessité de renoncer – une seconde fois – à devenir *Sa Grâce la duchesse de Hamilton* : tout dans cette nouvelle déchirure décupla la haine d'Elizabeth envers *l'autre*, celui qui causait son malheur.

Hervey.

En ce mois d'août 1746, *l'autre* revenait de la guerre aux Antilles, *l'autre* arrivait à Londres, lui aussi.

Au terme d'une absence de deux ans et d'une séparation qu'il avait, lui aussi, vécue comme une douleur, il rentrait fou d'amour, fou de joie et fou d'impatience. Telle était la teneur de sa dernière lettre. Enfin réunis ! Il ne pouvait attendre de jouir des mille voluptés que sa splendide épouse avait à lui offrir…

L'erreur de jeunesse

À la seule idée de rencontrer ce personnage, de l'approcher, de le voir, de le sentir, Elizabeth fut submergée par la terreur et le dégoût.
Allait-il se présenter à Leicester House ?
Allait-il, comme jadis à Lainston Manor, faire un scandale devant la porte de sa chambre s'il n'obtenait pas la jouissance immédiate de ses droits ?

À peine remise de ses retrouvailles avec Hamilton, elle prit prétexte de sa mauvaise santé pour s'enfuir. Elle partit en toute hâte, avant l'arrivée d'Hervey. Elle disparut à Hall où elle s'enterra tout l'été.
Le lieutenant trouva donc vide la cage dorée qu'occupait son épouse dans la capitale.
Il trouva aussi un certain nombre de rumeurs sur la coquetterie de la très saisissante Miss Chudleigh, dont la haute société disait la vertu à jamais compromise. Ou du moins très affaiblie par les assauts de ses multiples soupirants.
Miss Chudleigh venait, disait-on, de mettre un terme à la longue liaison qu'elle avait entretenue avec le duc de Hamilton. En son absence, le malheureux avait été remplacé par plusieurs autres amants : il avait dû se retirer de la course. Ses rivaux avaient pris le relais et prétendaient réussir là où le duc avait échoué. Le très riche duc d'Ancaster s'était mis sur les rangs. À en juger par la qualité des diamants qui pendaient aux oreilles de la belle, les affaires d'Ancaster semblaient en bonne voie… On disait qu'il avait fait sa demande. On parlait d'un mariage en octobre.
L'épousera ? L'épousera pas ? Les paris étaient de nouveau ouverts. Mais on ne misait plus sur les intentions du prétendant ou sur l'opposition de sa famille. On se demandait seulement *qui* la magnifique Miss Chudleigh jugerait digne d'elle. Lequel, parmi les ducs et les pairs d'Angleterre, choisirait-elle pour mari ?

Ces bruits ne rassurèrent pas le lieutenant sur l'avenir de son bonheur conjugal. Ils lui donnèrent même une idée assez désagréable des dispositions de son épouse à son endroit.

Au début de sa permission, Hervey avait cru à un malentendu. L'absence d'Elizabeth s'expliquait par le fait qu'elle ignorait son retour... Sans doute n'avait-elle reçu aucun des messages lui annonçant son arrivée en Angleterre ?

Il ne doutait plus, maintenant, qu'elle cherchait à l'éviter. Et sa déception, au terme d'un si long voyage, se mua en fureur lorsqu'il comprit que son silence, et le peu d'empressement qu'elle mettait à l'accueillir, étaient délibérés.

Il découvrit son lieu de villégiature et menaça de la ramener *manu militari* à Londres. Elle connaissait assez la fougue du sieur Hervey pour le savoir capable de débarquer dans le Devonshire. Elle obtempéra et reprit tranquillement son service à Leicester House à la fin du mois d'octobre 1746.

Elle avait toutefois convenu avec lui d'un rendez-vous, dont la perspective lui ôtait le sommeil.

***

La rencontre eut lieu chez la tante. Mrs. Hanmer avait essuyé de sa nièce une telle scène, un feu nourri de reproches, d'insultes et de menaces, qu'elle la redoutait et se sentait désormais sa créature.

À ce stade, la jeune femme ne pouvait qu'utiliser sa complicité, se servir de sa maison comme boîte aux lettres. Et de sa femme de chambre, Ann, comme messagère.

L'erreur de jeunesse

Si Elizabeth s'était leurrée sur son indifférence en revoyant Hamilton, elle connaissait très précisément la sorte d'émotion à laquelle elle pouvait s'attendre devant Hervey. Elle ne fut pas déçue. Un regard sur le jeune homme qui se tenait appuyé sur le manteau de la cheminée lui suffit. Dans la seconde, elle le trouva lourd, adipeux, commun… Le petit nez en trompette, le visage rond, le teint rouge, l'expression vive et sensuelle, rien chez lui ne trouva grâce à ses yeux. Pas même la longue épée qui rayait les parquets, pas même les bottes qui s'imprimaient dans les tapis. Un rustre. Les boutons et les galons dorés, les gants blancs et le bel uniforme bleu de capitaine de la marine royale ne changeaient rien à l'affaire. Un soudard de vingt-deux ans, sans culture et sans finesse.

Ému lui-même, déjà partagé entre l'amour et la jalousie, entre l'impatience et la déception, il ne trouva ni les mots ni les gestes pour contredire cette impression. La splendeur d'Elizabeth, qu'il n'avait jamais vue à Londres dans l'éclat de ses somptueux atours, lui faisait perdre ses moyens.

Elle se tenait devant lui, distante derrière son éventail déployé, intouchable sous l'amas des ruchés et des rubans. Sa chevelure qu'il avait connue brune, longue et libre, était aujourd'hui poudrée et frisée au petit fer. La moire azur des nœuds sur son corsage, qu'il reconnaissait de la couleur de ses yeux, intensifiait son expression, rendait son regard plus dur, plus pur et plus glacial. Et sa robe à panier, d'une ampleur exagérée, bien plus large que la mode ne l'exigeait, achevait de la transformer en une poupée précieuse et minuscule, un objet de porcelaine, de verre et de soie, qu'il aurait voulu prendre et emporter.

Le plus troublant pour Hervey était que tout ce luxe seyait à Elizabeth. Un tel raffinement la rendait désirable… Irrésistible… Son parfum l'enivrait.

L'indifférence avec laquelle elle accueillit ses compliments, la froideur, la hauteur avec lesquelles elle reçut ses amabilités, le mépris dont elle gratifia ses gentillesses mirent le jeune homme au comble du malaise.
Il changea de ton.
— Vous ne semblez guère pressée de revoir votre époux, constata-t-il avec âpreté.
— Mon *époux* ? Que je sache, un époux, Monsieur, se préoccupe de l'existence de sa femme ! Un époux la protège et veille sur elle... Vous êtes-vous jamais préoccupé, vous, de la façon dont je vivais ? Ou plutôt dont je survivais !
— Je n'ai pensé qu'à vous, Elizabeth, je n'ai rêvé que de votre beauté toutes ces années, de votre bouche, de votre peau !
— Rêver ne coûte rien à personne... Mais dites-moi : combien de temps croyez-vous que l'on puisse subsister avec *rien* à la cour ? Un an ? Deux ans, en se nourrissant de l'air du temps et de l'eau des fontaines ? Je ne parle pas de mon bonheur, ou de mon bien-être. De cela, vous ne vous êtes jamais soucié. Je parle de l'essentiel. L'existence, Monsieur, coûte cher quand on sert la famille royale. M'avez-vous jamais envoyé un sou de votre solde ou de votre pension, une malheureuse guinée pour me nourrir, me vêtir, m'aider dans les difficultés de la vie ?
— À en juger par vos colifichets, vous ne vous en êtes pas si mal tirée.
— J'ai eu la chance, en effet, de rencontrer des gentilshommes plus glorieux et plus responsables que vous !
À ces mots, il attaqua.
Il lui reprocha les propos qu'il avait entendus sur sa vertu. Les bruits qui couraient sur ses amants... Il s'enflamma, l'accusa d'inconduite, la traita de dévergondée, la qualifia de femme adultère.

L'erreur de jeunesse

Elle n'était pas du genre à le laisser dire. Mais au lieu de se défendre, de s'expliquer, de souligner qu'il ne s'agissait que de rumeurs, d'assurer qu'elle était innocente, elle se lança tête baissée dans une dispute qui allait ravager leurs vies durant le quart de siècle à venir.

— ... Des gentilshommes plus honorables, insista-t-elle, et plus amoureux ! Ceux-là veulent mon bien, et ceux-là paieront mes dettes... Si vous ne les payez pas, vous. Comme devrait le faire le *mari* que vous prétendez être !

— Comme la *courtisane* que vous êtes, vous ne pensez qu'à cela : l'*argent* ! Je paierai vos dettes. Mais en retour, je prendrai sur vous tous les droits d'un époux.

— Tous les droits d'un pourceau !

Elle lui tourna le dos et sortit.

Avec tout autre qu'Hervey, Elizabeth aurait su éviter la guerre et manipuler l'adversaire. Elle était passée maître dans l'artifice. Elle pouvait dissimuler, conjurer le péril par le charme, le danger par un éclat de rire ou une pirouette.

Mais, bouleversée par les prétentions de celui qu'elle rendait responsable de tous ses maux, elle manqua envers lui de son habileté coutumière.

La chance voulut que leur entrevue se fût déroulée à la fin de la permission d'Hervey. Il prit la mer deux jours plus tard.

Avant de s'embarquer, il se débrouilla toutefois pour faire parvenir à celle qu'il s'obstinait à appeler « The Honourable Mrs. Augustus Hervey » la somme dont elle avait besoin.

La vérité était qu'Elizabeth n'avait pas lancé au hasard le mot « dettes ». La nécessité de rembourser les multiples emprunts qu'elle avait contractés durant les dernières années minait son existence. Le traitement de demoiselle d'honneur ne suffisait pas – et de loin! – à payer ses toilettes et ses plaisirs... Impossible, en outre, d'échapper aux jeux de cartes et de hasard : le jeu constituait l'essentiel de l'activité à Leicester House. Comme toute l'aristocratie européenne, les courtisans du prince de Galles raffolaient du tapis vert. Miss Chudleigh, qui servait chaque soir d'adversaire ou de partenaire à la princesse Augusta, se ruinait à la suivre dans ses mises au whist et au pharaon.

Elle vivait donc des prêts que lui consentaient les banquiers de la famille royale, des présents de ses amies, de la générosité de ses prétendants et de la patience de ses fournisseurs. Deux mots résumaient ses affaires : « expédients » et « cadeaux ».

En cet automne 1746, les lettres de change d'Hervey arrivaient à point pour lui éviter le drame d'une saisie. Elle hésita quelque temps avant de les toucher. Elle finit toutefois par s'y résoudre. « Mariée pour mariée, autant que cet état me serve à quelque chose. » Cette somme la sauvait.

Mais si elle se croyait quitte envers Hervey, elle se trompait.

Moins de deux mois plus tard, en janvier 1747, le capitaine revint à Londres. Et cette fois, il n'attendrait pas les dernières heures de sa permission pour rencontrer son épouse.

Il lui donna rendez-vous dans l'appartement qu'il avait loué à Chelsea, un quartier tranquille et lointain qu'elle connaissait. Elle y avait grandi dans son enfance, et n'y tomberait sur aucune de ses nouvelles amies.

Si elle devait craindre la distance de ce petit voyage dans la périphérie, il se proposait de venir lui-même la prendre en carrosse à Leicester House. Quant au secret qui présidait à leurs relations...

L'erreur de jeunesse

Il se moquait bien, lui, de cette fameuse clandestinité qu'elle prétendait lui imposer !
Perdre sa maigre pension lui était indifférent. Il était aujourd'hui majeur et capitaine de vaisseau. Il se souciait comme d'une guigne de déplaire à sa famille, à son frère aîné ou à sa veuve de mère. Il avait essuyé, à la Jamaïque, d'autres tempêtes que l'ire des Hervey.
Il n'acceptait donc de dissimuler son mariage que par pure galanterie envers la femme qu'il aimait, et dont il respectait la volonté.

Reconnaissante qu'il l'ait tirée d'un mauvais pas en réglant ses dettes, Elizabeth voulut croire en son honneur et en ses bons sentiments. Elle se présenta au rendez-vous dans les meilleures dispositions. Elle était bien résolue à discuter de leur affaire posément, et à trouver avec lui un arrangement.

Au début, tout se passa avec la courtoisie la plus exquise. Elle avait abandonné ses grands airs. Il avait recouvré ses moyens.
Elle le remercia de sa diligence à lui envoyer les lettres de change. Il lui répondit qu'il n'avait fait que son devoir. Elle l'assura qu'elle le rembourserait à la première occasion. Il lui répondit que tout ce qu'il possédait lui appartenait de droit. Elle insista. Il se récria. Il ne saurait accepter d'elle quoi que ce fût... Sinon son amour. Il eut la maladresse d'ajouter : avec son obéissance et sa fidélité.
Là, les choses commencèrent à se gâter.
L'un et l'autre firent encore assaut de quelques amabilités. Légère, elle tenta d'argumenter que s'il l'aimait autant qu'il le prétendait, il devait vouloir la rendre heureuse... Non ?
Il lui baisa la main, lui assurant qu'il ne demandait que cela.

L'Excessive

Toujours souriante, elle le gratifia d'un petit coup d'éventail, lui retira ses doigts, le pria de la laisser vivre en paix...

La paix, il jura ne rien souhaiter d'autre. Ah, vivre tranquille avec sa chère Elizabeth dans un petit coin perdu d'Angleterre !

Mais quand il esquissa le geste de la prendre dans ses bras, elle ne put s'empêcher d'une réaction : elle sauta violemment en arrière. Haineuse, prête à se défendre, elle ne souriait plus.

Toute la personne d'Elizabeth exprimait une méfiance, une hostilité si profonde, une horreur si manifeste, qu'il en fut plus surpris que blessé. Il n'était guère habitué à susciter cette sorte de sentiments chez les dames. Les forcer n'entrait pas dans son caractère... Celle-là le rendait fou.

Il trouvait maintenant que ce petit jeu avait assez duré. Cette femme était la sienne. Elle lui appartenait de droit. Comment osait-elle se refuser à lui, quand elle se donnait aux autres ?

Il la saisit par la taille et tenta de l'embrasser. Elle lui assena une telle gifle qu'il en perdit l'équilibre. Elle profita de cet instant pour se ruer sur la porte. Il la rattrapa.

— Laissez-moi sortir, ou je crie !

— Tu peux appeler tant que tu veux, ma belle, nul ne t'entendra.

Il la plaqua contre le battant. Elle hurla. Il lui ferma la bouche en y collant la sienne. Elle se débattit. Il lui fit un croche-pied, la renversa, et mit son genou entre ses cuisses pour l'empêcher de refermer les jambes.

Le capitaine Hervey avait connu bien d'autres combats, vécu d'autres sortes d'abordages dans les Antilles : les clameurs, le sang, la peur appartenaient à son quotidien.

Une main sur sa poitrine, il la maintenait au sol, de l'autre il se déboutonnait... Il remonta ses jupons.

L'erreur de jeunesse

*

Jamais Elizabeth ne lui pardonnerait. Il le savait. Aucun argument au monde, aucune circonstance, ne pourraient plus la convaincre de le laisser occuper une place à ses côtés. Mari, amant, ami, il ne pouvait plus prétendre à aucun rôle auprès d'elle. Sa brutalité avait détruit toute relation saine, toute possibilité de rapports entre eux. Il l'avait définitivement perdue.

Foutu pour foutu – ainsi Hervey s'exprimait-il –, autant profiter d'une situation désespérée.

Aussi jugea-t-il opportun d'ajouter tout de suite le chantage au viol.

Si Elizabeth ne venait pas lui rendre visite chaque semaine à Chelsea, il rendrait public le fait qu'elle n'était plus à prendre – ni par le duc de Hamilton, ni par le duc d'Ancaster, ni par quiconque – car elle lui appartenait, à lui.

Si Elizabeth ne respectait pas les liens du mariage qui les avait unis à Lainston, il raconterait à la princesse de Galles que sa demoiselle d'honneur n'avait rien d'une demoiselle et, qu'en fait d'honneur, elle n'était plus vierge depuis longtemps. Ce qui, sans doute, ne surprendrait personne… Mais il dirait aussi qu'elle se faisait passer pour ce qu'elle n'était pas et qu'elle trompait ses bienfaiteurs. Ce qui risquait, tout de même, de les étonner.

Si Elizabeth ne se soumettait pas à ses désirs, il clamerait qu'elle était une usurpatrice, sans aucun droit à la place qu'elle occupait à Leicester House, sans aucun titre pour recevoir les émoluments qu'on lui servait.

« À vous, ma chère, qui aimez tant le clinquant, cette sorte de publicité serait-elle agréable ? »

Elle tenta de le braver et de lui résister. Peine perdue. La tante Hanmer ne s'était pas trompée, en jugeant le

L'Excessive

jeune Hervey un garçon du meilleur monde... Sans fortune certes, mais proche de la couronne. Il fréquentait, comme Elizabeth, les plus hautes sphères.

Les luttes intestines, au sein même de son clan, avaient conduit les membres de la famille Hervey à se rallier à plusieurs factions. Le frère aîné du capitaine appartenait au roi. Sa mère, aux Jacobites qui voulaient remettre les Stuart sur le trône. Quant à lui, s'opposant au conservatisme de l'un et à la fronde de l'autre, il avait dès son retour choisi un troisième parti : celui du prince de Galles.

L'amitié d'un Hervey servait avec éclat la politique du prince Frédéric contre son père. Il lui fit fête à la jeune cour.

En cet hiver 1747, Elizabeth rencontrait son mari au bal, au concert, au jeu. Une silhouette menaçante qu'elle trouvait sur son chemin partout, la dévorant du regard, la poursuivant de ses assiduités au sein même de son propre fief... La passion du capitaine Hervey n'était plus un mystère pour personne. Encore une victime des charmes de Miss Chudleigh !

Que pouvait-elle faire ? Que pouvait-elle dire ? Sinon espérer en un prompt départ en mer, une nouvelle guerre qui la délivrerait de cette odieuse présence.

Le résultat de leur fréquentation ne tarda guère... Trente jours après le viol, en février, elle découvrit qu'elle était enceinte.

***

En dépit du nombre de ses amies, et malgré la passion de ces dames pour la romance et le potin, Elizabeth n'avait jamais raconté l'histoire de son mariage à quiconque. Elle ne confia pas davantage le secret de sa grossesse. Sous son extérieur bruyant, elle savait se taire.

L'erreur de jeunesse

Même Hervey, quand il s'embarqua pour la Méditerranée au mois de juin, n'imagina pas qu'il laissait derrière lui une épouse enceinte de quatre mois. Dans son aveuglement, il crut au contraire que les choses entre eux s'arrangeaient, qu'ils se séparaient *presque* bons camarades. N'avait-elle pas exigé qu'il gardât l'appartement de Chelsea, pour elle ? *Presque* un domicile conjugal ! N'avait-elle pas négocié qu'il lui remette de quoi vivre en son absence ? *Presque* une économie domestique !
La vérité était qu'elle avait réussi à lui soutirer une fortune. Il quittait Londres, totalement dépouillé. Et plus épris que jamais de l'insaisissable Miss Chudleigh : sa victime, sa maîtresse, sa femme.

Hervey n'était pas le seul en Angleterre à trouver Elizabeth insaisissable et, par voie de conséquence, à vouloir lui prouver son amour en se ruinant pour elle.
Son prétendant, le duc d'Ancaster qui, contre tous les pronostics, n'avait pas obtenu sa main en octobre, faisait pleuvoir sur sa tête une manne de perles et de diamants. Il constellait sa chevelure de pierreries, il étalait les colliers sur sa gorge, il faisait claquer les fermoirs autour de ses fins poignets. Elle acceptait ces babioles avec grâce, les bijoux, les traites, les terres, pourvu qu'il les lui offrît gentiment. Elle lui concédait aussi certaines privautés... Comme à tous ceux qui savaient l'émouvoir. Le duc d'Ancaster, oui, certes. Mais aussi le comte de Pembroke. Le comte d'Exeter. Le comte de Marsh.
Inutile désormais de jouer les prudes. Hervey l'avait possédée. Le mal était fait.
Et puisqu'on la prenait pour une dévergondée – à l'époque où elle était vertueuse et sage –, autant profiter des plaisirs que la vie avait à lui offrir.
Son état lui permettait de jouir sans risque de certaines voluptés : *Foutue pour foutue*, comme aurait dit

ce butor d'Hervey, *autant prendre avantage d'une situation désespérée.* Encore une fois : le mal était fait ! Aussi cynique que terrifiée, elle entrait dans son sixième mois de grossesse.

Au prix de quels efforts, de quels sursauts d'énergie, continua-t-elle à jouer, à rire et à danser ? Par quels tours de passe-passe réussit-elle à cacher, dans cette cour où chacun s'espionnait, qu'elle attendait un enfant ?
Quoi qu'il en soit, elle ne parviendrait pas à dissimuler ses rondeurs plus longtemps. Le scandale devenait imminent. Elle allait tout perdre.
En pirouettant au son des violons, elle s'interrogeait. Devait-elle commettre l'acte auquel elle s'était toujours refusée ? Parler ? Se confier ? Risquer l'essentiel ? Abandonner – ou bien gagner – ce qu'elle cherchait à conserver : sa place dans l'univers magique de Leicester House.
Quitte ou double.
Elle lança son va-tout auprès de la personne qu'elle aimait le plus au monde, et qui pouvait la chasser : elle avoua son mariage à la princesse de Galles.

La réaction d'Augusta fut à la mesure de son affection et de sa bienveillance. Loin de se sentir flouée par le long mensonge d'Elizabeth, ou de se montrer scandalisée par l'arrivée d'un bébé chez l'une de ses demoiselles, elle mit son zèle à lui venir en aide... Mon Dieu, mon Dieu combien Miss Chudleigh avait maigri ! Mon Dieu, mais Miss Chudleigh fondait comme neige au soleil ! Miss Chudleigh dépérissait ! Miss Chudleigh devait immédiatement partir à la campagne. Se soigner aux eaux ! *Her Royal Highness* lui accordait un congé de quelques mois.
Ainsi la princesse, devenue sa complice, lui permitelle de disparaître. Elle lui donna en outre son propre

L'erreur de jeunesse

médecin, le fameux chirurgien Caesar Hawkins, qui l'avait elle-même accouchée de ses six enfants.

Augustus Hervey junior vint au monde à Chelsea, à la fin du mois d'octobre 1747. Il y fut baptisé le 2 novembre, puis laissé aux bons soins d'une nourrice.

Dès le 3, sa mère avait repris sa place à la cour... Elle s'y présenta, si rose, si fraîche, si pimpante que nul ne douta qu'elle arrivait d'un repos à la campagne.

Bals masqués, concerts, dîners, opéras, théâtres : elle était de nouveau de toutes les fêtes. Impossible de soupçonner qu'elle relevait de couches... Une force de la nature.

Contre toute attente, Elizabeth n'abandonna pas son bébé. Sa joie à la naissance de son enfant l'avait surprise. Elle en restait ravie et bouleversée. Elle revint le voir chaque semaine à Chelsea.

En regardant le visage de son fils, elle voyait sa vie défiler sous un nouvel éclairage : son mariage clandestin, le chantage, le viol, la grossesse, toutes les difficultés liées à sa rencontre avec Hervey avaient disparu.

Mais quand le bébé s'éteignit deux mois plus tard, il emporta avec lui l'immensité d'une tendresse dont Elizabeth s'était crue incapable.

Elle enterra son fils à Chelsea le 21 janvier 1748.

Elle ne contrôlait plus ses nerfs et ne réussit pas, cette fois, à maîtriser sa détresse. On lui voyait les yeux rouges à la lueur des girandoles, et la bouche tuméfiée sous les lustres. Elle présentait un visage ravagé. Nul ne pouvait douter qu'elle pleurait chez elle, chaque jour. Comme l'avait remarqué la princesses de Galles au printemps, elle maigrissait. Elle dépérissait. Et son chagrin durait.

L'Excessive

Ni le duc d'Ancaster, qui la couvrait de colifichets sans réussir à être reçu dans sa chambre, ni aucun de ses soupirants qui faisaient le pied de grue à sa porte ne comprenaient le sens de cette maladie. Une passion amoureuse ? Pour qui ?... Lequel d'entre eux était son vainqueur ?

Seule évidence : Miss Chudleigh, naguère si spirituelle et si plantureuse, ne se ressemblait plus. Il n'était question à Londres que de ses crises de larmes, de ses évanouissements, de ses vapeurs.

Ses rivales parlaient plutôt de manipulation, de calcul et de théâtre. Avait-on besoin d'une preuve ? Soudain, comme par enchantement, les symptômes de Miss Chudleigh disparurent. Aussi brusquement qu'elle s'était montrée défaite et brisée, elle retrouva son entrain et sa beauté. En fait de mal, il s'agissait bien d'une variante à ses comédies habituelles !

Elizabeth avait vaincu son chagrin. Elle avait chassé, par la seule force de sa volonté, cette tristesse qu'elle haïssait. *Courte, drôle et saisissante,* elle était redevenue elle-même. La princesse de Galles se rassura. Elle la crut guérie. Elle se trompait.

La mort de son petit garçon n'avait fait que décupler sa fureur de vivre : un appétit de succès, une avidité de plaisirs qui allaient atteindre des sommets.

***

« Miss Chudleigh danse comme une déesse et chante comme un ange. Elle sourit à tout le monde. Et tout le monde lui sourit. Elle joue des fortunes, elle gagne des fortunes, elle perd des fortunes avec le même entrain et la même insouciance. »

Ainsi s'exprimaient les gazettes qui relataient, comme une nouvelle de première importance, que « Miss Chu-

L'erreur de jeunesse

dleigh avait passé l'hiver à Londres, et qu'elle passerait l'été à Bath ou à Tunbridge Wells ».

Les chroniqueurs mondains avaient fort à faire avec la description de ses toilettes, en effet. Entre le printemps 1748 et la fin de l'année suivante, ils ne surent où donner de la tête. Et pour cause ! Une débauche de fêtes comme on n'en avait jamais connues en Angleterre, une suite de raouts, de bals, de concerts, de créations d'opéras, de jeux d'eau dans les jardins de Vauxhall, de feux d'artifice dans les jardins du Ranelagh, enflammèrent la Ville et la Cour. Ces plaisirs étaient offerts par Sa Majesté le roi George II pour célébrer la fin de la guerre de Succession d'Autriche et la signature du traité avec la France.

Le plus inouï de tous les spectacles du carnaval 1749 fut, sans contexte, la mascarade organisée par souscription au *King's Theatre*, le Théâtre du Roi, à Haymarket. Ce bal-là devait rassembler dans les loges, au parterre, aux balcons, tout ce que la noblesse anglaise comptait de plus titré. Le décor évoquait les boutiques de la place Saint-Marc à Venise. On y vit le vieux roi, son crâne chauve à l'air, qui déambulait à visage découvert de stalle en stalle, s'extasiant de n'être pas reconnu dans son déguisement de bourgeois du XVIe siècle. On y vit les plus belles dames de Saint James en héroïnes de Van Dyck, le vertugadin constellé de pierreries, de grandes fraises étranglant leurs cous graciles. Certaines étaient en cheveux, frisées à la mode du temps, d'autres portaient des chapeaux coniques, la plume sur l'œil à la *Hélène Fourment*... Les demoiselles de Leicester House rivalisaient d'opulence avec les duchesses de la grande cour, et ne se laissaient pas distancer : en *Louise de La Vallière* ou en *Madame de Montespan*, elles rutilaient sous les diamants du Roi-Soleil. Mais de toutes les incarnations, le costume qui fit couler le plus d'encre et

L'Excessive

concentra sur son extravagance tous les comptes rendus, tous les témoignages, toutes les gravures distribuées à Londres, toutes les eaux-fortes répandues sur le continent fut, bien sûr, le costume de Miss Chudleigh.

Cette fois, elle frappa un grand coup. Elle osa l'inimaginable. Même son amie la princesse Augusta, même ses soupirants n'en crurent pas leurs yeux.

Sans corset. Sans paniers. Sans bijoux. Sans rien... Ou plutôt : en collant de soie couleur rose, de la nuance exacte de sa chair, elle se présenta nue.

Chacun pouvait admirer ses chevilles, ses jambes, ses hanches qui ondulaient sous les mousselines, un vol de grands voiles blancs, diaphanes et transparents qui venaient se coller contre ses cuisses après avoir frôlé celles de ses admirateurs.

Les cheveux dénoués, s'épandant en vagues brunes sur ses épaules, elle fendait la foule et marchait vers le roi.

Interrogée sur son passage, elle répondait qu'elle était *Iphigénie en route pour le sacrifice*. Nul ne soupçonnait qu'il s'agissait d'une plaisanterie, d'un clin d'œil envers son propre destin, la tragédie secrète de la jeune fille de Lainston avançant vers l'autel en victime consentante, comme jadis la fille d'Agamemnon vers le prêtre qui allait lui trancher la gorge.

Un scandale comme on n'en avait jamais connu !

La princesse Augusta, affolée par l'orage qu'elle sentait gronder sur sa demoiselle d'honneur, et par les accusations d'immoralité qui allaient fondre sur sa cour, lui jeta son propre châle sur les épaules.

Le seul qui trouva l'idée divertissante et l'incarnation des plus accortes fut le vieux roi. Cette vision d'Iphigénie, fonçant sur lui dans sa splendeur de vestale, l'éblouit et le troubla. Il en perdit le peu de savoir-vivre

L'erreur de jeunesse

qui lui restait. Avançant la main vers la gorge d'Elizabeth, il demanda la permission de lui tâter les seins. Elle attrapa sa main au vol et lui suggéra, dans un sourire, un endroit beaucoup plus doux. Elle joignit le geste à la parole, conduisit la main vers le front du monarque, et la lui posa sur le crâne.

Décidément, les demoiselles de sa bru étaient à la hauteur de leur réputation ! Celle-ci avait autant de beauté que d'esprit, autant d'insolence que d'audace. *Miss Chudleigh ?*

Sa Majesté avait déjà entendu ce nom… N'était-ce pas Miss Chudleigh qui avait refusé la main du duc de Hamilton ? N'était-ce pas Miss Chudleigh que son imbécile de fils, le prince de Galles, lui avait suggérée comme ministre de la Guerre ?

C'était trois ans plus tôt… Une plaisanterie de pochards, conçue pour se moquer de son incompétence, pour le narguer la nuit même d'une défaite dans le conflit qui l'opposait aux Stuart et menaçait son trône… La proposition avait été signée du prince, de toute la jeune cour, et de cette Miss Chudleigh. Le portefeuille de la Guerre pour cette jeune personne ? Enfin une bonne idée ! Mais plutôt que le ministre de ses armées, Sa Majesté allait en faire la maîtresse de ses plaisirs.

Si le vieux roi crut l'affaire conclue, il se trompait. Il eut beau la courtiser et la presser, il n'obtint d'Elizabeth qu'un marivaudage ambigu, un flirt dans les limites consenties entre un père et sa fille.

Elle réussissait à le maintenir à distance. Elle réussissait surtout à ne rien lui accorder… Sans le blesser.

Lui-même n'était pas regardant. Les jeunes, les vieilles, les belles, les idiotes : il faisait feu de tout bois. Il finit par se rabattre sur d'autres proies. Il n'avait que l'embarras du choix.

Il continua toutefois à la poursuivre de ses assiduités, lui gardant une forme d'affection. Sur ce terrain, l'affection, elle se gardait bien de repousser sa flamme. Des tendres sentiments de Sa Majesté, Elizabeth pouvait beaucoup recevoir. Par exemple la nomination de sa propre mère, Mrs. Chudleigh, au poste très prestigieux, très lucratif et très convoité de gouvernante du palais royal de Windsor. Le traitement était de huit cents livres par an, soit quatre fois les émoluments de demoiselle à Leicester House.

Le jour où cet honneur devint public, le roi traversait la salle du trône. Apercevant Miss Chudleigh dans la foule, il se dirigea vers elle : « Je suis heureux d'avoir eu la possibilité d'obéir à vos ordres, Mademoiselle, plaisanta-t-il. Et j'espère qu'un baiser ne vous paraîtra pas une récompense trop excessive. »

Prenant d'autorité le visage d'Elizabeth entre ses mains, il la baisa au front devant toute sa cour. Ainsi suscita-t-il la jalousie de ses maîtresses et la fureur de ses filles.

Curieusement, les seuls qui se félicitaient de l'intimité d'une demoiselle d'honneur de la princesse Augusta avec le roi d'Angleterre étaient le prince de Galles et ses fidèles. Elizabeth leur servait de messagère, elle facilitait leurs ambassades, elle mettait du miel sur les relations désastreuses qu'ils entretenaient tous avec ce personnage honni.

Loin de craindre une trahison de sa part, Augusta remerciait Miss Chudleigh de son dévouement.

Quand le prince Frédéric mourut brutalement en mars 1751 d'une pneumonie et d'un abcès au côté dont nul n'avait soupçonné l'existence, Miss Chudleigh devint incontournable.

L'erreur de jeunesse

Elle était la seule à pouvoir approcher la veuve du prince, la seule à savoir consoler Augusta de ce chagrin dont on craignait les suites les plus fâcheuses sur son état. La princesse se trouvait enceinte de son neuvième enfant. Désespérée, elle n'admettait auprès d'elle que les soins de sa favorite.

Elizabeth se multipliait sur d'autres fronts.

Au palais Saint James, elle travaillait à convaincre Sa Majesté de se conduire avec décence, voire avec bonté, envers la mère des enfants de son fils détesté. Elle tentait d'obtenir que Sa Majesté traitât l'aîné des garçons comme son successeur. Celui-là deviendrait en effet George III. Résultat : Miss Chudleigh jouait un rôle de premier plan et gagnait du terrain. Elle régnait sur les deux cours.

Pour le reste, l'impudeur de son costume au bal du *King's Theatre* coûtait cher à sa réputation. Si le but avait été d'attirer l'attention du grand monde sur ses charmes, elle avait réussi au-delà de ses espérances. On pouvait même dire qu'elle avait dépassé sa cible, et qu'elle l'avait manquée.

Sans naissance et sans mari, sans fortune et sans titre, l'éclat de son apparition qui avait tant émoustillé les messieurs, tant indigné les dames, la ravalait au niveau des danseuses, des actrices et des aventurières. Son tapage la classait à jamais parmi les femmes à scandale. Même ses amies de Leicester House pensaient que Miss Chudleigh était la maîtresse du souverain. Elles racontaient que Miss Chudleigh n'obtenait les marques de la faveur royale que par le sacrifice de sa vertu et par sa virtuosité au lit.

Seule Augusta la défendait. Elle connaissait ses secrets.

L'Excessive

En rentrant à Londres cet été-là, le capitaine Hervey douta, moins que personne, de sa propre infortune. Après Hamilton, Ancaster, Exeter, Pembroke, Marsh, sa femme le cocufiait avec le roi.

Lui, Augustus Hervey, petit-fils du comte de Bristol, fils, frère d'un pair d'Angleterre, s'était lié à une courtisane, une catin dont les appas et la vénalité lui permettaient de se pousser dans le monde, de placer sa propre mère à Windsor, de s'enrichir et d'enrichir sa parentèle... Le déshonneur des Hervey était total. Or, sur la gloire de son nom, Augustus restait chatouilleux.

Pour la première fois, il songea sérieusement à désengager son destin de celui de Miss Chudleigh. Il s'interrogea sur la possibilité d'un divorce. Il consulta ses amis.

Évoquant avec eux la possibilité d'une séparation, il laissa filtrer le bruit de son mariage.

Tout Londres commençait à chuchoter. Qui était en réalité Miss Chudleigh : Mrs. Hervey ? Si tel était le cas, sa situation expliquait les mystères de sa conduite. Le refus d'épouser le duc de Hamilton, notamment.

Elizabeth bouillait de colère. Elle suffoquait d'indignation. Hervey mettait le comble à sa bassesse en trahissant leur secret.

Pour ce qui touchait au duc de Hamilton, son amour malheureux, elle venait de recevoir un dernier coup.

Le duc ne s'était distingué ces dernières années que par ses pertes au jeu, son goût de l'alcool et sa fréquentation des filles. Le monde mettait ses excès sur le compte du chagrin que lui avait causé sa rupture avec Miss Chudleigh. Lui-même lui servait ce petit compliment à chaque rencontre, un dithyrambe qui soutenait sa réputation de séductrice, en écornant un peu plus sa vertu.

L'erreur de jeunesse

Il finit toutefois par offrir à une autre Elizabeth la noce dont elle aurait rêvé avec lui, la noce qu'elle-même avait vécue à Lainston avec l'abominable Hervey !

Jamie avait épousé en hâte, à minuit, devant un chapelain de fortune, Miss Elizabeth Gunning, une beauté désargentée qu'il n'avait connue que quinze jours. Il lui offrait son bras, sa foi et – dans sa précipitation à s'emparer de cette magnifique jeune personne –, un anneau de rideau en guise d'alliance.

Mais cette Elizabeth-là s'appellerait à jamais *Sa Grâce la duchesse de Hamilton*.

Le résultat de l'enquête du capitaine Hervey auprès des hommes de loi ne l'encouragea guère à poursuivre dans la voie d'une séparation légale. La procédure serait longue, coûteuse, source d'ennuis. Seul le divorce pour faute, c'est-à-dire pour *adultère*, lui permettrait de gagner sa cause. Il allait devoir prouver son mariage, et payer les dettes qui incombaient à sa femme. Prouver ensuite l'inconduite de Mrs. Hervey. Rassembler tous les témoignages de ses infidélités. Encore une source de scandale ! Il ne souhaitait guère attirer sur sa propre lignée – et sur sa propre carrière – cette sorte de publicité. Et s'il ne manquait pas de courage au combat, il avait les dérangements en horreur.

Au bout du compte, mieux valait peut-être tenter une réconciliation.

L'entrevue qu'il eut avec Elizabeth dans l'appartement de Conduit Street, une propriété qu'elle avait réussi à acquérir seule, de ses deniers et sous le nom de Chudleigh, fut orageuse, selon leur ordinaire.

Pour la convaincre de la nécessité de s'entendre, il prit la maison d'assaut, força la porte de la chambre et revint à son bon vieux système de chantage. Les mensonges

L'*Excessive*

avaient assez duré, disait-il. Si Elizabeth ne renonçait pas à ses amants, si elle ne revenait pas à la décence d'un comportement qui seyait à l'épouse d'un Hervey, il allait raconter à la princesse de Galles l'histoire de leur union.

Elle lui rit au nez.

La chose était faite, merci. Elle avait avoué sa faute depuis longtemps. Elle était pardonnée depuis belle lurette.

Il s'avança alors sur un terrain plus délicat, un évenement dont elle-même ne lui avait jamais parlé et sur lequel il n'avait aucune certitude. Ann, la femme de chambre de Mrs. Hanmer, aujourd'hui mariée à son serviteur, avait évoqué la naissance et la mort de plusieurs bébés à Chelsea, précisément deux enfants, chez la nièce de sa patronne. Cette question le tourmentait, elle achevait même de le mettre sur les nerfs.

Il n'aborda le sujet qu'avec précaution, en pesant ses mots.

— Le monde dit qu'en mon absence, vous auriez eu, Madame, des jumeaux.

Elle soupira.

— Le monde exagère toujours, Monsieur. Pour ma part, je ne crois jamais que la moitié de ce qu'il raconte ! Vous devriez en faire autant.

Il ne saisit pas la signification du sous-entendu : les plaisanteries d'Elizabeth le désarçonnaient, il ne goûtait guère son esprit. La vie lui avait offert d'autres plaisirs, plus gratifiants, que les saillies de la spirituelle Miss Chudleigh.

Il abandonna le chapitre des enfants.

Pourquoi s'était-il infligé à lui-même le désagrément d'une conversation aussi pénible ?

Au fond, où était l'urgence ?

La passion qu'il vivait aujourd'hui avec la belle Suzanne-Félix de Caze, épouse de l'un des fermiers

L'erreur de jeunesse

généraux de Louis XV, l'occupait tout entier. Cette personne était mariée, il ne pouvait donc lui offrir son nom et ne trouvait aucun avantage immédiat à se libérer d'Elizabeth.

Plus tard, oui, quand il voudrait prendre femme, quand il aurait choisi une héritière jeune et titrée, une personne bien née qui lui donnerait des enfants, alors, oui, il poursuivrait la piste du divorce pour adultère.

Mais pour l'heure... Quelle urgence ?

Inutile d'étaler sa honte. C'était son nom à lui que l'inconduite d'Elizabeth déshonorait.

Certes, il avait, à vingt ans, commis une erreur capitale. Il en avait aujourd'hui vingt-sept. La vie commençait à peine. Quant à sa fortune... Il venait d'hériter une jolie somme. Il n'avait pas l'intention de dilapider son bien en remboursant de nouveau les dettes de cette courtisane !

Pourquoi gâcher son avenir en s'embarrassant d'une personne qui ne l'avait jamais aimé, et dont lui-même se sentait fatigué ? Mater cette furie d'Elizabeth, la posséder à son corps défendant, ne l'intéressait plus.

Quand elle lui répéta qu'il ferait mieux de lâcher prise et de l'oublier, elle prononçait les mots qu'il voulait entendre.

Cette fois, il comprit la sagesse du message : « Adieu, Monsieur. Adieu, Madame... Et bon vent ! »

Abandonnant Miss Chudleigh à son sort, il partit rejoindre ses nouvelles amours à Versailles.

***

Exit l'époux clandestin. Enfin ! Épris d'une autre. Harponné ailleurs. Pour combien de jours ? De mois ? D'années ? Peu importait !

La sortie de scène de celui qu'Elizabeth continuait d'appeler « l'Abominable » la débarrassait d'un poids qui avait plombé son existence.

Elle pouvait à nouveau respirer. Elle ne s'en privait pas. Elle inhalait tout son soûl l'air de la cour et celui des châteaux.

Evviva la libertà!

Avec l'éloignement du capitaine Hervey, les rumeurs sur leur mariage s'estompaient. Elles moururent d'elles-mêmes.

***

Quand le deuil imposé par la mort du prince de Galles toucha à sa fin, et que les chaussons de feutre qui étouffaient le bruit des pas à Leicester House passèrent du noir au gris, on retrouva le chant des petites mules de Miss Chudleigh se déplaçant rapidement dans les galeries. Toujours chaleureuse, vivante, frémissante, elle souriait de droite et de gauche, prête à saisir sur son passage les présents que le destin avait à lui offrir.

Elle n'attendit pas longtemps. À peine Hervey eut-il disparu du paysage, qu'elle rencontra sa chance. Elle aurait eu mauvaise grâce à la manquer. La Fortune s'incarnait en une seule personne et se présentait sous une forme éclatante : *Le plus bel homme d'Angleterre...* Ainsi appelait-on Evelyn Pierrepont, duc de Kingston, marquis de Dorchester, vicomte Newark, baron Pierrepont de Holme Pierrepont, chevalier de l'ordre de la Jarretière et général des armées du roi.

Elle avait trente ans. Il en comptait dix de plus. Elle allait devenir l'amour de sa vie.

(4)

1752-1769
Le plus bel homme d'Angleterre

Dès l'heure où le duc de Kingston se prit de passion pour Miss Chudleigh, les détracteurs de la demoiselle se répandirent dans Londres en assurant que, sous ses mâles apparences, le duc n'était qu'un bellâtre, aussi faible que gâteux dans sa maturité. Un ingénu. Un niais. Aucun de ces qualificatifs ne convenait au caractère du nouvel amant d'Elizabeth.

Comme Hamilton – mais treize ans avant lui –, Kingston avait accompli son Grand Tour. Si les deux ducs avaient parcouru les mêmes routes, Lord Evelyn, au contraire de Lord Jamie, ne s'était pas contenté de l'enseignement des servantes d'auberge, des joueurs professionnels et des actrices. Il avait invité dans sa suite des érudits conformes à ses goûts, et s'était adjoint les conseils d'amateurs d'art, d'hommes de lettres et de botanistes.

Parmi ses amis de cœur, son favori était un savant du nom de Georges Louis Leclerc, seigneur de Buffon.

Le jeune Kingston avait emmené Buffon en Italie. Ensemble ils avaient visité Turin, Milan, Gênes, Florence et Rome. Aussi amateurs, l'un et l'autre, des plaisirs de la chair que des joies de l'esprit, ils avaient écumé les collections de peintures et les galeries

L'Excessive

d'antiques, en soupant chez les prélats et les princes. Le duc y avait acquis une série de statues pour l'ornement de ses propres jardins, et plusieurs tableaux de la Renaissance, notamment un Raphaël, que lui enviaient aujourd'hui ses rivaux. Il avait en outre commandé un service d'argenterie qu'on disait de toute beauté.

Au retour de ses voyages, il n'avait pas regagné Londres. Il s'était installé à Paris. Toujours lié à Buffon, il y avait soutenu les travaux de leurs connaissances communes, les futurs encyclopédistes.

Libertin et roué à la mode du temps, il ne dédaignait pas les parties fines. Il avait conduit dans la « petite maison » conçue pour ses plaisirs à la lisière de Paris un certain nombre de marquises qui avaient sacrifié avec lui sur l'autel de Vénus. Il entretenait en outre plusieurs danseuses qui travaillaient à le ruiner avec conscience. Peine perdue. La fortune du duc semblait inépuisable.

L'amour s'était présenté sous la forme d'une jeune femme qui ne ressemblait en rien à ses autres conquêtes. Celle-là n'affectait aucune des manières en vogue, et ne minaudait pas. Elle était la fille naturelle de l'un des financiers les plus riches de France, le banquier Samuel Bernard, qui l'avait reconnue et dotée, ainsi que ses deux sœurs.

Les trois Grâces, ainsi appelait-on les sœurs dans Paris, étaient aujourd'hui les épouses de trois aristocrates qui comptaient sur la fortune de leur beau-père pour l'avancement de leur carrière. La première, Mme Dupin, était une amie de Rousseau : elle allait l'employer comme secrétaire. La deuxième, Mme d'Arty, était la maîtresse du prince de Conti. La troisième, Mme Valet de La Touche, était sage.

Connue pour la douceur, pour la bonté, et pour l'inaltérable gaieté de son caractère, Françoise-Thérèse, marquise de La Touche, avait vingt-deux ans. Son mariage n'était pas heureux. Elle vivait retirée de la cour et ne trouvait de consolation qu'en ses trois enfants… Jusqu'à l'arrivée du duc de Kingston dans son existence.

Leur histoire fut celle d'une passion folle, que couronna le scandale : le duc finit par enlever la marquise.

Il la ramena avec lui en Angleterre. Mme de La Touche abandonnait pour le suivre tout ce qui était cher à son cœur, notamment ses enfants.

Son époux ayant déposé contre elle et contre son ravisseur une plainte infamante, ce fut l'ami Buffon qui s'occupa de mettre leurs affaires en ordre, et de défendre la réputation de la marquise. En vain. Mme de La Touche était tombée. Elle ne se relèverait plus. Ni en France ni en Angleterre elle ne serait reçue.

Durant les quatorze années qui suivirent sa chute, elle partagea la vie du duc, habitant avec lui sur les terres du somptueux château de Thoresby, près de Nottingham. Leurs amis lettrés, notamment Buffon, leur rendaient visite. Le fameux abbé Le Blanc, auteur à succès, futur protégé de Mme de Pompadour et futur historiographe des monuments du roi, qu'ils avaient emmené avec eux dans leur fuite, leur servait de chapelain. Les hommes du monde, aristocrates français ou membres de la Chambre des Pairs, peuplaient leurs salons. Les femmes n'en franchissaient pas le seuil.

Le temps, l'usure et l'ennui ne semblaient pas avoir lassé le cœur du duc. S'il désertait plus fréquemment sa bibliothèque pour participer aux bals à la cour, il ne courait pas la gueuse et ne manifestait aucune velléité de se marier. Il semblait au contraire plus enclin que jamais à témoigner de son respect et de son attachement à « Madame » – ainsi appelait-on avec pudeur sa maîtresse française à Londres –, en la protégeant des humiliations qu'elle aurait pu essuyer. Il ne tentait plus de l'imposer et la laissait à la campagne, quand il fréquentait le palais Saint James ou Leicester House.

L'Excessive

À quarante ans, Evelyn Pierrepont, duc de Kingston, s'était aménagé la sorte d'existence dont ses amis rêvaient. Entre ses étalons, ses pointeurs, ses obligations sociales et son intimité avec une femme bien élevée, de bonne naissance, qui ne dépendait que de lui, son organisation défiait toute concurrence. Les plaisirs du monde, le confort, la liberté, la paix... Auxquels venaient s'ajouter la richesse, la puissance et la gloire inhérentes à son nom. Que demander de plus ? Sa situation semblait aujourd'hui si stable, que même sa famille finissait par l'accepter.

À la vérité, les proches du duc y trouvaient leur compte.

Kingston n'avait qu'une sœur, Lady Frances Meadows. S'il restait célibataire – ne pouvant épouser Madame, dont le mari catholique lui refusait le divorce –, s'il restait sans héritier, alors le titre et les biens tomberaient dans l'escarcelle de son neveu, l'aîné des six enfants de Lady Frances. Cette dernière avait donc cessé de se lamenter et reconnaissait quelques qualités à la marquise déchue qui faisait les honneurs de Thoresby. Mais l'effort lui avait tant coûté qu'elle en oubliait les autres menaces. Elle ne vit pas venir le danger qui planait sur la gloire de son nom. Et sur l'héritage de son fils.

Au reste, nul dans l'entourage du duc n'aurait imaginé qu'en dansant le menuet à Leicester House, un tel homme courait le risque d'y perdre son âme.

Seule Madame eut peut-être le pressentiment de ce qu'un pas de deux avec une Miss Chudleigh pouvait receler de fatal. Mais elle avait trop à y perdre pour se montrer bon juge. En outre, elle n'assista pas à la rencontre.

Sur quel rythme des clavecins, avec quels mots, quels regards le duc de Kingston et Miss Chudleigh scellèrent-ils leur accord ?

Certes le duc, comme la demoiselle, se montrait infatigable au bal. Lui-même était célèbre pour sa résistance physique et son agilité. Il excellait dans toutes les figures.

Certes, certes, Miss Chudleigh incarnait la grâce. Le spectacle de ses demi-coupés et de ses présentations de main suscitait l'émerveillement. La ligne de son port de tête, l'éclat de son regard qui s'opposaient à son sourire de Joconde, la profondeur de son décolleté lors de ses plongées dans de somptueuses révérences, tout dans son maintien servait de modèle aux débutantes à la cour.

Grâce, maintien, maîtrise, ces trois mots étaient chers au cœur du duc : sa danseuse les illustrait à la perfection. Quant aux avantages du décolleté, il avait pu s'assurer, dès le premier piqué, que Miss Chudleigh savait soutenir ce qu'elle avançait.

De là à imaginer qu'il se laisserait si complètement piéger !

Elizabeth exultait. En frôlant la main du duc de Kingston, en recevant ses hommages, son plaisir atteignait des sommets. L'ivresse ne devait toutefois rien à son orgueil. Du moins, pas tout.

Oui, Miss Chudleigh aimait plaire à la folie. Susciter le désir chez les Grands. Forcer l'admiration du vieux roi, bien sûr. Séduire tous les courtisans et toutes les dames d'Angleterre. Séduire la duchesse de Queensbury, la princesse de Galles…

Même Augusta reconnaissait en riant que, si Miss Chudleigh n'avait trouvé âme qui vive dans un salon, elle eût encore exercé ses charmes sur les fauteuils.

Le duc faisait vibrer une corde un peu différente.

Elle reconnaissait les symptômes d'un émoi qu'elle n'avait expérimenté qu'une seule fois, un sentiment violent qui secouait tout son être, un trouble oublié depuis longtemps.

Était-ce le titre ? Était-ce le nom ? Était-ce la distinction du duc de Kingston ?

Comme à l'époque de son attirance pour Jamie, elle ne s'embarrassait pas de cette sorte d'introspection. Elle savait d'instinct qu'elle ne lui imposerait pas, à lui, le délai d'un mois, d'une semaine, d'un jour, d'une heure.

En sautant sous les lustres, elle se posait quand même la question : devait-elle badiner un peu ? Imposer des étapes ? Résister ? Elle connaissait tous les secrets du désir. La ruse était de règle.

Elle devinait le duc, sinon ingénu, du moins prudent... De nature timide et distante. Peu rompu aux jeux de la convoitise, peu formé aux subtilités de la conquête. Feindre avec cette sorte d'homme, c'était courir le risque qu'il prenne peur et qu'il lâche prise. On devait se l'attacher dans la seconde...

Au diable, la coquetterie, au diable les mignardises !

Balayant d'un coup les rites d'usage, elle se laissa conduire au fond du parc et lui accorda dès l'aube, dans le susurrement des jets d'eau, les moins chastes des privautés qu'elle avait accordées aux autres.

Ce fut une révélation.

Ils s'unirent, comme probablement s'unirent le premier homme et la première femme. À la perfection.

L'un et l'autre n'avaient connu qu'une seule passion. Lui pour la marquise de La Touche. Elle pour le duc de Hamilton. Cet unique amour avait bouleversé leur jeunesse et transformé leur existence. Une histoire qui pourtant n'était plus de saison.

Ils atteignaient la maturité sans avoir connu d'autres attachements, sans avoir vécu d'autres rencontres véritables.

Ils découvraient ensemble, au même moment, une nouvelle forme d'entente. Immédiate, totale et définitive.

Le plus bel homme d'Angleterre

Le duc ne changea cependant rien à ses habitudes. Durant près d'un an, il respecta les apparences de sa routine conjugale avec Madame, partageant son temps entre Thoresby et Londres, dans le calme et la décence.

Il se montrait si discret que le monde n'aurait su où fixer ses regards pour attribuer à Miss Chudleigh le succès d'une nouvelle conquête. Lui-même ne lui réclamait plus une danse. Il ne recherchait pas sa compagnie. À peine se découvrait-il, à peine s'inclinait-il en la croisant. Pas un sourire. Pas même un regard.

Cette froideur eût peut-être suffi à révéler leur liaison si, contre toute attente, Elizabeth ne l'avait secondé dans son entreprise de dissimulation.

La vie avait appris à Miss Chudleigh quelques leçons. Elle ne tenait pas, cette fois, à ajouter le nom de Kingston à la liste des autres ducs, des comtes et des marquis tombés dans ses filets. Elle ne causerait pas un nouveau scandale autour de sa personne. Elle se contentait d'une certitude : le duc existait. Et sa dévotion lui rendait chaque jour la vie plus facile et plus gaie.

Car, si le nom de « Chudleigh » n'apparaissait couplé avec celui de « Kingston » dans aucune gazette ni sur aucun livre de comptes, la demoiselle favorite de la princesse de Galles employait aujourd'hui deux femmes de chambre pour son service personnel à Leicester House, une servante qui lui apportait son chocolat au lit le matin, ainsi qu'un adorable négrillon qui la suivait partout, avec son parasol et son éventail. Elle possédait en outre trois nouveaux bichons qui faisaient ses délices, deux perruches, quatre chevaux, et roulait carrosse dans une voiture aux armes des Chudleigh.

Pour le reste : *Wait and see.*

Laisser dire ceux qui prétendaient connaître la source de ses soudaines richesses.

Laisser faire le duc.

L'Excessive

Mais quand la grippe, qui ravageait Londres au printemps 1752, la terrassa, elle ne maîtrisa plus la situation. Et ce fut Kingston qui les trahit.

Excessive dans la maladie comme en tout, elle s'écroula, victime de l'une de ces fièvres, aussi violentes que spectaculaires, qui l'abattaient par période. La gravité de son état, auquel la santé triomphante de Miss Chudleigh n'avait guère habitué son amant, troubla le duc et l'inquiéta.

Ne pouvant accéder librement aux appartements qu'elle occupait à Leicester House, il obtint de Son Altesse Royale la princesse de Galles qu'Elle confiât leur amie à ses soins. Il fit transporter Elizabeth dans son logement de Conduit Street, y appela son propre médecin et s'installa à son chevet. Elle délirait. Il la crut perdue. On racontait qu'il l'avait veillée toute une nuit et qu'il ne la quittait plus.

En ce mois de mai, ce n'était plus le comportement de Miss Chudleigh qui nourrissait les potins, mais bien celle de Sa Grâce le duc de Kingston.

On s'étonnait.

Qu'Elizabeth se soit laissé attirer par l'éclat d'un lord aussi illustre, qu'elle se soit sentie éblouie, aveuglée par sa lumière, bref, qu'elle fût devenue la maîtresse du duc de Kingston : la chose allait sans dire. Une évidence.

Mais lui ?

La fascination du duc pour cette demoiselle d'âge mûr, qui se présentait nue aux bals du roi et dont tous les actes – même l'identité et le statut social – restaient suspects, ne pouvait manquer de soulever quelques questions. Parmi les belles d'Angleterre, celle-là semblait la moins susceptible d'attirer, d'intéresser, d'émouvoir, de retenir un homme célèbre pour sa discrétion, un homme qui ne prenait que rarement la parole à la

Le plus bel homme d'Angleterre

Chambre des Lords par aversion pour le bruit et la publicité qu'entraînait la politique.

Bien que nul ne contestât son courage, on disait que Sa Grâce préférait s'abstenir de sortir, plutôt que de s'exposer à la rencontre de personnes dont il n'approuvait pas les principes et qui lui déplaisaient. Qu'il allait même jusqu'à se priver d'un plaisir pour éviter un conflit. Le scandale de l'enlèvement qui avait marqué sa jeunesse ne lui ressemblait plus. Il avait le tapage en horreur, il fuyait les drames, il détestait les éclats. Il tenait à ce que les choses soient faites comme elles devaient l'être.

Avec ses domestiques, il se montrait un maître pointilleux. Gare à qui n'accomplissait pas sa tâche régulièrement. Envers les bons serviteurs, sa générosité était sans limites. Les autres, il les renvoyait sans pitié.

Au moral comme au physique, il avait le goût des apparences. Il surveillait sa ligne, se changeait jusqu'à cinq fois par jour, et ne se présentait jamais dans une tenue qui ne fût appropriée aux circonstances. De haute taille, très mince, le regard froid, les lèvres fines, il restait d'une élégance altière qui ne devait rien aux modes. Pour le reste, il avait le verbe rare et l'humour caustique.

Fidèle dans ses sentiments, il ne fréquentait que de vieilles connaissances et confondait souvent ses affections avec ses habitudes. Il n'était parfaitement heureux que sur ses terres, avec ses voisins, ses chiens et ses chevaux. La chasse à courre, le tir au fusil, la pêche, la natation : il aimait tous les sports. Il aimait aussi son confort et sa paix, comme l'avaient noté ses amis.

Fut-ce parce qu'Elizabeth semblait l'exact contraire de tout ce qu'il recherchait qu'elle le subjugua ?

Parce qu'elle portait des coiffures trop hautes, des jupes trop amples, des couleurs trop fortes ? Parce qu'elle se couvrait de trop de bijoux ? Qu'elle mangeait avec trop d'appétit, qu'elle buvait avec trop de soif, qu'elle aimait avec trop d'enthousiasme ? Qu'elle prenait trop de risques et qu'elle trouvait aux périls trop de joie ? Voluptueuse, audacieuse, chaleureuse, curieuse, généreuse... Aussi mondaine et snob que supérieure au snobisme. Au-dessus des usages, au-dessus des bienséances. La fureur de vivre d'Elizabeth, son côté *nouveau riche* le fascinaient... À moins que ce ne fût l'inverse : son côté *grande dame* ?

Si grande dame, en effet, qu'elle affectait d'ignorer ce qui se faisait ou ne se faisait pas. Bah, les conventions, le fameux souci du qu'en-dira-t-on, tous les préjugés du monde : quelle importance ? Puisque c'était elle, Miss Chudleigh, qui dictait les mœurs et qui lançait les modes !

Si son panache étonnait le duc, ses mille faiblesses suscitaient en lui le désir, sinon le devoir, de la protéger. Le piédestal où elle s'était hissée en devenant l'amie intime de la princesse de Galles et la fille élective du vieux roi ne résistait que par miracle aux critiques et aux assauts. Elle restait vulnérable. Elle n'avait ni naissance ni fortune, pas même un époux derrière lequel s'abriter. Cette façon de braver toutes les lois de la société achevait de le surprendre et de l'impressionner.

Enfin, *last but not least,* Miss Chudleigh ne lui demandait rien.

Ne pouvant se faire épouser – mais, sur ce point, Elizabeth s'était bien gardée de lui faire ses confidences, et cette impossibilité-là, le duc l'ignorait ! – elle était devenue sa maîtresse, sans condition.

Très bon point pour Miss Chudleigh.

Kingston était habitué à ce que chacune de ses rencontres avec une demoiselle aboutisse à des tractations matrimoniales. Il restait l'un des meilleurs partis d'Angleterre. L'un des seuls qui fût encore célibataire.

Le plus bel homme d'Angleterre

On l'avait fiancé à toutes les vierges de l'aristocratie, à toutes les veuves dans toutes les cours européennes. Les mères le courtisaient. Les filles cherchaient à l'attirer dans leurs filets. Miss Chudleigh, comme les autres, aurait eu intérêt à une telle union. Plus encore intérêt que les autres...

Elle n'exigeait de lui aucune promesse. Elle ne réclamait même pas le sacrifice de Madame.

Du coup, il lui offrit ce qu'elle ne sollicitait pas : outre les bijoux, les toilettes, le carrosse, il mit dans sa corbeille le renvoi en France de la marquise de La Touche.

En ce mois d'avril 1753, le jour où Madame était remerciée avec une pension de huit cents livres par an, à l'heure où Madame abandonnée, humiliée, désespérée, retraversait la Manche pour regagner ses foyers, Miss Chudleigh acquérait un immense terrain sur Hill Street, à Londres.

Elle n'avait pas oublié les leçons de son ancien mentor, William Pulteney : *faire souche, planter, construire.* Elle avait alors vingt ans. Elle en comptait aujourd'hui trente-deux. *S'enrichir. S'agrandir.* Le temps était venu de mettre cet enseignement à profit.

Elle commença sur-le-champ les dessins de son premier hôtel... Ce serait un palais. D'autres propriétés et d'autres transactions suivraient.

D'où provenaient les fonds ? Mystère. Le nom du duc de Kingston ne figurait sur aucun acte de vente. Pas plus que n'apparaissaient celui de son banquier ou de son notaire. Miss Chudleigh, *célibataire*, achetait seule. Avec quel argent ? Encore une fois : mystère.

Qu'il suffise de dire qu'elle avait joué gros jeu avec le duc tout l'hiver, et qu'il lui avait remboursé, au centuple, ses pertes et ses dettes. Sans lui réclamer, à elle, ses propres gains.

L'Excessive

Kingston, autant qu'Elizabeth, avait l'amour de la terre, la passion des jardins, et le goût de bâtir. Lui-même se trouvait, à cette heure, sous les échafaudages. Thoresby avait été ravagé par un incendie : il redessinait son parc et relevait les murs de son château. Tous deux vivaient penchés sur leurs plans.

En attendant la fin de leurs travaux, le duc passait l'été au bord d'un autre lac, sur les terres d'un autre de ses manoirs. Ce petit bijou, d'architecture palladienne, s'appelait « Percy Lodge » et se trouvait dans le Buckinghamshire. Quand la saison libéra Miss Chudleigh de son service, elle partit l'y rejoindre... Ah, la campagne, elle avait toujours adoré la vie à la campagne ! Elle disait vrai : sur ce terrain aussi, ils s'entendaient.

Le tir au fusil, la chasse à courre, la pêche à la truite : elle excellait dans toutes les activités favorites du duc. Aussi sportive que lui, elle galopait plus vite, elle sautait plus haut, elle visait plus juste. Pis : elle attrapait, elle, tous les poissons.

Le spectacle qu'ils formaient, assis côte à côte au bord de l'eau sous la pluie, resterait gravé dans les mémoires des serviteurs de Percy Lodge.

Le couple pouvait pêcher des jours entiers dans le déluge. Elle : renversée dans son fauteuil, son ample chapeau enfoncé jusqu'aux yeux, son petit verre de madère à la main... Et les pieds nus dans un seau de rhum pour ne pas attraper froid. Lui : sa canne à bout de bras, son baquet de bouteilles de champagne entre les bottes. Autour d'eux : les vingt chiens de Sa Grâce couchés en cercle ou gambadant. Derrière eux : une tente où s'amoncelaient les jambons, les paniers de bière, les nappes et les coupes, ainsi que les malles d'habits qui leur permettraient de se changer. Une berline attendait leur bon plaisir à l'écart. Ils y disparaissaient pour se sécher et se réchauffer deux à cinq fois par jour, selon la nécessité. Aux dires des valets, ces nécessités recouvraient tous les types de chaleurs et d'effusions.

Trempés, glacés, les domestiques qui veillaient sur leur bien-être n'oublieraient pas cet été-là. Leurs maîtres non plus.

Les pluies de Percy Lodge inauguraient la vie qu'ils mèneraient ensemble durant les années à venir. L'incarnation du bonheur.

***

Le départ de la marquise de La Touche avait fait de Miss Chudleigh la maîtresse officielle du duc de Kingston : une position encore plus scandaleuse pour une demoiselle, plus précaire, plus délicate que ne l'avait été celle de Madame.

La Française, elle, était titrée. La Française, elle, était mariée. À la cour de Versailles comme à celle de Saint James, les épouses des grands aristocrates pouvaient afficher leurs liaisons sans que nul ne songe à s'en offusquer.

La marquise n'avait toutefois été reçue nulle part.

Quant à Elizabeth… Qu'une fille célibataire passât publiquement pour une fille entretenue, qu'elle vécût ouvertement avec son amant : un tel mépris de la décence rendait sa chute inévitable et son bannissement éternel.

Pour toutes les femmes. Dans toutes les cours et dans tous les mondes : la disgrâce et la honte.

Sauf pour Miss Chudleigh.

Si ses amies la traitaient en privé de courtisane, si ses rivales retroussaient les lèvres de dégoût, aucune d'elles n'aurait même songé à lui battre froid, ou imaginé l'ostraciser… Elle avait gardé son poste de demoiselle

L'Excessive

d'honneur et continuait de régner sur Leicester House. Elle passait plus que jamais pour l'amie de la princesse de Galles, plus que jamais pour la protégée du souverain.

La puissance royale, l'appui de tout le réseau de ses anciens amants, du duc d'Ancaster, du comte d'Exeter, de Lord Barrington, auxquels elle restait attachée par le souvenir et les mille services qu'elle continuait de rendre à leur carrière ou à leurs amours, la garantissaient contre l'adversité.

Sans parler de la fortune du duc de Kingston.

Elle connut le triomphe quand elle vendit sa grande maison de Hill Street pour acquérir un autre terrain, plus vaste encore, à Knightsbridge. L'endroit pouvait sembler désert. Elle le transformerait en quartier à la mode.

Elle s'y fit construire une villa palladienne à deux étages, un bâtiment de marbre, sobre et classique, entre cour et jardin. L'hôtel, orné d'un fronton, d'une colonnade et d'un balcon, donnait sur la rivière Serpentine d'une part, de l'autre sur le parc aux cerfs de Hyde Park. Un écrin somptueux. L'intérieur, de style rococo, offrait tous les avantages du luxe, du confort et de la modernité. Outre les marqueteries de la salle de bal, un parquet que l'architecte avait fait venir de Paris, outre les trente lustres qui illuminaient les salons, la demeure comptait deux salles d'eau avec une baignoire de marbre. Et trois *water-closets*. Une révolution.

Même les visiteurs les plus critiques, même ceux qui se plaignaient que la maîtresse de maison n'avait pas laissé un pouce d'espace libre aux murs, et que la profusion de bibelots français sur les tables, de magots chinois dans les angles, tirait l'ensemble vers le boudoir et la bonbonnière, même ceux-là reconnaissaient que la

Le plus bel homme d'Angleterre

beauté des soieries, la délicatesse des porcelaines, le travail des laques, la rareté des objets de curiosité attestaient le goût de Miss Chudleigh. Et les moyens du duc de Kingston.

Elle obtint de la princesse douairière Augusta l'autorisation d'inaugurer ce temple par une réception en l'honneur de l'héritier du trône. Le jeune prince de Galles fêterait son vingt-deuxième anniversaire à Chudleigh Place, plutôt qu'à Leicester House, et célébrerait sa majorité chez la vieille amie de sa mère, la chère Elizabeth. Augusta, en passe de devenir reine mère, serait présente, évidemment. Ainsi que ses autres enfants, ses demoiselles, sa maison, la cour : toute l'aristocratie anglaise. Et la noblesse d'Écosse et la noblesse d'Irlande, arrivées dans la capitale pour l'occasion. Le futur George III ouvrirait le bal avec Miss Chudleigh. Et Miss Chudleigh le fermerait avec le duc de Kingston. Une apothéose. Aujourd'hui, l'Angleterre ne pouvait redouter qu'une chose : ne pas appartenir à la liste de ses invités. Demain, la célébrité de ses fêtes dépasserait les frontières.

Elle ouvrit ses salons aux cours étrangères. Ses nouveaux amis, les voyageurs de distinction, les grands aristocrates européens et les diplomates se bousculèrent à sa porte. L'ambassadeur de Saxe, l'ambassadeur de France, même l'ambassadeur de Russie rendaient compte à leurs ministres des feux d'artifice chez Miss Chudleigh, des concerts chez Miss Chudleigh, des soupers chez Miss Chudleigh. Les têtes couronnées sauraient bientôt le poids des rencontres que l'on pouvait faire dans son hôtel, l'importance des transactions, politiques ou commerciales, qui se négociaient à Chudleigh Place. La meilleure, l'unique hôtesse de Londres... Sa Grâce le duc de Kingston restait dans l'ombre et n'était pas citée.

L'Excessive

Evelyn Pierrepont pouvait bien se montrer discret : par sa naissance, il incarnait l'éclat. Que Miss Chudleigh fût reçue lui facilitait l'existence. Qu'elle-même reçût toute la noblesse flattait son orgueil. Il restait un grand aristocrate, jaloux de ses prérogatives et soucieux de ses alliances. Il n'aurait eu garde de laisser oublier les hommages qui lui étaient dus. La gloire mondaine de la femme qu'il entretenait illustrait sa puissance. Il soutenait Elizabeth, il l'encourageait dans ses conquêtes. Plus encore que sa maîtresse, le duc de Kingston jouissait de la somptuosité des fêtes qu'il finançait.

Une personne, toutefois, trouvait à redire à leur situation, une personne qui se lamentait haut et fort : Mrs. Chudleigh mère, la prestigieuse gouvernante du château de Windsor.

— Il n'y a pas de jour où je ne bénisse le Ciel d'avoir épargné au malheureux colonel Chudleigh le spectacle de ton déshonneur !

En cet hiver 1755, les couloirs du vieux château des Tudor résonnaient des altercations entre la mère et la fille.

— Comment osez-vous juger ma conduite, quand vous me devez tout, et notamment votre charge ici ?

— Ton orgueil te perdra, ma fille ! Pourquoi t'obstines-tu à vivre dans le péché ? Qu'espères-tu donc ? Tu ne manques pourtant pas de bon sens ! Pourquoi n'as-tu pas épousé le duc de Hamilton, quand il t'en priait ? Ou le duc d'Ancaster, si le duc de Hamilton ne trouvait pas grâce à tes yeux ! Ou Exeter, ou Marsh, ou le capitaine Hervey qui te faisaient honnêtement la cour à Leicester House et demandaient ta main ! Penses-tu qu'en refusant tous les partis, tu puisses te mettre au-dessus de la règle des hommes ? Au-dessus des lois de Dieu ?

Le plus bel homme d'Angleterre

Les interrogations de la vieille dame la renvoyaient à son incurable solitude. Elles la torturaient comme l'avaient torturée jadis les questions de Jamie, et l'impossibilité d'y répondre. Les dernières années avec Kingston avaient été si heureuses qu'elle avait vécu au jour le jour. Mais Mrs. Chudleigh réveillait les vieux démons. Elle n'exprimait pas d'autre angoisse que celle qui minait sa vie depuis la nuit fatale de Lainston.

Elizabeth aimait sa mère. Elle souffrait de ne pouvoir, sinon la rassurer, du moins l'éclairer. Mais comment lui donner ses raisons sans trahir son secret ? À peine Mrs. Chudleigh la saurait-elle mariée qu'elle en divulguerait la nouvelle. Alors, Elizabeth perdrait le duc qui n'était pas du genre à accepter qu'elle l'ait ridiculisé durant tant d'années.

Elle se gardait donc de toute explication, se contentant de crier à son accusatrice de se mêler de ses affaires et de se taire.

Mrs. Chudleigh ne la ménageait pas :

— ... En admettant que le Diable se soit emparé de ton âme, que le vice t'ait cariée jusqu'à l'os, tu ne peux t'être perdue toi-même au point d'avoir oublié ton âge ! Regarde-toi : tu es *vieille*, ma fille ! Qui crois-tu pouvoir encore séduire à trente-cinq ans ? Réponds ! Pourquoi t'obstines-tu dans une telle folie ? Pourquoi n'épouses-tu pas le duc de Kingston ? Ne rêve pas, Elizabeth : tu ne trouveras jamais mieux !

Cette petite phrase résonnait douloureusement. *Tu ne trouveras jamais mieux !* Au rythme de ces cinq mots prononcés autrefois par Mrs. Hanmer, elle avait immolé son destin sur l'autel de la peur. *Tu ne trouveras jamais mieux !*

Elle ne se laisserait pas impressionner une deuxième fois. Elle n'avait rien à redouter. Ni du monde ni du temps... Ni de personne !

L'Excessive

Elle brava la peur sur le terrain où la peur l'attaquait.

Une nuit de l'hiver 1755, quelqu'un – probablement une servante de Windsor – déposa un nouveau-né dans l'escalier qui conduisait aux appartements de la gouvernante. La rumeur donna dans la seconde ce bébé, qu'on abandonnait ostentatoirement devant la porte de Mrs. Chudleigh, pour le rejeton de sa propre fille. L'enfant était à coup sûr l'un des bâtards de la scandaleuse Miss Chudleigh !
Elizabeth releva le défi. Elle se rendit en carrosse à Windsor. Elle y prit le nourrisson. Elle le ramena à Chudleigh Place. C'était une petite fille : elle se décréta sa marraine et la baptisa de son prénom, *Elizabeth*. Aucun doute possible : Miss Chudleigh avait reconnu la chair de sa chair.
Une demoiselle – à la fois vierge, épouse et courtisane –, qui joue les mères de famille et pouponne au grand jour ? On aurait tout vu ! Elle avait perdu le sens de la mesure ! ... Dévergondée au point de ne plus se donner même la peine de cacher ses turpitudes.
Le scandale, cette fois, fut sans précédent.

Le duc de Kingston était bien placé pour savoir que sa maîtresse n'avait pas été enceinte, ni cette année ni les quatre années précédentes. Il prit le geste pour ce qu'il signifiait : une bravade qui clamait le mépris d'Elizabeth envers l'opinion des imbéciles.
Il approuva sa générosité à l'endroit de l'enfant et se laissa, une nouvelle fois, impressionner par son panache.
Mrs. Chudleigh, en revanche, crut aux apparences. Elle ne se remit pas de ce nouvel éclat. Elle mourut en janvier 1756, maudissant la folie de sa fille.

Le plus bel homme d'Angleterre

***

Le silence qu'elle s'était imposé en lui taisant la vérité tourmentait Elizabeth. Avoir laissé souffrir sa vieille mère, l'avoir laissée mourir sans lui faire l'aumône d'une explication... Même à la cour, même en public, on trouvait à Miss Chudleigh les yeux rouges. Elle devait verser des torrents de larmes pour avoir si mauvaise mine... La disparition de sa mère la frappait-elle à ce point ? Ou bien s'agissait-il d'autre chose ?

Cette perte lui ôtait l'amour de sa parente la plus proche, en effet. Elle pouvait être triste, la malheureuse, elle pouvait pleurer ! Elle porterait bientôt le deuil sur tous les fronts. Ainsi s'exprimaient les jaloux et les envieuses.

Ne disait-on pas que les fameuses fêtes de Miss Chudleigh avaient cessé d'amuser le duc ? Que ses entreprises, ses projets, toutes les idées de Miss Chudleigh avaient cessé de l'étonner ? Qu'au terme de quatre ans de vie commune, son agitation perpétuelle finissait par le fatiguer ?

Ne disait-on pas aussi qu'il allait épouser la fille aînée du duc de Marlborough, afin d'avoir des héritiers ?

La rumeur ne se trompait qu'à demi. Le duc voulait un fils. Et la fausse maternité d'Elizabeth avait réveillé en lui un tourment qui précédait leur rencontre : il était sans épouse et sans descendance.

La perspective de léguer Thoresby et tous ses biens aux fils de Lady Frances, sa sœur, lui était odieuse. Il nourrissait envers l'aîné, Evelyn – pour plus de sûreté, on avait même donné son propre prénom à ce garçon –, l'antipathie la plus venimeuse. Dès la première heure, le duc avait jugé l'enfant intéressé. Une vieille histoire

L'*Excessive*

entre l'oncle et le neveu... Un flatteur, un hypocrite et un mou.

Sans doute Kingston avait-il vu juste car le petit Meadows – âgé aujourd'hui de vingt ans –, venait d'être remercié de son régiment. Pour quelle raison infamante ? La mère prétendait qu'il n'avait jamais eu le goût des armes et qu'il s'était retiré de son plein gré. Le duc voulait bien le croire : les états de service du jeune homme le notaient comme un mauvais camarade. On le disait pleutre au combat. Pour le reste... Outre le fait que Kingston déplorait sa vulgarité, il le trouvait laid.

Et cela, aux yeux du duc, était impardonnable.

Il s'était donc laissé convaincre par d'autres membres de sa parentèle qu'ils ouvrent, en son nom, des négociations matrimoniales avec les plus illustres lignées d'Angleterre. S'il avait un instant songé à épouser Elizabeth, il avait vite abandonné l'idée. La mésalliance avec une Miss Chudleigh ne résolvait pas le problème de l'héritier. Si elle ne lui donnait pas d'enfant aujourd'hui, pourquoi lui en donnerait-elle, une fois mariée ?

Quant à se sentir fatigué d'elle : erreur et balivernes ! Il n'avait aucune intention de s'en séparer. Du moins, dans l'immédiat. Quand les négociations avec les Marlborough auraient abouti, alors on aviserait.

La chance, pour Elizabeth, voulut que la dot ou la réputation de la jeune personne ne fût pas à la hauteur des espérances : l'affaire avec les Marlborough ne se fit pas.

Le duc de Kingston revint à Miss Chudleigh, plus friand de ses appas, et plus attaché à leurs habitudes que jamais. Il voulut lui faire oublier cette tentative d'infidélité. Il redoubla de prévenance et la combla de cadeaux. Elle fêta son triomphe à sa façon : en acquérant de nouveaux terrains.

Le plus bel homme d'Angleterre

De tout l'été 1758, le couple ne se sépara pas. On les vit à Scarborough, à Bath, à l'île de Wight, dans tous les lieux à la mode, avant leur tournée méthodique des nombreux châteaux de Sa Grâce. En septembre, ils disparurent pour leur traditionnelle semaine d'intimité au bord du lac de Percy Lodge.

Mais cette fois, en attrapant les poissons, Elizabeth ne songeait guère aux plaisirs de la pêche. Elle avait beau rire et plaisanter...

Le danger que faisaient peser sur son avenir les négociations matrimoniales du duc, s'ajoutant à la douleur d'avoir perdu sa mère sans s'être justifiée auprès d'elle, avaient sérieusement ébranlé ses certitudes. Les interrogations de l'une et les menaces de l'autre donnaient à réfléchir. L'alerte avait été chaude.

Oui, certes, les mauvaises langues en étaient pour leurs frais. Mais le péril demeurait. D'autres jeunes filles se présenteraient.

Elle regardait le profil du duc qui se découpait avec netteté sur la pelouse. Le regard fixe, posé sur le bouchon, le front clair... Si paisible, lui !

Elle soupira.

Elle avait aujourd'hui trente-sept ans. Elle était vieille, en effet... Plus de famille proche... Pas de fortune, hormis son hôtel et les terrains qu'elle faisait lotir à Londres. Aucun bien, hormis les meubles et les joyaux qu'elle accumulait... Autant dire : *rien*. La fameuse richesse d'Elizabeth Chudleigh, dégagée de celle d'Evelyn Pierrepont, duc de Kingston, fondrait comme neige au soleil en quelques années. Et ensuite ?

Elle remonta sa ligne. Le duc admira l'importance de la prise, appréciant au passage la dextérité avec laquelle elle dégageait l'hameçon. Elle se leva, rejeta la truite à l'eau et, pensive, se rassit avec un nouveau soupir.

Elle aimait Kingston, elle le respectait, elle ne doutait pas qu'il lui rendît sa confiance et son amour. Mais qu'arriverait-il, si le duc finissait tout de même par se fatiguer d'elle ? Qu'arriverait-il, si le duc finissait tout de même par l'abandonner, comme il avait abandonné « Madame » au bout de quinze ans ? Que lui arriverait-il à elle, Elizabeth Chudleigh, s'il finissait tout de même par se marier afin que son titre passe à un fils de son sang ?

Au bout du compte, elle n'était qu'une demoiselle, en effet, une demoiselle de petite vertu, qu'on pouvait renvoyer comme toutes les filles publiques. Une concubine sans aucune espèce de légitimité.

Fichue pour fichue..., comme disait l'Abominable. Puisqu'elle était légitimement la femme de l'abominable capitaine Hervey, autant tirer le meilleur parti d'une abominable situation. Autant *appartenir* à la puissante famille Hervey. Avoir des droits sur leur fortune et sur leurs titres. N'était-ce pas le projet de la tante Hanmer ? Le plan initial qui avait présidé à toute cette tragédie ?

Le temps était peut-être venu de reconnaître son mariage.

Mais une telle éventualité mettait en échec toute son existence. Hervey. Elle continuait d'exécrer Hervey. L'absence et le temps ne changeaient rien à l'affaire. Il incarnait le malheur. Elle frémissait de révolte à l'idée de porter son nom, elle tremblait de dégoût et de haine à la perspective de partager son toit. Elle était cependant bien placée pour savoir qu'aucune de ses amies ne prétendait à l'amour conjugal et qu'aucune ne vivait avec son mari. Pourvu que les épouses des grands aristocrates respectent « la règle des hommes », comme disait Mrs. Chudleigh, et « les lois de Dieu », elles étaient infiniment plus libres qu'Elizabeth ne le serait jamais.

Où était son erreur ?

Les questions soulevées par sa mère la hantaient.

Le plus bel homme d'Angleterre

Au fond, plus encore que le lien qui l'attachait à Hervey, la faute gisait peut-être dans le secret qu'elle avait tant voulu préserver.

Où était son erreur ?

Sinon dans l'obscurité de cette sinistre cérémonie, dans la clandestinité et les cachotteries qui avaient présidé à toute l'affaire ? La tante et les témoins se glissant en catimini dans l'église... La crainte du regard des domestiques, les supplications de Mrs. Hanmer devant la porte des nouveaux mariés, le soir de la noce...

Secret ou non, le mariage avec Hervey aboutissait au même résultat. Secret ou non, le mariage avec Hervey l'avait condamnée à renoncer à Jamie dans le passé, il la condamnait au renoncement dans l'avenir. Elle n'avait pas pu épouser Hamilton, elle ne pourrait pas davantage épouser Kingston. Ni épouser quiconque après lui, s'il devait la quitter. Du fait de ce mariage, elle... Elle ne trouvait aucune issue à sa situation et traversait une crise qui remettait en cause tous ses choix.

« Devrais-je changer de route ? Reconnaître Hervey pour mari ? Existe-t-il un acte prouvant qu'il l'est ? »

Elle n'avait jamais réfléchi à ce détail.

Elle fouillait sa mémoire.

Autant qu'elle se souvienne, non, elle n'avait signé aucun papier. Non, ni Hervey, ni la tante Hanmer, ni le cousin Merrill ni personne n'avait rien signé. Existait-il la moindre trace de la cérémonie nuptiale, en dehors de son souvenir ? Non !

« Aucun écrit, j'en suis certaine ! Et donc... Si l'acte de mariage n'existe pas ? La cérémonie n'a pas eu lieu. Et si elle n'a pas eu lieu... Je suis libre ! »

Un immense souffle d'espoir la secoua tout entière.

« ... Si je suis libre, je peux épouser Evelyn ! »

Sa joie retomba aussi vite.

« Mais non, impossible ! Trop de témoins... Et donc... Si je ne peux prouver mon mariage avec

L'Excessive

Hervey ? J'aurai tout sacrifié et tout perdu... Pour rien ! »

En effet. Si elle ne pouvait prouver son mariage avec Hervey, leur petit garçon enterré à Chelsea était *vraiment* un bâtard. Et Miss Chudleigh, *vraiment* une vieille fille. Si elle ne pouvait prouver son mariage avec Hervey, cette noce absurde qui avait détruit son existence, annihilait toute sa vie, sans raison et sans retour.

Ces questions l'agitaient.

De retour à Londres, elle alla s'en ouvrir à la personne qu'elle considérait comme sa plus fidèle alliée, sa seule confidente et amie depuis près de quinze ans, Son Altesse Royale la princesse douairière Augusta.

Elle trouva sa maîtresse plongée dans la lecture des dépêches.

Depuis la mort de son époux, Augusta s'intéressait aux affaires de l'État. Elle avait pris de l'ascendant. Elle avait surtout pris un amant. Parmi tous les gentilshommes de sa cour, elle avait choisi Lord Bute, l'homme que feu le prince de Galles avait placé auprès de son fils pour lui servir de guide dans l'apprentissage du pouvoir. Par Lord Bute, avec lequel la princesse douairière vivait aujourd'hui maritalement, elle s'immisçait dans la politique.

Dès son veuvage, elle s'était ménagé la sympathie du palais Saint James, un miracle qu'elle disait ne devoir qu'aux bons offices de Miss Chudleigh. Le roi avait cessé de la persécuter, il s'était même conduit en grand-père attentif, veillant sur les neuf enfants de sa belle-fille : autres miracles que la princesse attribuait à Miss Chudleigh.

Gare à qui critiquait sa chère Elizabeth : la famille royale lui devait tant !

Augusta imaginait sans peine les périls qui menaçaient sa demoiselle si le duc se mariait. Elle-même avait suivi

Le plus bel homme d'Angleterre

les négociations entre le duc de Kingston et le duc de Marlborough, avec inquiétude. Elle savait en outre ce qu'Elizabeth ignorait encore : les agents des Pierrepont travaillaient à une nouvelle alliance. Cette fois, on parlait des Cavendish, ducs de Devonshire, et l'affaire semblait en bonne voie.

Toutefois, dans les dépêches de l'étranger, une autre information qui pouvait concerner l'avenir de Miss Chudleigh lui avait fait dresser l'oreille.

La nouvelle arrivait de Madrid. On y donnait l'ambassadeur d'Angleterre pour très malade. La mauvaise santé de Son Excellence Lord George Hervey était connue de longue date. Cette fois, cependant, Son Excellence semblait aux dernières extrémités. On ne pouvait douter que son frère cadet, le capitaine Augustus Hervey, qui combattait à cette heure dans les eaux françaises, ne devienne le troisième comte de Bristol d'ici quelques jours...

— Quoi qu'il arrive maintenant, vous êtes à l'abri. La fortune des Hervey vaut bien celle des Pierrepont, vous êtes comtesse de Bristol, ma chère, et pairesse d'Angleterre...

Cette assurance ne sembla guère rassurer son interlocutrice.

— Encore faudrait-il que Bristol ne conteste pas le fait qu'il m'a réellement épousée.

— Quelle idée !

Quand Elizabeth lui eut exposé ses doutes, le sentiment de la catastrophe se peignait, dans toute son ampleur, sur le visage d'Augusta.

Son avis fut pressant et sans appel :

— Il faut immédiatement que vous retrouviez le chapelain qui vous a mariés. Maintenant, dans l'heure, avant que la mort de l'ambassadeur ne soit officielle. Vos droits doivent être indiscutables.

Ce conseil, donné de bonne foi, allait se révéler plus fatal encore que toute la stupidité d'une Mrs. Hanmer :
— Retournez à Lainston et faites-vous remettre le registre de la paroisse.
— Si le registre n'existe pas...
— Créez-le.
Elizabeth Chudleigh s'apprêtait à commettre la seconde erreur de son existence.

***

Lainston. Elle n'avait jamais voulu revenir dans la grande maison rose, au bout de l'allée d'ormes. Mais sous la pluie battante de cette nuit du 11 février 1759, elle ne pouvait attendre.

À peine descendue de la voiture qui l'avait conduite à grandes guides depuis Londres, elle traversa la pelouse, franchit la barrière qui ceignait les quatre pierres tombales du cimetière, et pénétra dans l'église au fond du jardin. Comme le meurtrier qui visite à nouveau les lieux de son crime, elle avait besoin de voir pour croire à cette nuit d'autrefois.

Elle retrouva, intactes, toutes ses impressions. L'obscurité qui l'enveloppait, le froid qui lui tombait sur les épaules, le bruit de ses pas claquant dans la nef, l'odeur de moisi, la silhouette du lutrin, de l'autel... Aucun doute, le souvenir restait fidèle : elle avait bien été mariée ici. La réalité était conforme à ce qu'elle s'obstinait à considérer comme un songe depuis quinze ans.

Le cousin John Merrill lui avait dit qu'elle ne trouverait rien dans la chapelle. Que depuis la cérémonie de ses noces, aucune autre cérémonie n'y avait été célébrée. Les gens de Lainston allaient à la messe au village voisin, comme ils l'avaient toujours fait. Quant à l'affaire du registre, la chapelle de Lainston n'étant pas une paroisse,

Le plus bel homme d'Angleterre

il doutait fort qu'un registre eût jamais existé. Lui-même n'avait rien signé lors des funérailles de sa femme. Le révérend Thomas Amis habitait aujourd'hui Winchester. Le mieux était de s'informer auprès de lui.

Pressée de régler cette pénible affaire, Elizabeth refusa de passer la nuit à Lainston, et voulut poursuivre sa route. Elle n'avait rien à redouter des bandits qui infestaient la campagne : elle était bonne tireuse. Et les deux pistolets qu'elle gardait sur ses genoux passaient pour les meilleurs. Avec ces armes, l'automne dernier, elle avait mis en déroute les voleurs qui tentaient de cambrioler Chudleigh Place. Le brave Merrill, craignant tout de même pour la sécurité de sa cousine, dut bon gré mal gré s'embarquer avec elle. Ils parvinrent à Winchester vers deux heures du matin et descendirent au « Blue Boar », l'auberge voisine de la cure. Impossible de déranger le vieux recteur tout de suite, ainsi qu'elle l'aurait souhaité. L'aubergiste le leur décrivit comme très malade : on le donnait même pour mourant. Merrill alla se coucher. Elizabeth attendit l'aube.

Le 12 février 1759, à six heures du matin, elle fit porter un message adressé à l'épouse du révérend, lui demandant de venir la trouver à l'auberge.

Mrs. Judith Amis, intriguée qu'une dame de qualité la réclamât, accourut dans l'instant.

C'était une petite personne empressée et rondelette, qu'Elizabeth avait rencontrée jadis aux services du dimanche, lors de son été à Lainston. Elles se reconnurent sans une hésitation.

— My Lady Hervey ! Ah, ça, pour une surprise !

Elle tressaillit. Ses noces étaient de notoriété publique, ici. Même la mère Amis savait. Parfait. Sa démarche se justifiait sans besoin d'explications.

— Comment allez-vous, Mrs. Amis, comment va votre mari ?

L'Excessive

— Mal, Milady, mal. Le docteur dit qu'il ne passera pas la journée.

— Pensez-vous qu'il accepterait de témoigner qu'il a béni mon mariage, autrefois ?

— Je doute qu'il soit en état, Milady. Mais s'il le peut...

Les deux femmes traversèrent la rue. Elizabeth attendit dans le hall, tandis que Mrs. Amis montait à l'étage soumettre la requête à son époux.

Le révérend gisait dans sa chambre, à peine conscient. Il accepta toutefois de recevoir Mrs. Hervey et de créer l'acte dont elle avait besoin.

Elizabeth fit chercher John Merrill, qui dormait encore à l'auberge. Ils montèrent tous, Elizabeth, Merrill et Mrs. Amis, au chevet de Mr. Amis. Le vieux monsieur semblait au plus mal, en effet. Le souffle court, il expliqua que l'acte de mariage, pour être valable, devait être dressé en présence d'un homme de loi. Après discussion, John Merrill alla chercher un certain maître James Spearing.

Il revint avec Spearing aux environs de onze heures. Elizabeth préféra ne pas se montrer. Sa rencontre avec le notaire lui semblait inutile. Elle ne voulait donner aucune publicité à cette affaire. Elle se hâta donc de sortir de la pièce. Mrs. Amis lui indiqua le cabinet adjacent à la chambre, d'où elle pourrait entendre la conversation.

Elle entendit en effet que maître Spearing refusait d'entériner le papier que Merrill avait rédigé pour lui.

— Un acte de mariage ne peut être une feuille volante. Un acte de mariage doit figurer dans un livre. *Le Livre de la Paroisse de Lainston*. Et les parties concernées doivent être présentes, lors de la signature de ce livre par le recteur.

Elizabeth fit alors son entrée. Déployant tout son charme, elle tenta de séduire Spearing. Il s'obstina. S'il pouvait accepter que seul l'un des époux fût présent avec son témoin – Mr. Merrill –, il répétait, têtu, qu'un acte de mariage devait être inséré dans un livre.

On l'envoya donc acheter le livre qu'il exigeait. Il revint vers une heure avec son butin.

Amis y inscrivit en tremblant le procès-verbal du mariage, le lieu, l'année, le jour, l'heure et la liste des témoins.

Afin que ce registre apocryphe puisse passer pour le registre authentique, il y inscrivit aussi l'autre cérémonie qu'il avait célébrée dans la chapelle : les funérailles de Susana – la femme de John Merrill – dont le décès était survenu à Lainston deux ans avant le mariage. Il signa. Elizabeth s'empara du livre. Elle comptait bien l'emporter. Elle en ferait usage, ou non, selon les circonstances. L'important était qu'il restât en sa possession.

Son geste souleva un tollé : l'homme de loi et l'homme d'Église s'y opposèrent ensemble. C'était au recteur de conserver les registres des paroisses dont il avait la charge. Mrs. Amis le rendrait, après la mort de son époux, à Mr. Merrill. À charge pour Mr. Merrill de le transmettre au nouveau recteur.

Elizabeth comprit que, cette fois, elle ne parviendrait pas à ses fins. Elle n'insista pas. Elle se contenta de découper deux bandes de papier, qu'elle colla autour du registre et qu'elle scella. Impossible désormais d'ouvrir le livre sans déchirer les bandes. Le but de la manœuvre était de mettre le contenu à l'abri des regards indiscrets, et de protéger de toute curiosité ces quelques mots : *4 août 1744 – Marié l'Honorable Augustus Hervey, Esquire, avec Elizabeth Chudleigh, célibataire, fille de feu le colonel Chudleigh de Chelsea College, dans la paroisse de Lainston, par moi.*

Quand elle rendit le registre à Mr. Amis, elle tenta de sourire et voulut remercier. Elle formula toutefois sa

L'Excessive

gratitude de curieuse façon : « Ceci, dit-elle en tapotant le livre, ceci pourrait bien me rapporter cent mille livres ! »
Une phrase aussi maladroite que dangereuse.

Le révérend, épuisé par cette scène, mourut quelques jours plus tard. Sa veuve donna le registre au propriétaire de Lainston qui le transmit, comme prévu, au successeur de Mr. Amis.

***

Miss Chudleigh regagna Londres au grand galop.
Elle avait assuré ses arrières. Elle avait répondu aux exigences de la raison. Mission accomplie. Le présent avec Kingston était heureux. Et l'avenir avec le comte de Bristol était sauf.
À deux détails près : l'ambassadeur d'Angleterre à Madrid, Son Excellence Lord George Hervey, vivrait encore de longues années.
Tandis que Miss Chudleigh venait de signer son arrêt de mort.

***

Le danger se profila sous son apparence habituelle... Par le retour à Londres du capitaine Hervey.
Il revenait, sans la fortune de son aîné qui prospérait à Madrid, sans les terres et sans les titres de ses ancêtres. Plus menaçant que jamais. Ses propres plaisirs, ses amours avec Mme de Caze, ses aventures avec toutes les petites actrices des théâtres parisiens, la liaison qu'il venait d'entamer avec Miss Kitty Fisher, l'une des plus célèbres courtisanes de Londres, le ruinaient. Qui-

Le plus bel homme d'Angleterre

conque eût tenté d'évaluer son bien, en le comparant avec les propriétés de Miss Chudleigh, en aurait immédiatement conclu qu'il devait d'urgence clamer ses droits sur son épouse. Il allait pouvoir vivre à ses crochets, le restant de ses jours... Le monde à l'envers !
Dans la seconde, Elizabeth avait abandonné l'idée de rendre leur mariage public. Un seul coup d'œil sur cette silhouette de quadragénaire, que les excès de table épaississaient encore, avait suffi pour que ressurgisse entre eux l'hostilité d'antan. Elle ne reconnaîtrait jamais le lien qui l'unissait à cet individu ! Si elle avait cru pouvoir lui pardonner, ou du moins vivre en paix avec lui, elle s'était trompée. Impossible.
L'antipathie était réciproque.
Pas plus qu'elle, Hervey ne souhaitait reprendre la vie commune. Mais il voulait autre chose. Il voulait ce qu'il n'avait pas osé lui demander lors de leur dernière entrevue. Il voulait le divorce. Il l'obtiendrait. Il avait aujourd'hui, pour la répudier, toutes les preuves nécessaires. Au terme de dix années de concubinage avec Kingston, la culpabilité d'Elizabeth ne ferait aucun doute. Il la tenait.

Hervey ne se donna pas la peine, cette fois, d'obtenir un entretien privé. Il la rattrapa dans l'une des galeries de Leicester House, la prit publiquement par le bras, l'obligea à aligner son pas sur le sien. Et la força à l'entendre.
La réaction d'Elizabeth fut immédiate : l'humiliation d'un divorce *pour faute* ? Jamais ! L'avilissement d'un divorce pour adultère ? Plutôt mourir !
Il ne la lâcha pas.
Leur longue déambulation faisait la joie des curieux... Joli couple. Bien fait pour se comprendre. Deux bons vivants. Même sensualité. Même goût pour la galanterie.

Miss Chudleigh troquait-elle aujourd'hui un Pierrepont contre un Hervey ? Elle semblait, en effet, beaucoup mieux assortie avec ce joyeux drille d'Hervey qu'avec ce poisson froid de Kingston !

Ou bien... S'agissait-il entre eux d'une histoire ancienne ? Les amis du capitaine n'avaient-ils pas laissé entendre, autrefois, que Miss Chudleigh avait détruit la vie d'Augustus ? La comtesse Carlisle, qui aurait bien voulu lui donner son cœur et sa main, affirmait que le malheureux n'était pas libre de l'épouser.

Sur leur passage, la rumeur d'un ancien mariage renaissait.

Ils marchaient à petits pas, chuchotant au milieu des statues romaines et des bustes d'empereurs qui se dressaient, pâles, au-dessus d'eux.

Miss Chudleigh avait beau sourire, répondre aux saluts des courtisans qu'elle croisait, jouer avec son éventail, elle semblait tendue. Hervey, lui, n'affectait même pas de feindre... Se plaignait-il des cornes que Kingston lui avait fait pousser ? Il parlait entre ses dents. Elle objectait, lèvres closes. L'entretien était rien moins que cordial.

Chuchotant toujours, elle finit par lui répondre longuement. Elle mit à son discours toute la force de persuasion et toute la mauvaise foi dont elle était capable :

« ... Avant d'obtenir un jugement de divorce *contre* moi, Monsieur, vous devrez d'abord faire la preuve de votre mariage *avec* moi. Or avons-nous – vous ou moi – jamais signé un papier qui attesterait de notre union ? J'entends par là un contrat de mariage devant notaire, comme il est d'usage ? Le registre des mariages à l'église ? Souvenez-vous. Vous-même, avez-vous jamais paraphé un seul acte légal ou religieux ? Non. Rien. Pour notre malheur à tous deux, nous ne possédons *rien*, Monsieur, qui prouve ce qui se serait passé entre nous à Lainston...

Le plus bel homme d'Angleterre

Je vous rappelle en outre que si, contre toute raison, vous vous obstiniez à clamer que je vous appartiens, vous deviendriez sur-le-champ responsable de tous mes actes passés, présents et à venir jusqu'au jugement de divorce... Vous serez donc, Monsieur, responsable de mes dettes. »

Cela, Hervey le savait. Ce qu'il ignorait, c'était le montant. Elle le lui fournit, non sans un brin de complaisance :

« ... Pour votre gouverne, sachez qu'elles s'élèvent aujourd'hui à la modique somme – je l'avoue, à ma honte – de seize mille livres ! »

Le revenu d'un lord... Pendant trente ans.

« Mes créanciers exigeront que vous les remboursiez tout de suite. *Avant* le jugement... Ils auront bien trop peur de n'être pas remboursés par le duc, *après* le scandale que vous aurez créé... Allez-y, Hervey, traînez-moi dans la boue, n'hésitez pas, osez : vous sortirez de l'aventure déshonoré et ruiné. Et vous n'aurez même pas obtenu votre divorce... Croyez-moi, laissons les choses où elles en sont. »

Faiblesse ? Négligence ? Légèreté ? Mollesse ? Il ne se donna pas la peine de vérifier ses affirmations. Il ne fit pas, lui, le voyage à Lainston. Contrats, registres, paperasses... Les méandres de cette affaire l'ennuyaient à périr. Il préférait la guerre, la vraie. Il partit en découdre avec les Espagnols et se battit glorieusement à Cuba. Il prit La Havane en août 1763.

En dépit de ses victoires, le capitaine Hervey n'avait ni l'instinct de survie ni la ténacité d'Elizabeth Chudleigh.

Toutefois, il ne se tenait pas pour battu.

***

Statu quo. Elle pouvait recentrer son énergie sur ce qui lui tenait vraiment à cœur : ses amours avec Kingston.

Sous l'apparence de l'harmonie, elle jouait un jeu serré et naviguait à vue. Le duc cherchait encore à prendre femme. Elle le soupçonnait même d'autres infidélités. S'il restait discret et ne s'affichait pas avec les bouquetières et les modistes, elle n'avait guère de doutes.

Elle-même se gardait d'en tirer vengeance et de le tromper à son tour. Elle pouvait bien badiner avec ses hôtes et flirter honteusement : le temps n'était plus aux amants de passage. Elle travaillait au contraire à rassurer le duc, en satisfaisant son goût du confort. Elle travaillait aussi à l'épater. Elle l'occupa par des fêtes somptueuses à Chudleigh Place.

Son ancien protecteur, le roi George II, était mort. Mais il avait été remplacé par un souverain qu'elle avait connu enfant. Elle restait la confidente de la reine mère. Toute l'Angleterre la courtisait.

La ronde des diplomates avait repris, plus trépidante que jamais. Pas un ambassadeur n'arrivait à Londres sans lui porter ses hommages. Le réseau de Miss Chudleigh s'étendait dans tous les cercles de la haute aristocratie européenne. Son ami, le comte Tchernychev, s'offrait à lui montrer les splendeurs de Saint-Pétersbourg ; les autres, l'ambassadeur de Venise et l'ambassadeur de Rome, lui vantaient les merveilles de l'Italie. Ce fut toutefois l'ambassadeur de Saxe qui les prit de vitesse.

Depuis des années, le comte Bruhl adressait à sa souveraine, la princesse électrice Maria-Antonia, des rapports enthousiastes sur le charme de Miss Chudleigh. Maria-Antonia était aujourd'hui veuve et gouvernait un pays détruit par la guerre : elle avait besoin de distractions. Elle envoya donc une invitation officielle, priant Miss Chudleigh de lui rendre visite à la cour de Dresde.

Le plus bel homme d'Angleterre

Elizabeth ne balança pas. Elle demanda son congé à la reine mère et décida qu'elle partirait six mois. Seule.
Aucune femme ne voyageait *seule* ! Sans un mari, sans un père, un frère, un fils, ou un cousin à ses côtés. Sans la garantie légale d'un parent de sexe masculin, qui seul pouvait détenir les passeports et les lettres de change. Sans même un amant... Tout Londres s'étonnait que Miss Chudleigh entreprenne un tel périple, en laissant le duc de Kingston derrière elle.
Les mauvaises langues disaient qu'ils s'étaient querellés. Qu'elle fuyait le spectacle de sa propre disgrâce. Que Kingston avait noué un nouvel attachement. On citait le nom d'une modiste qu'il avait mise dans ses meubles. On disait qu'il en était tellement épris qu'il voulait en avoir un enfant. De toute façon, il était presque fiancé à la fille de Cavendish. Miss Chudleigh quittait le champ de bataille en pleine débâcle. La preuve ? Le duc lui-même cherchait à l'éloigner : il lui « prêtait » les mille quatre cents livres nécessaires au voyage, il la secondait dans l'obtention d'autres prêts et dans l'envoi de fonds aux banquiers étrangers, il faisait même construire pour elle une berline, avec un coffre capable de contenir toutes les toilettes de Miss Chudleigh, et plusieurs caisses de son vin de Madère favori. Il l'expédiait de l'autre côté de la mer, en espérant qu'elle y resterait le plus longtemps possible. C'était à prévoir. Au terme de quatorze années de vie commune, on pouvait comprendre qu'il se soit fatigué de sa vieille maîtresse.
Le 22 avril 1765, le duc de Kingston la conduisit jusqu'au port de Harwich. Elle s'embarqua avec sa voiture, ses chevaux et son train. En fait de solitude, Miss Chudleigh était escortée de deux dames de compagnie à sa solde, de son apothicaire, de son musicien – elle adorait la musique –, d'un serviteur, et d'un hussard qui devait lui servir de guide en Allemagne.

L'Excessive

À quarante-quatre ans, elle n'avait jamais quitté l'Angleterre. Elle inaugurait la première de ses multiples errances.

Au moment des adieux, le duc lui souhaita bonne route, sans que les témoins puissent déceler les sentiments qui l'animaient. La tristesse ne se peignait pas sur son visage, ni la peine, ni la colère, ni le regret de se sentir abandonné. Ni le soulagement ou la joie. Aucune sorte d'émotion. Il ne la gratifia même pas d'une étreinte. Toujours soucieux des apparences, il la salua d'un baisemain et la quitta sans effusions. Elle s'aligna sur son comportement.

Les correspondants des chroniqueurs anglais la suivaient à la trace. Ils relateraient qu'en juillet 1765, elle avait atteint Berlin et qu'elle y avait rencontré le roi de Prusse. L'illustre Frédéric II raconterait en effet qu'au bal donné pour le mariage de son neveu, il avait pu observer une demoiselle anglaise, totalement éméchée, qui dansait le menuet en titubant.

Cette inacceptable faute de goût n'empêcherait pas le monarque de correspondre avec Miss Chudleigh pendant les vingt ans à venir : il avait jugé sa conversation « saisissante ».

Casanova, pour sa part, témoignerait d'un autre scandale : il avait vu Miss Chudleigh à Brunswick, se pavanant demi-nue lors d'une parade militaire. La pluie, ce jour-là, tombait à seaux. Toutes les dames avaient quitté les gradins pour se mettre à l'abri. Toutes, sauf une qui applaudissait le défilé. La toilette de Miss Chudleigh avait été si complètement trempée que ses formes apparurent sans ambiguïté sous les mousselines. Elle s'en aperçut, mais ne se troubla pas. Amusée, au contraire, du désordre que causaient ses charmes parmi les cavaliers, elle se laissa contempler par toute l'armée.

Le plus bel homme d'Angleterre

Casanova lui-même ne manqua pas de se répandre en compliments sur la perfection de son anatomie. Il la connaissait pour l'avoir rencontrée à Londres. Sa propre monture s'était emballée sur Knightsbridge, avant de le désarçonner juste devant Chudleigh Place. L'hôtesse l'avait fait ramasser, porter et soigner dans son salon. Ils s'étaient alors découvert différents intérêts communs, notamment financiers. N'avait-elle pas investi dans la maison de jeu que possédait l'une des anciennes maîtresses de Casanova, une chanteuse italienne qui se trouvait être la mère de sa fille ? Miss Chudleigh lançait les modes : par sa présence, elle cautionnait ce temple des plaisirs, entraînant à sa suite toute l'aristocratie anglaise autour des tapis verts. Casanova y plumait, chaque soir, les amis les plus fortunés de la bailleuse de fonds.

Les deux aventuriers se retrouveraient bientôt sur d'autres routes et dans d'autres tripots.

Pour l'heure, les gazettes décrivaient Miss Chudleigh à la chasse à l'ours. Puis, aux eaux de Carlsbad, en Bohême. Elle ne se présenta chez son hôtesse que tard dans la saison.

« Votre invitée va vous poser un problème que je ne saurais résoudre, écrivait Lord Chesterfield à son fils, l'ambassadeur d'Angleterre à Dresde. Que vient-elle faire chez vous ? Mystère ! Car, pas plus que vous ou moi, Miss Chudleigh n'a jamais eu l'intention de prendre les eaux de Carlsbad ! À quoi rime donc son voyage ? Est-ce pour démontrer au duc de Kingston qu'il ne peut vivre sans elle ? En ce cas, elle tente une expérience dangereuse qui pourrait prouver au duc qu'il s'en passe fort bien ! Comment diable allez-vous vous en débarrasser ? Je vous plains, mon fils. Et je plains l'électrice. »

Lord Chesterfield, qui connaissait les deux femmes, avait de quoi s'inquiéter en effet. Quelles sortes de

L'Excessive

liens pourraient jamais se tisser entre Miss Chudleigh, grande mondaine certes, protégée par deux rois d'Angleterre certes, mais femme entretenue ; et Maria-Antonia Walpurgis, princesse de Bavière, fille de l'archiduchesse Marie-Amélie d'Autriche et de l'empereur Charles VIII, qui appelait « mon cousin » le roi de France et l'empereur d'Autriche ?

D'autant qu'au prestige de la naissance s'ajoutaient chez Son Altesse Royale d'autres traits plus improbables. Peintre, Maria-Antonia avait étudié avec Mengs et passait pour une excellente portraitiste. Poète, elle appartenait à l'académie d'Arcadie à Rome, une institution où nulle autre femme n'avait jamais été admise. Chanteuse, claveciniste et compositrice, elle avait été l'élève de Porpora, de Ferrandi et de Hasse. Elle était aujourd'hui le grand mécène de Gluck. Deux de ses opéras – *Le Triomphe de la Fidélité*, et *Talestri, Reine des Amazones* –, dont elle avait écrit la musique et le livret, lui valaient des ovations, sous le pseudonyme de *ETPA*. Elle s'était produite elle-même sur la scène de son théâtre de Dresde, reprenant le rôle de la reine des Amazones, une souveraine bienveillante, d'âge mûr, dont on disait qu'elle lui ressemblait.

La politique des nations ne lui avait pas été clémente. Elle avait dû fuir Dresde durant la guerre de Sept Ans, s'installer à Munich et à Prague. Lorsqu'elle avait enfin pu récupérer son trône, son mari l'électeur de Saxe était mort, la laissant défendre l'héritage, seule, dix jours après l'investiture. Depuis, Maria-Antonia exerçait la régence, gouvernant un pays dévasté par les troupes du roi de Prusse et s'opposant à l'Acte de Renoncement qu'on voulait lui faire signer pour l'abandon des droits de son fils au trône de Pologne.

Que pouvait apporter une Miss Chudleigh à cette princesse lettrée, digne et discrète, que l'adversité avait usée ?

Le plus bel homme d'Angleterre

Le dynamisme de la voyageuse, sa vitalité, son culot, sa fantaisie, sa chaleur, sa gaieté fascinèrent dans la seconde l'électrice.
Ce fut, entre elles, un véritable coup de foudre.
Elizabeth admira sans réserve la distinction morale de Maria-Antonia, elle vénéra son raffinement et sa bonté, son élégance et sa culture, l'infinité de ses dons... Elle-même n'avait aucun sens artistique, sinon une formidable oreille pour la musique, et la passion de l'opéra. Elles se retrouvèrent sur ce terrain et ne se quittèrent plus.
Comme lors de son arrivée à Leicester House, jadis, à vingt ans, quand Elizabeth s'était liée d'une affection indéfectible avec la princesse de Galles, elle venait, à quarante-quatre ans, de se ménager une sympathie précieuse. L'ambition, croyait-elle, n'entrait en rien dans ses sentiments pour Maria-Antonia. Elle n'avait pas conscience d'y trouver son intérêt. Elle était sincère.
Elle avait découvert à Dresde son havre, son paradis. Elle avait rencontré l'âme sœur et jouissait, avec gratitude et passion, du bonheur que lui causait une telle rencontre.
Elles passèrent deux mois sans événements particuliers, sinon le plaisir d'être ensemble et d'échanger leurs impressions, leurs sentiments, le souvenir de leurs expériences... Il fallut tout de même finir par songer au retour.
Les deux amies ne se séparèrent qu'à regret, en se jurant une fidélité éternelle. Chacune avait trouvé dans l'autre toutes les vertus dont elle se sentait dépourvue.

Au terme d'une absence de six mois, ravie de ses aventures, Miss Chudleigh débarqua à Harwich avec armes et bagages.
Le duc de Kingston l'attendait sur le quai. À nouveau, ils se retrouvèrent sans marques d'effusion.

L'Excessive

« Quitte ou double, écrivait Lord Chesterfield à son fils. On dit que le duc de Kingston n'a vu personne car il déteste les nouvelles têtes. Miss Chudleigh vient de jouer là un coup sacrément risqué. Quel pari de sa part, quelle folie, de l'avoir laissé seul si longtemps ! Mais elle connaissait son homme : en son absence, il s'est ennuyé comme un rat. »

Ils partirent pour Thoresby aux premiers jours de juillet. Un lac immense, une flottille de barques, des embarcadères de marbre, des ponts, des cascades, de grandes pelouses, un parc aux daims, un parc aux cerfs : le domaine était aujourd'hui l'un des plus spectaculaires d'Angleterre, l'incarnation du « jardin anglais » dont l'Europe raffolait. Le charme, la poésie : Kingston en avait fait une merveille.

Mais s'il se promettait d'y passer une saison plus joyeuse que celle de l'an passé, il se trompait.

À peine fut-il prêt à s'absorber dans les plaisirs de la pêche en compagnie de Miss Chudleigh, qu'une mauvaise nouvelle la rejoignit : l'électrice Maria-Antonia avait attrapé la petite vérole et se mourait.

La réaction d'Elizabeth mit Thoresby sens dessus dessous. Et le duc en émoi. Elle repartait. Oui, pour Dresde, immédiatement. Elle monta en carrosse. Elle arriva le lendemain à Londres. Elle y fit ses préparatifs, affréta sa berline et quitta Chudleigh Place à minuit. Elle roula au galop jusqu'au port, trouva un navire, s'embarqua à l'aube avec sa voiture. En moins de dix jours, elle était à Dresde. Elle n'avait pas pris le temps de dormir une seule fois dans un lit.

L'électrice tomba dans ses bras : Elizabeth était là ! Maria-Antonia n'avait plus rien à craindre, Elizabeth la protégerait, Elizabeth la défendrait, la mort ne pouvait que reculer devant la vitalité de Miss Chudleigh.

En effet Maria-Antonia survécut, vouant une reconnaissance, une estime sans borne à son amie. De ce jour, à la lumière de cette course éperdue à travers l'Europe, à la lumière de cet acte de dévouement et d'amour, elle avait classé Miss Chudleigh. Elle l'avait jugée. L'électrice ne changerait plus d'avis : Miss Chudleigh était une très grande dame.

Maria-Antonia soutiendrait ses entreprises, elle défendrait sa réputation, elle l'introduirait auprès de sa famille – toutes les têtes couronnées d'Europe –, et la ferait recevoir comme un membre de leur parentèle.

Son secours et son appui se révéleraient, un jour, sans prix.

La gratitude princière prit immédiatement la forme d'un trésor fabuleux : un collier de perles à six rangs, deux paires de longues boucles d'oreilles en diamants, le portrait de la grande électrice en médaillon serti de pierres précieuses... Elizabeth resterait à Dresde jusqu'à l'automne, accumulant les présents et croulant sous les honneurs.

Sa conduite envers son amie malade avait forcé l'admiration d'un autre personnage : Kingston.

Il savait la difficulté de traverser la Manche, la fatigue, les risques qu'une femme encourait en entreprenant un tel voyage. Lui-même s'en gardait bien. Elle... Elle venait à peine de rentrer, à peine de récupérer, et elle abandonnait tout, ses plaisirs, son confort, un été glorieux à Thoresby, pour se précipiter au secours d'un être cher.

Loin de lui en vouloir de l'ennui de ce nouvel été, des jours qui se traînaient, interminables sans elle, il ne l'en aimait que davantage. Et il réfléchissait.

Il avait aujourd'hui cinquante-six ans. Devait-il vraiment s'encombrer d'une jeune épouse, s'imposer un mariage avec une inconnue ? Alors qu'il était parfaitement satisfait de la compagne avec laquelle il partageait sa vie depuis si longtemps ?

Elizabeth ne lui avait pas donné d'enfant. Elle ne pourrait sans doute plus lui en donner. Mais au fond, cette infécondité lui incombait-elle ?

Lui-même avait vécu quinze ans avec Madame, à un âge où la marquise aurait pu procréer. Les liaisons ancillaires qu'il avait nouées durant les dix dernières années, les quelques aventures en marge de sa liaison avec Miss Chudleigh, n'avaient pas donné plus de fruits. La rumeur de ses amours avec la petite modiste qu'il avait mise dans ses meubles l'an dernier, la petite qui avait probablement causé le premier départ d'Elizabeth, cette rumeur était fondée. Il avait voulu savoir... Mais celle-là, pas plus que les autres, ne lui avait donné de fils, fût-il un bâtard.

Qui sait si cette stérilité ne venait pas de lui ?

Quelle folie, en ce cas, quelle folie de se lier avec la fille de Cavendish, sous le prétexte fallacieux d'en obtenir des héritiers !

Il se sentait au seuil de la vieillesse. Il ne concevait pas l'avenir sans Miss Chudleigh. Le temps était peut-être venu de contracter avec elle d'autres liens, plus étroits et plus définitifs ? Sa sœur, Lady Frances, la disait ambitieuse et cupide. En vérité, Elizabeth savait dépenser. Ses derniers travaux à Chudleigh Place, la construction de deux ailes réservées aux domestiques, l'édification de nouvelles écuries, l'aménagement d'un magnifique jardin, toutes ses folies avaient transformé son hôtel en un véritable palais. Il aimait qu'elle ait ainsi des rêves, il aimait qu'elle fourmille de désirs et d'idées. Le coût de ses toilettes, de ses bijoux, de ses bals, en effet, atteignait des fortunes. Quant à dilapider le patrimoine des ducs de Kingston, comme l'en accusait Lady Frances, quant à ruiner la famille Pierrepont... Il en resterait toujours assez pour un Evelyn Meadows ! L'antipathie du duc envers son neveu n'avait cessé de croître. Il allait aujourd'hui jusqu'à lui faire interdire sa porte. Un garçon vénal.

Le désintéressement d'Elizabeth, en revanche, ne faisait pour lui aucun doute. Oui, il la connaissait impatiente, coléreuse, avide de richesse, de puissance et de gloire... Mais avait-elle jamais cherché à s'approprier Thoresby, Percy Lodge, Holme Pierrepont, Arlington Place, en devenant sa femme ? Les honneurs, en devenant sa duchesse ? Jamais un mot sur le chapitre d'un éventuel mariage, jamais un mot en seize ans !

Kingston y voyait la preuve aveuglante de son intégrité.

Il attendait avec impatience son retour.

La réaction de Miss Chudleigh, à une demande dont il ne doutait pas qu'elle lui causerait un plaisir démesuré, ne laissa pas de le surprendre.

Ce fut un déluge de larmes. Une fuite éperdue dans les couloirs du château... Les portes claquèrent. On tira les verrous.

La seule sorte de scène à laquelle il ne s'attendait pas. La sorte de scène qu'il abhorrait.

Trois jours durant, elle lui refusa l'entrée de sa chambre. Trois jours durant, elle s'obstina à pleurer et à se taire. Le visage dans les oreillers, elle tentait d'étouffer le bruit de ses sanglots. Il l'entendait hoqueter derrière la porte. Elle ne parvenait plus à se contrôler.

Ce qu'elle désirait depuis sa jeunesse, depuis ses premières amours avec Jamie, ce qu'elle n'avait pas cessé de vouloir depuis sa rencontre avec Evelyn, tout ce vers quoi elle avait tendu pendant ces seize années, l'aboutissement de son amour, la récompense de ses efforts :

le rêve de sa vie pouvait devenir réalité. Demain. Cette proximité déclenchait un véritable cataclysme. *Elizabeth, duchesse de Kingston.* Comment vivre en paix avec ce souhait réalisé ? *Elizabeth, duchesse de Kingston...* Accepter ? Mais comment accepter ? Impossible ! L'histoire se répétait, identique, douloureuse : impossible !

Quand elle émergea, elle remercia le duc avec chaleur, lui assura qu'elle était flattée de l'honneur qu'il lui faisait, lui expliqua combien elle se sentait touchée, émue, bouleversée... Mais elle lui demanda trois mois pour réfléchir à sa proposition.

Encore une fois, il ne s'attendait pas à cette sorte de délai.

Aux timides questions qu'il osa poser, aux interrogations discrètes, les réponses restèrent vagues. Elle murmura seulement que quelqu'un la persécutait, qu'elle devait se défendre et régler cette affaire. Il proposa de la seconder. Elle chuchota qu'elle ne pouvait se battre que seule.

Elle repartit en hâte vers Londres, l'abandonnant de nouveau à son ennui splendide.

En cette fin d'été 1768, la perplexité du duc n'avait d'égale que sa détermination à retrouver, dans l'avenir, le confort d'une situation stable.

L'épouser... L'épouser, sans aucun doute.

À peine arrivée à Chudleigh Place, elle retrouva sa combativité. Elle devait découvrir le moyen de se libérer d'Hervey. Devait-elle demander le divorce, comme lui-même l'avait désiré dix ans plus tôt ? Avec un divorce, elle perdait le duc... Jamais Evelyn n'accepterait de se lier à une femme adultère qu'un époux clandestin aurait répudiée devant les tribunaux. Non, jamais Evelyn, qui professait un tel goût des convenances, jamais Evelyn

Le plus bel homme d'Angleterre

n'épouserait une *divorcée*! Existait-il un autre moyen de dissoudre un mariage ? Elle dévorait une multitude de livres de droit et courait la ville en quête des plus grands avocats. Elle les interrogeait tous, cherchant frénétiquement celui qui trouverait la solution. Maître Collier, maître Calvert, maître Wynne...
Dans les antichambres des hommes de loi, elle aurait pu rencontrer celui dont elle cherchait à se débarrasser.

De ses exploits contre les Espagnols, le capitaine Hervey était rentré auréolé de gloire : Londres avait été réveillée par les canons de la Tour célébrant ses victoires. Lord Bute, l'amant de la reine mère, aujourd'hui Premier Ministre, ne l'appelait plus que « le Brave des Braves ». Il était populaire, fêté partout, respecté.
Il arrivait toutefois à un âge où il désirait prendre du repos. Il savait que la paix signée, il attendrait longtemps un nouveau commandement. Il comptait donc s'installer, entrer en politique, siéger à la Chambre.
Il avait en outre rencontré à Bath une personne dont il s'était épris... Non pas une petite actrice selon son ordinaire, ni une grande courtisane, ni même une femme mariée. Une jeune fille. Elle l'aimait. Il l'avait demandée en mariage. Elle avait accepté.
Et maintenant ?
Maintenant, il avait quarante-cinq ans. Il voulait une famille. Il voulait une épouse. Il voulait des enfants. Il était déterminé à se débarrasser d'Elizabeth Chudleigh.
Il clama son intention de divorcer dans tout Londres, racontant la longue histoire de leur relation et courant, lui aussi, les cabinets d'avocats.

Cette fois, il évita la confrontation avec son adversaire. Il lui envoya une ambassade. Il choisit pour intermédiaire un ami commun, le docteur Caesar Hawkins, le fameux chirurgien qui avait accouché la reine mère et veillé sur l'accouchement d'Elizabeth, lors de la naissance de leur fils à Chelsea.

Mais ce détail-là, Hervey l'ignorait.

Il savait Hawkins un homme intègre, avec lequel lui-même était lié depuis l'enfance. Son médiateur raconterait un jour comment il s'était laissé embarquer dans l'aventure :

« Le capitaine Hervey m'avait arrêté dans la rue, me demandant de venir le voir au plus tôt. Il me reçut dans son bureau. Sous sa main droite s'amoncelaient de grosses liasses de papiers, auxquelles il allait faire maintes fois allusion durant notre entretien. Il me dit qu'il voulait que je transmette un message à Miss Chudleigh, et que ce message concernait les liens matrimoniaux qui les unissaient. Il me dit qu'il avait rassemblé une multitude de témoignages – il désignait les liasses –, toutes les preuves d'une conduite qu'il qualifia de criminelle, en vue d'obtenir leur séparation. Il dit qu'il comptait pousser l'affaire à son terme et porter plainte contre elle. Mais il dit aussi qu'il voulait se conduire en homme d'honneur. Qu'il ferait en sorte de ne pas l'insulter par un étalage inutile, car il ne cherchait pas à s'en venger. Il espérait qu'elle comprendrait qu'en me choisissant pour intermédiaire, il lui démontrait sa bonne volonté. Il dit aussi que si elle voulait bien lui fournir le nom de ses avocats, il laisserait aux défenseurs de Miss Chudleigh la possibilité de lire les témoignages, afin qu'ils en ôtent les anecdotes trop scandaleuses, et les détails scabreux qui n'intéressaient pas la loi... À condition bien sûr que ces retraits n'affaiblissent pas sa propre cause. Il espérait qu'elle ne mettrait pas d'obstacle au divorce, attendu qu'il ne demandait que sa liberté et ne lui réclamait aucun dommage financier.

« J'ai transmis ce discours à Miss Chudleigh. Je ne saurais répéter exactement sa réponse, mais elle me dit à

Le plus bel homme d'Angleterre

peu près ceci : qu'elle était fort obligée à Mr. Hervey pour la partie courtoise de son message. Mais que, pour ce qui concernait l'autre partie, elle ne comprenait pas ce dont il parlait en évoquant la possibilité d'un divorce, attendu qu'elle ne se reconnaissait pas pour sa femme. Elle le mettait donc au défi de prouver le mariage dont il se targuait. Elle l'informait en outre qu'il existait deux sortes de tribunaux en Angleterre : les tribunaux ecclésiastiques et les tribunaux civils. Dans les tribunaux ecclésiastiques, il existait une procédure qu'elle appela, je crois, " Jactance et Prétention de Mariage ". Dans un conflit entre deux parties, quand l'un se vantait d'être marié à l'autre et que l'autre le niait, la responsabilité d'apporter la preuve du mariage incombait à celui qui prétendait que le mariage avait eu lieu. Si cette personne ne pouvait le prouver, le mariage était jugé inexistant… Elle insistait sur ce point : non pas nul, *inexistant*. Elle l'avertissait donc qu'elle venait de déposer une plainte auprès de ce tribunal. Si j'ai bien compris, elle attaquait Mr. Hervey pour calomnie, mensonge et diffamation. Au cas où il arriverait à prouver qu'il était marié avec elle, alors elle aurait perdu son procès. Mais lui-même n'y avait pas intérêt ! À l'inverse… S'il n'apportait aucune preuve, il obtiendrait ce qu'il désirait de façon bien plus rapide que par une procédure de divorce qui prendrait des années, voire des dizaines d'années… Si leur mariage devait être jugé inexistant, *tous deux* seraient libres de contracter d'autres liens. Libres immédiatement, car les tribunaux ecclésiastiques gardaient la préséance sur tous les autres, et leurs sentences étaient sans appel… Libres en quelques semaines !

« J'ai rapporté cette contre-proposition au capitaine. Il en a semblé extrêmement surpris. Il n'avait jamais entendu parler d'une chose pareille. " Jactance et Prétention de Mariage " ? Après quelques minutes de réflexion, il a objecté qu'il ne voyait pas comment elle oserait affirmer devant un tribunal que leur union n'avait pas eu lieu. Mais il ajouta que, tribunaux religieux ou civils, peu lui importait... Pourvu qu'il obtienne sa liberté ! Il lui donnait jusqu'à Noël. En janvier, il entamerait la procédure de divorce. »

***

Elizabeth n'attendit pas un instant. Hervey reçut dès le lendemain son assignation à comparaître. Il entreprit, avec mollesse, de retrouver les témoins qu'on lui réclamait. Le tour en fut vite fait : Mrs. Hanmer, le cousin Merrill, l'ami Mountenoy, tous étaient morts. Restait Ann, la femme de chambre qui avait épousé Craddock, son ancien domestique.

À l'inverse d'Hervey, Miss Chudleigh n'avait jamais perdu de vue le couple Craddock : Ann était restée au service de la tante Hanmer jusqu'à son décès. Depuis, Elizabeth lui servait une petite rente. Elle l'avait toutefois priée de quitter Londres et de vivre loin, très loin, au nord de l'Angleterre. Ann avait compris : Miss Chudleigh achetait son silence. Une désobéissance lui aurait coûté sa pension. À son corps défendant, elle avait déménagé.

Elle reçut toutefois les questions des avocats du capitaine Hervey à son nouveau domicile. Elle y répondit par correspondance, alléguant qu'elle était aujourd'hui une femme âgée, à la mémoire vacillante. Les faits remontaient à vingt-cinq ans : oui, elle avait entendu des rumeurs, oui, vaguement, concernant un mariage. Mais elle n'en savait pas davantage.

Hervey ne poussa pas l'interrogatoire plus avant et ne demanda pas à la faire venir.

Le plus bel homme d'Angleterre

La subornation et le faux témoignage d'Ann ne troublèrent pas la conscience d'Elizabeth. Elle croyait en la justice de sa cause et se répétait inlassablement les arguments dont elle se convainquait maintenant depuis des années :

« Ce qui s'est passé dans la nuit du 4 août n'a aucune valeur. À l'époque, Hervey était mineur, il n'avait obtenu ni la dispense nécessaire, ni l'autorisation de ses parents... Or, l'Angleterre n'autorise pas les unions entre enfants.

« Autre vice de forme : aucun ban n'avait été publié, alors que la loi en exige trois.

« Dernière irrégularité : nous n'avons pas échangé d'alliance, ni même prononcé de consentement ! Nous n'avons donc jamais reçu le sacrement de mariage. »

Toutes ces anomalies la confortaient dans ses certitudes.

Elle-même s'employait activement à rassembler les preuves de son célibat... *Miss Chudleigh*. Sur les reçus de sa pension de demoiselle d'honneur, sur tous les actes légaux, sur ses passeports, sur les titres de ses propriétés, sur l'acte de vente de sa maison de Hill Street, sur l'acte d'achat de sa maison de Knightsbridge, partout, toujours, depuis près d'un quart de siècle, apparaissait-elle sous un autre nom que celui de ses parents ? Aux yeux de tous, pour sa propre mère, pour ses amis, ses domestiques, ses compagnes de voyage, en Angleterre, en Prusse, en Bavière, en Saxe, elle n'avait jamais cessé de n'être que cela : *Miss Chudleigh, célibataire*... Une vieille fille dont un aventurier tentait aujourd'hui de prendre avantage pour s'approprier son maigre bien.

Si sa méthode ne lui causait guère de scrupule, il n'en allait pas de même pour le docteur Hawkins. Le secret que lui imposait sa profession l'avait empêché de révéler au capitaine qu'un enfant était né de son union avec Miss

Chudleigh, et que cet enfant avait été déclaré dans les registres de Chelsea comme son fils légitime.

La *légitimité* du petit Augustus Hervey entérinait *ipso facto* le mariage de ses parents.

Même l'argument de la jeunesse du père ne tenait pas : le capitaine était largement majeur, quand l'hymen avait porté ses fruits avec la naissance d'un bébé.

Le médecin revint voir Elizabeth pour la mettre en garde.

Il la trouva très agitée. Le Tribunal l'avait convoquée. Son affaire semblait presque gagnée : Miss Chudleigh était fille, cela paraissait une évidence. On lui demandait seulement de le jurer. Demain, elle devrait prêter serment devant la Cour, sur l'honneur et sur la Bible, que la noce n'avait jamais eu lieu...

— Vous n'allez pas faire une chose pareille ! s'exclama Hawkins.

Ce cri du cœur, qui exprimait la peur et les doutes d'Elizabeth, lui porta sur les nerfs. Elle répondit sèchement :

— Et pourquoi pas, docteur Hawkins, si telle est la vérité ?

— Mais ce n'est pas la vérité, et vous le savez !

— La vérité ? Voulez-vous que je vous la dise, docteur ? Ce mariage fut expédié dans le noir, sans les prières d'usage, au mépris de tous les rites, d'une manière si confuse, si rapide, et tellement illégale, que je pourrais – en toute sincérité – vous promettre que j'ai épousé Hervey... Comme je pourrais – en toute sincérité – vous promettre que je ne l'ai pas épousé.

Hawkins la quitta, atterré.

S'il était venu lui rappeler l'existence du registre des naissances à Chelsea, il l'abandonnait dans des affres que lui-même ne soupçonnait pas.

Le plus bel homme d'Angleterre

En dix ans, elle n'avait jamais pu récupérer le registre de la paroisse de Lainston. Le cousin Merrill l'avait confié au nouveau recteur, sans songer à le lui remettre à elle, au contraire de ce qu'ils étaient convenus.

Le livre était resté en l'état, jusqu'à la mort de Mrs. Hanmer. Mais, ultime coup de la tante : elle avait demandé à être inhumée dans le cimetière de la chapelle. À cette occasion, le successeur de Mr. Amis s'était employé à retrouver le volume qui lui avait été transmis. Il avait déchiré les cachets de cire et les bandes de papier qui empêchaient de l'ouvrir, pour insérer de sa plus belle plume l'acte de décès de la vieille dame. Ce faisant, il avait parcouru les actes des deux cérémonies précédentes. Les funérailles de l'épouse de Mr. Merrill. Et l'union de l'une de ses cousines avec le fameux capitaine qui avait pris Cuba aux Espagnols, le capitaine Hervey, de l'illustre famille Hervey.

Le recteur de Lainston n'avait jamais rencontré Elizabeth Chudleigh, et menait une existence trop reculée pour constituer un véritable danger. Sans doute.

Mais deux autres personnes, bien vivantes, connaissaient elles aussi l'existence de l'acte : le notaire de Winchester et Mrs. Judith Amis, la veuve du révérend. Ils n'avaient sûrement pas oublié la scène autour du lit, quand le prêtre malade avait paraphé le document.

Comment oser jurer que le mariage n'avait pas eu lieu, avec de telles preuves, et autant de témoins ?

Comment prendre ce risque devant Dieu ?

Incapable de trouver le sommeil, Elizabeth n'essayait même pas de dormir. Assise dans la splendide alcôve de sa chambre à Chudleigh Place, les deux mains à plat sur la courtepointe, les yeux grands ouverts, elle gardait le regard fixe. Elle ne s'agitait plus. L'angoisse la pétrifiait.

Elle finit toutefois par sombrer dans son cauchemar, toujours le même, qui se répétait chaque nuit, depuis le début de la procédure. Elle rêvait qu'elle était l'épouse d'Hervey et celle de Kingston, à la fois. Et que ses deux maris la possédaient en même temps, ici, dans cette alcôve. Augustus l'étreignait à l'étouffer. Evelyn la ravageait de caresses. Mais tous deux pleuraient. Et ni l'un ni l'autre ne ressentaient d'amour pour elle. Elle devinait qu'elle les remplissait du même dégoût... Entre les embrassements de l'un et les baisers de l'autre, elle tentait toutefois de leur expliquer qu'ils devaient se congratuler tous trois de leur bonheur conjugal, et se montrer contents. Elle riait en leur exposant leur félicité. Mais, envers eux, elle n'éprouvait, elle-même, que du mépris. Et son cœur saignait.

Elle se réveilla dans l'épouvante.

Elle sauta du lit, écrivit un billet, sonna sa femme de chambre, envoya un laquais à l'autre bout de la ville. Elle suppliait maître Collier de venir la trouver de toute urgence. L'avocat devait la conduire au tribunal pour la cérémonie du serment : elle le priait de passer la voir, avant.

Tout de noir vêtu en prévision de l'audience, maître Collier se déplaçait avec calme sur la rosace de jaspe et de marbre qui ornait l'entrée de Chudleigh Place. En dépit du message qui l'avait réveillé au milieu de la nuit, il n'avait pas avancé d'une seconde son rendez-vous du matin. Il portait une longue perruque blanche à la mode d'autrefois, dont les pans encadraient un visage rond, rose et rasé de frais. Son expression bonhomme, son léger embonpoint, son âge mûr, son inaltérable politesse, tout chez lui inspirait la confiance et l'estime. Il passait pour un homme d'expérience, le plus malin de tous les hommes de loi, le plus retors à Londres. La vivacité de ses petits yeux bleus, qui flamboyaient entre ses lourdes paupières, confirmait sa réputation. Un tigre.

Le plus bel homme d'Angleterre

Miss Chudleigh, très agitée, dévala l'escalier à sa rencontre.
— Maître Collier ! Je ne peux pas aller au tribunal...
Il accueillit cette nouvelle avec un sourire patelin.
— Je suis à vos ordres, chère demoiselle. J'accours et vous écoute.
Outre sa préciosité, le plus frappant chez l'avocat restait la vague ironie de son ton.
Toutes portes closes, ils prirent place dans le petit salon du rez-de-chaussée.
— Que puis-je pour vous, chère demoiselle ?
— J'ai commis, il y a dix ans, une grosse erreur... Une absurdité... J'ai tressé la corde pour me pendre !
Quand elle lui eut raconté l'histoire de la création du registre, et qu'elle eut terminé sa confession dans une explosion de regrets et de larmes, la réaction fut aux antipodes des reproches auxquels elle s'attendait :
— Tout cela ne me paraît pas bien grave.
— Comment : *pas bien grave ?* Si quelqu'un trouve ce document, s'il le montre...
— Ce document est un faux – fabriqué de toutes pièces –, vous me l'avez dit vous-même... Maintenant sur le fond : son contenu ne vaut rien. Le tissu d'illégalités qui a présidé à la cérémonie de Lainston invalide votre mariage. Nous aurions pu plaider l'annulation, nous avons préféré une voie plus directe et plus courte. Mais la procédure que nous avons choisie ne change rien à l'affaire : votre mariage n'est pas, et n'a jamais été, un véritable mariage devant la loi. Je parle de celle des hommes, comme de celle de Dieu... Ce serait en acceptant de rester dans un état de mensonge, dans cette fausse union avec un homme qui ne vous est rien, que vous commettriez un péché. Calmez vos scrupules de conscience, ma chère demoiselle. Ils vous honorent. Mais rassurez-vous et croyez-moi : vous pouvez sans hésitation prêter le serment que la Cour vous demande.

L'Excessive

Elle connut tout de même un dernier doute :
— Et si Mr. Hervey jurait le contraire de ce que j'affirme ?
— Quand le tribunal aura statué en votre faveur, Mr. Hervey ne pourra plus rien jurer. Il sera débouté de toutes ses demandes, menacé d'excommunication s'il s'obstine à vous calomnier, et condamné à payer les frais d'avocats des deux parties.
— Je lui rembourserai ma part !
— J'admire votre générosité. Mais je vous prierais de la tempérer. Mr. Hervey pourrait s'en servir contre nous... Durant les quatorze jours qui suivront le verdict, il aura le droit de le contester. Toutefois, si j'en juge par la faiblesse de la défense qu'il nous a présentée, je doute qu'il fasse appel... Le délai des quatorze jours échu, nul ne pourra plus revenir sur votre liberté à tous deux. Vous pourrez épouser qui bon vous semble. La sentence deviendra irrévocable.

Par ce froid matin du 11 février 1769, en huis clos devant les trois juges du Tribunal ecclésiastique, Miss Elizabeth Chudleigh, debout, une main sur le cœur, l'autre sur la Bible, prononçait ces paroles :
— Je jure de dire la vérité, toute la vérité...
Sa voix, claire, solennelle, avait retrouvé son aplomb.
— ... Je n'ai jamais épousé le capitaine Hervey.
La conclusion tomba dans la seconde. Aucun mariage n'avait eu lieu. La Cour déclarait Miss Chudleigh célibataire. Et condamnait son diffamateur aux dommages et intérêts. Comme prévu.
Elle résista à la tentation de crier victoire.
Restait à attendre le délai des quatorze jours...
Restait surtout à convaincre le duc de Kingston qu'il avait le droit de se lier à Miss Chudleigh.

Le plus bel homme d'Angleterre

*

De longue date, il avait entendu parler de cette fable, l'histoire d'un mariage entre Elizabeth et le capitaine Hervey, une rumeur à laquelle il n'accordait aucun crédit depuis des années. Elizabeth lui avait assuré que cet ancien soupirant prenait ses désirs pour des réalités. Qu'il confondait ce qui avait été un badinage, le temps d'un été à la campagne dans leur prime jeunesse, avec de véritables fiançailles... Elle soulignait en riant ce que chacun savait : que tous les Hervey étaient fous. Celui-là disait des bêtises : il n'aurait pas eu vingt ans à l'époque de leur mariage, un bébé ! Le duc l'avait crue. Pourquoi aurait-elle nié une union aussi avantageuse ? Il n'avait même eu aucun doute. Les Hervey étaient en effet célèbres pour leurs excentricités... Une plaisanterie du plus mauvais goût !

Aujourd'hui les prétentions de cet homme tournaient au crime. Et l'action qu'elle lui intentait, au scandale.

Lady Frances s'était hâtée de venir à Thoresby raconter à son frère tous les potins qui couraient sur sa maîtresse, toutes les rumeurs que soulevaient les relations d'Elizabeth avec le capitaine. Certains avaient déjà baptisé le procès qui les opposait : « La dernière farce de la courtisane vierge. » Il n'était question que de cette affaire à Londres. Chaque camp avait ses partisans. Qui disait la vérité ? Qui mentait ?

Lady Frances soulignait que Miss Chudleigh n'était ni assez bien née, ni suffisamment riche – en dépit de sa vénalité –, pour qu'un Hervey convoite sa fortune, contrairement à ce qu'elle affirmait.

Kingston avait mis sa sœur à la porte, lui interdisant de prononcer un mot sur ce chapitre.

Mais ses intentions matrimoniales se trouvaient très refroidies, pour ne pas dire gelées, par l'inquiétude que suscitait chez lui un tel tapage. Il en voulait à Elizabeth.

Il avait beau se dire qu'elle n'avait commis aucun crime, qu'elle était la malheureuse victime d'un illuminé, qu'elle se battait seule, avec courage, avec dignité, pour blanchir son nom et relever son honneur, il se sentait tiraillé entre son admiration et la gêne que lui causait cet ultime désordre. Il ne voyait plus leur liaison comme un attachement confortable qu'il avait songé, sagement, à pérenniser. Mais comme une passion violente qu'il ne maîtrisait pas.

Un tel changement de lumière sur ses amours le perturbait. Pour la première fois, sa vie intérieure le tourmentait. Jamais il n'avait eu plus peur du ridicule.

Il respectait toutefois le cours immuable de son existence : la plantation de ses arbres et l'entraînement de ses chevaux l'absorbaient tout entier.

Il attendait l'issue, lui aussi.

Dans l'impuissance et dans l'angoisse.

***

« Je suis si heureuse, écrivait Elizabeth à son amie l'électrice, que je tremble de tous mes membres. La personne en question a laissé passer, sans réagir, les quatorze jours ! Cet homme m'aura tourmentée pendant vingt-cinq ans. Il aura gâché ma vie. Mais je ne lui en veux plus… J'ai gagné mon procès avec les honneurs ! Pardonnez-moi, ma chère amie, je tremble si fort que je ne parviens pas à tenir ma plume. J'arrive du palais Saint James où Sa Majesté m'a félicitée. J'aurais tant à vous dire ! Toute la famille royale se réjouit pour moi et m'a embrassée. Je reçois des congratulations du monde entier. Adieu mon amie, je reprendrai cette lettre quand j'aurai retrouvé mon calme. Je reste submergée par la nouvelle : aujourd'hui 25 février 1769, je suis libre, libre, libre ! »

Le plus bel homme d'Angleterre

Libre ? Hervey ne partageait ni la même liesse ni la même certitude. Ses propres amis, qui connaissaient le poids de sa parole, ne doutaient pas de la réalité de son mariage. Ils n'en avaient même jamais douté. Hervey disait la vérité : il avait épousé cette coquine. Tous critiquaient la mollesse de sa défense. Les mauvaises langues racontaient qu'il s'était laissé acheter par Miss Chudleigh. On avançait des montants faramineux... Personne ne comprenait sa conduite. Offensé, humilié, ridiculisé, Hervey tomba malade. Il dut s'aliter. Il se savait complice d'une duperie et d'un parjure : il n'oserait jamais conclure son mariage avec la jeune fille de Bath.

***

Sans prendre le temps d'ôter sa mante et son chapeau, dans un immense élan, Elizabeth traversait le grand salon de Thoresby. Elle avait fait la route d'un trait. Son visage rayonnait. C'était plus que de la joie. Le flamboiement d'un incendie.

Le duc était assis de dos sous les portraits de ses ancêtres, les grands tableaux de Van Dyck qui ornaient les murs. Savait-il la nouvelle ? Il semblait n'avoir entendu ni la voiture devant le perron, ni les saluts des domestiques, ni la porte du hall. Il gardait la tête baissée, comme s'il lisait la gazette, trop absorbé pour sentir même les vibrations d'un pas sur les tapis. Elle se hâta. Il se leva brusquement et lui fit face.

Devant la pâleur du duc et le trouble qui décomposait ses traits, elle reçut un coup. Elle s'arrêta net. Elle crut qu'il avait pleuré comme dans son rêve, qu'il pleurait encore, elle crut qu'il allait la repousser, la chasser. Il la haïssait. Elle pâlit à son tour.

L'Excessive

Submergés l'un et l'autre par l'émotion qui les pétrifiait, ils se dévisagèrent.

Ce fut Evelyn qui fit le premier geste. Il franchit la distance qui les séparait. Il l'attira dans ses bras. Il la serra contre lui, sans un mot, à la rompre.

Ils rentèrent ensemble à Londres. Depuis leur retour, le duc se rendait chaque matin chez maître Collier. Il venait soumettre à l'avocat, qui connaissait comme personne les méandres du procès, cette question qu'il avait déjà posée à ses propres conseils : existait-il le moindre empêchement légal à son union avec Miss Chudleigh ?

La réponse des uns et des autres ne variait pas. Elle était catégorique : « Aucun empêchement, Votre Grâce. »

Mais en ce matin du 8 mars 1769, jour de la naissance d'Elizabeth, le duc venait chercher autre chose au cabinet de Collier : il venait prendre la surprise qu'il destinait à Miss Chudleigh, le cadeau qu'il comptait lui offrir pour son quarante-huitième anniversaire. Leur contrat de mariage.

En se saisissant du portefeuille, le duc posa une dernière fois à maître Collier cette question qu'il répétait depuis près d'une semaine :

— Si je choisis cette femme pour épouse, est-ce que j'offense les lois ?

— Vous n'offenserez ni Dieu ni les hommes, My Lord... Vous pouvez en toute quiétude épouser Miss Chudleigh cet après-midi.

Le duc passa alors chez son témoin, Sir James Laroche, le plus fervent parmi les partisans d'Elizabeth. Les autres amis de Kingston appréciaient l'hospitalité et les charmes de sa maîtresse. Mais ils n'étaient pas, comme Laroche, gagnés de longue date à la cause de leur mariage... La plupart le désapprouvaient, au contraire. Le duc ne l'ignorait pas.

Le plus bel homme d'Angleterre

Les deux hommes déjeunèrent à leur club et s'arrêtèrent à Chudleigh Place. Le plan était de ramener Elizabeth à l'hôtel de Kingston, un palais avec salle de bal, salon de musique et chapelle attenante, sur Arlington Street.

Elle prétendit ne pas se douter de ce qu'ils tramaient, tous les deux, avec leurs airs de conspirateurs... Une petite fête chez le duc, pour son anniversaire ? Comme c'était gentil ! Elle adorait les fêtes et les surprises ! Ils la trouvèrent fin prête à les suivre, comme elle l'était toujours quand il s'agissait d'une réception, d'un plaisir ou d'une nouvelle aventure... Elle avait choisi une toilette de fin d'après-midi, indigo selon son ordinaire, mais d'un bleu plus soutenu, de la profondeur des gros saphirs qu'elle arborait aux oreilles, au cou, aux poignets, même en aigrette sur la tête, et en épingles dans le chignon. Elle ne poudrait plus ses cheveux, pour ne pas accentuer son âge par une chevelure blanche, et ne portait pas de perruque, au contraire de la mode. Les boucles brunes qui encadraient son visage avaient gardé leur lustre et leurs reflets dorés. Son léger embonpoint lui seyait. Elle semblait plus gironde, plus accorte, et plus fraîche que jamais. Elle sauta en carrosse, quand les deux messieurs s'y hissèrent à sa suite, pesamment. L'un, Laroche, souffrait de la goutte. L'autre, Kingston, de rhumatismes. Tous deux approchaient de la soixantaine. Et les neveux du duc, les fameux Meadows, se répandaient dans Londres en déplorant sa mauvaise santé. Ils disaient que leur oncle avait beaucoup vieilli ces derniers temps, qu'il se desséchait.

Sa silhouette, trop haute et trop maigre, se voûtait aux épaules en effet. Ses joues s'étaient émaciées, l'ensemble du visage creusé. Pour le reste, sa distinction, son élégance restaient sans égales. Il demeurait d'une beauté spectaculaire. Oui, opinait sa sœur, « *un beau vieillard,* que Miss Chudleigh a dévoré, et qu'elle achèvera tantôt ».

Elizabeth, enfoncée dans les capitonnages de la voiture, babillait devant ses deux admirateurs, sans oser leur poser de question. Elle parlait, parlait, parlait, disait tout ce qui lui passait par la tête pour ne pas penser à ce qui l'obsédait : « Est-ce pour aujourd'hui ? »… Le révérend Mr. Hurr, le chapelain du duc, l'attendait-il en cet instant dans la chapelle du palais ? Ou bien serait-ce l'évêque de Canterbury qui bénirait leur union à Saint George, le splendide sanctuaire sur Hanover Square que choisissait l'aristocratie pour tous ses mariages ? Six heures sonnaient. La nuit était tombée… Elle n'osait imaginer la quantité de cierges que les enfants de chœur avaient dû allumer pour éclairer la nef. L'orgue gigantesque allait-il retentir de la marche nuptiale qu'elle aimait ? Elle aurait bien voulu entendre l'ode composée jadis par Mr. Haendel, à l'occasion des noces de Son Altesse Royale la princesse Augusta… Quel dommage que la toilette commandée à Paris pour la circonstance, une gigantesque robe blanche brodée de toutes les perles que lui avait envoyées Maria-Antonia, ne fût pas arrivée ! Elle aurait tout de même dû fixer à son épaule gauche le portrait de la reine mère en miniature, comme elle avait eu l'intention de le faire. Mais elle avait craint que cet usage, réservé aux présentations à la cour, ne dise trop clairement qu'elle avait deviné la surprise. Ne devait-elle pas jouer le jeu de la spontanéité, jusqu'au bout ?

… Qui, parmi les membres de la famille royale, qui serait présent à la cérémonie ? Augusta ? Qui, parmi les duchesses, se tiendrait derrière elle ? L'épouse de Jamie, Elizabeth, duchesse de Hamilton ? Catherine, duchesse de Queensbury ? Qui allait la conduire à l'autel ? Le duc de Newcastle ? Le duc d'Ancaster ? Sa Majesté le roi George III en personne ?

Le plus bel homme d'Angleterre

Se calmer.
Se rappeler qu'on était en plein carême, que l'Église déconseillait les mariages en période de pénitence et de jeûne.
Cesser de rêver.
Et ne plus jamais tenter d'exorciser l'abominable noce de Lainston en la remplaçant dans son imagination, comme elle le faisait sans cesse depuis le jugement, par la messe de mariage qu'elle désirait ce soir, maintenant, tout de suite, avec une telle force !
Oui, se calmer.
Accepter que ce ne serait pas aujourd'hui, que ce ne pouvait pas l'être.

À la minute où elle franchit le seuil de l'hôtel Kingston, le parfum des lis la prit à la gorge. D'immenses gerbes de fleurs blanches jaillissaient des vases chinois de l'entrée, scandaient les marches et les paliers. Des guirlandes de roses s'entortillaient autour de la rampe à double révolution qui conduisait à l'étage noble. Elle crut défaillir quand le premier valet de chambre du duc vint lui présenter, au nom de la domesticité alignée sur deux rangs autour d'elle, tous ses vœux de bonheur. Laroche ne sembla pas impressionné. Kingston se taisait toujours. Elle remercia donc le majordome comme s'il s'était contenté de lui souhaiter un bon anniversaire, la chose la plus naturelle en ce jour. Le cœur battant, elle ôta ses gants, sa pelisse, s'extasia sur la beauté des fleurs, prit familièrement le bras du duc d'un côté, celui de Laroche de l'autre, et monta avec eux l'escalier. Mais quand elle reconnut, dans le brouhaha qui s'élevait derrière les portes closes, la voix aiguë de maître Collier, elle ne put retenir une question :
— Lui, ici… pourquoi ?
— Pour qu'il nous lise son petit compliment tout à l'heure, plaisanta le duc.

L'Excessive

Elle sentit alors qu'il tremblait, qu'il était même bouleversé, qu'il ne pouvait prononcer une parole. Et que cet état devait durer depuis le début de l'après-midi.
Elle enveloppa du regard cet homme pudique, qui se tenait à ses côtés. Dans un éclair, elle mesura l'ampleur de son geste.
Aux yeux du duc de Kingston, l'acte qu'il s'apprêtait à commettre pesait lourd. Non pas en raison de son choix, non parce qu'il avait élu une épouse que ses amis désapprouvaient. Mais du fait de ce qu'il était, lui. Il se faisait une telle idée de ce qu'il se devait à lui-même ! Sa naissance, son nom, son titre, sa lignée : il plaçait son histoire et celle de sa famille plus haut que tout... Bien plus haut que son amour. Bien plus haut que sa passion. À ses seuls sentiments, Kingston n'aurait peut-être pas cédé. Mais à son respect, à son estime pour Miss Chudleigh, il avait obéi.
Il l'avait jugée digne.
Elle désengagea son bras de celui de Laroche pour se suspendre de tout son poids à celui d'Evelyn. Il posa sa main sur la sienne. En cet instant, elle aima cet homme, comme elle l'avait toujours aimé. Avec une tendresse et une gratitude infinies. Elle se jura d'être la personne qu'il croyait, et de se conduire avec la dignité qu'il attendait d'elle.

En cette nuit de mars 1769, moins de trois semaines après qu'Elizabeth avait juré sur l'honneur qu'elle n'avait jamais été mariée, elle épousait Evelyn Pierrepont.
Le service, conduit par le chapelain du duc, se déroula comme elle l'avait rêvé : à sept heures du soir le jour de son anniversaire, dans la chapelle de l'hôtel d'Arlington Street.
En cette période de carême, il n'y eut ni cierges, ni grandes orgues. Aucun membre de la famille royale

Le plus bel homme d'Angleterre

n'assistait à la cérémonie, juste une quarantaine d'intimes.

Parmi les plus proches, manquait l'illustre chirurgien de la cour, le docteur Caesar Hawkins.

Cette noce-là sembla toutefois à Miss Chudleigh la plus magnifique de toute son existence ! Non seulement elle épousait l'amant qu'elle adorait et dont elle partageait la vie depuis dix-huit ans, l'homme qu'elle jugeait toujours « le plus beau d'Angleterre », mais elle devenait aux yeux du monde la grande aristocrate qu'elle-même, à ses propres yeux, n'avait jamais cessé d'être.

La première et la seule.

Elle avait désormais la préséance sur la troupe des marquises, des comtesses, des vicomtesses et des baronnes. Elle marcherait seule dans les cérémonies officielles et les processions de la cour.

La première, devant les autres dames d'honneur des reines. La première, après les princes du sang.

Aucun doute : *la première et la seule.*

Elle incarnait enfin son personnage.

De toute son âme, elle était cette femme-là : *Sa Grâce, Elizabeth, duchesse de Kingston !*

(5)
1769-1774
La duchesse bigame

Debout à l'étage, les bras en croix dans l'encadrement de la fenêtre, Sa Grâce la duchesse de Kingston admirait son domaine. « À moi !... Toute cette splendeur est à moi ! »

Elle avait toujours aimé Thoresby. Aujourd'hui, Thoresby lui appartenait. Ou plutôt, Elizabeth Pierrepont appartenait à Thoresby.

Oui, elle appartenait corps et âme à cette terre, elle appartenait à la masse noire de la forêt qu'elle apercevait dans le lointain. Aux pièces d'eau qui scintillaient en premier plan. Aux chevaux, aux chiens dans les dépendances. Aux portraits d'ancêtres qui peuplaient les galeries, aux tableaux de la Renaissance qui ornaient les salons, aux bustes, aux statues de l'Antiquité qui se dressaient dans l'atrium et les allées du parc.

Avec les Dianes chasseresses, avec Cicéron et l'empereur Auguste, avec les Raphaël et les Van Dyck de sa chambre, avec la légendaire Beth de Warwick – l'aïeule du duc, la première Elizabeth de la famille, une grande bâtisseuse elle aussi –, Elizabeth Chudleigh s'inscrivait dans une lignée dont la gloire remontait aux temps les plus reculés et s'étendait au monde entier. En mêlant sa vie à celles de ces personnages, elle entrait dans l'éternité. Elle en avait conscience et cette idée l'enivrait.

Comme les héros et les dieux qui l'entouraient, la troisième duchesse de Kingston était devenue immortelle.
Du coup, les fastes de Londres ne l'intéressaient plus. Ou si peu… Elle avait perdu jusqu'au goût de briller à Saint James.

***

Au lendemain de leur mariage, Evelyn avait vendu son hôtel sur Arlington Street pour s'installer à Chudleigh Place. Rebaptisé *Kingston House,* le palais d'Elizabeth leur servait désormais de résidence ducale à Londres.

« En épousant sa catin – commentait un membre du clan Hervey –, le duc n'a rien fait d'autre que de récupérer les biens qu'elle lui avait soustraits. C'est la fable de la voleuse volée : la fortune des Pierrepont, qu'avait pillée l'avide demoiselle, revient dans l'escarcelle des Pierrepont, multipliée par les judicieux placements de la *Courtisane-Vierge*… Que demande le peuple ? L'héritier présomptif, Mr. Evelyn Meadows, devrait la remercier d'avoir ainsi fait fructifier ses espérances, au lieu de rougir la Tamise avec ses larmes de sang et de se répandre en malédictions contre sa pauvre tante ! »

La « pauvre tante » se moquait bien de l'ironie des mauvaises langues. La réalisation de ses plus chers désirs la rendait pleinement heureuse. Le reste lui était indifférent.

Après s'être tant intéressée aux rumeurs de la Cour, elle n'écoutait plus même les bruits de la Ville.

Elle avait libéré son poste de demoiselle d'honneur, sans chercher à occuper un autre emploi. Elle avait refusé de devenir dame d'atour ou maîtresse de la Garde-Robe… Mais elle s'était rendue à la cérémonie de sa présentation officielle au roi et à la reine d'Angleterre, en grande pompe, sous les applaudissements du peuple de Londres. Pour la nouvelle duchesse de Kingston, Leurs Majestés s'étaient avancées bien au-delà des convenances. Elles l'avaient reçue à bras ouverts, et l'avaient comblée de cadeaux. Envers sa favorite, la reine mère s'était surpassée : elle lui avait offert un écrin de bijoux, toute une parure qui appartenait à sa propre collection.

« Piqué dans les ondes de sa haute chevelure brune, Sa Grâce portait un grand navire en rubis et diamants, racontait un chroniqueur : curieuse idée, si l'on songe à l'emploi qu'occupait son précédent mari. On dit que le capitaine Hervey s'est extrait de son lit afin d'assister au spectacle... Sans doute voulait-il jouir du privilège, assez rare chez les vivants, d'admirer le triomphe de sa veuve ? »

En mai, le duc et la duchesse partirent pour Thoresby et s'y établirent. Ils s'installaient de façon presque permanente dans une existence de *gentlemen-farmers*, que ponctuaient leurs petits raids dans les stations à la mode... Voyages aux bains de mer. Séjours aux courses de Newmarket. Et longues veillées autour des tapis verts, dans les salons de jeux de Bristol ou de Bath.

Mais rien ne valait la pêche à Thoresby, l'équitation, le bateau, la natation, la chasse... Loin des potins londoniens, Elizabeth retrouvait ses instincts de sportive et consacrait sa formidable énergie au confort de son cher époux. Elle avait de quoi s'occuper ! Qu'avait-elle besoin de courir le monde ?

***

La vie conjugale se révéla exactement telle qu'ils l'avaient rêvée. Un bonheur total. La première année de leur mariage fut un enchantement.

L'Excessive

Jamais Elizabeth ne s'était montrée plus gaie, plus affectueuse, plus attentive à leurs plaisirs. Même Kingston, pourtant peu réceptif aux états d'âme de sa compagne, mesurait l'étendue de son apaisement. Elle semblait délivrée de toute angoisse et de toute agitation.

Alors qu'elle s'était bien gardée de lui exprimer sa passion pendant les dix-huit ans qu'avait duré leur concubinage, elle osait aujourd'hui s'extasier devant ses vertus. Elle trouvait à toutes les pensées de son mari, à toutes ses paroles, à toutes ses actions, une noblesse remarquable, une grandeur sans égale. Il se sentait adoré. Elle était sincère.

Elle ne craignait plus – comme elle l'avait craint durant si longtemps – qu'en exprimant trop chaleureusement ses sentiments, il ne se détachât d'elle. Elle ne craignait plus, en lui avouant sa gratitude, en le remerciant bruyamment à la manière d'une petite cousette ou d'une modiste, qu'il ne comprît ses transports comme la preuve de son néant, ou ne ressentît ses effusions comme une faiblesse. Elle pouvait enfin lui dire son amour : elle le lui chantait, sans réserve et sans retenue.

Quant au duc, il lui avait donné, en l'épousant, tous les gages de son respect et de son affection. Elle n'en avait pas besoin d'autres.

Pour la première fois, Elizabeth ne jouait aucun rôle et ne tentait aucun jeu avec lui. L'harmonie entre eux était totale.

Elle ne désirait que ce qu'elle avait et jouissait de la vie avec une ardeur nouvelle.

Il fallait la voir rendre visite à leurs chenils, veiller personnellement à la qualité de l'avoine qu'on donnait à leurs chevaux... Vaquer aux embellissements de leur intérieur ! Choisir le damas vert pour la « chambre du Scigneur », et le papier peint pour le « boudoir chinois ».

La duchesse bigame

Fidèle à sa passion pour la musique, elle entretenait à demeure son propre orchestre : un claveciniste, deux violonistes, trois joueurs de trompe, un violoncelliste. Elle avait choisi pour demoiselle de compagnie une jeune fille dont elle aimait la voix de soprano, une certaine Miss Bate qu'elle encourageait à lui chanter ses airs favoris après dîner.

Si le tourbillon des ambassadeurs ne semblait plus de saison, elle offrait presque tous les soirs de petits concerts à Sir James Laroche et au duc de Newcastle, leurs *vrais* amis. Elle organisait des bals pour leurs voisins et recevait à sa table, lors des célèbres soupers fins de Thoresby, les compagnons d'enfance du duc qui occupaient les châteaux alentour.

Chaque dimanche, elle ouvrait son parc aux visiteurs. Même les plus pauvres pouvaient venir se promener chez elle. Ainsi qu'à la parade de Newmarket, elle faisait défiler pour eux ses pur-sang dans les allées, avec leurs sangles pourpres et blanches, leurs tapis de selle et les casaques de leurs jockeys aux couleurs des Pierrepont. Elle se présentait elle-même dans une amazone rayée rouge et crème, deux grandes plumes de même couleur piquées dans son chapeau.

Comme au temps de sa jeunesse, elle restait visible de loin… Reconnaissable entre toutes. Nul n'aurait pu confondre la duchesse avec une autre dame de sa suite.

Pour le reste : elle laissait à Evelyn le soin d'organiser sa flotte.

Sur l'immensité du lac, il avait rassemblé une extraordinaire collection de bateaux. D'abord son yacht à fond plat, avec un carré assez grand pour y recevoir douze personnes à dîner. Puis son petit voilier. Puis sa goélette hollandaise. Sans parler de sa flottille de barques amarrées à l'embarcadère devant la maison.

En même temps que ses chevaux, le dimanche, tous les navires du duc étaient pavoisés à ses couleurs. Le

L'Excessive

plus impressionnant d'entre eux était son trois-mâts, une frégate longue de quinze pieds, armée de quarante-quatre canons : *La Minerva*, copie exacte, en réduction, d'un vaisseau de guerre. Le cadeau de mariage de l'ami James Laroche... Un faux pas qu'Elizabeth se gardait bien de relever. Laroche leur avait offert la réplique d'un navire que le capitaine Hervey avait commandé jadis devant La Havane.

La duchesse haussait les épaules. Qui diable était le capitaine Hervey ? Elle affectait de l'avoir oublié.

Outre l'organisation des fêtes galantes sur les îles du lac, outre les régates et les chasses, Elizabeth dirigeait sa maison en chef de guerre : si le mariage l'avait apaisée, il ne l'avait pas changée. Elle s'employait à l'organisation des tâches domestiques avec l'énergie qu'on lui connaissait.

Le matin, elle écrivait son courrier en compagnie d'une cousine pauvre qui lui servait de secrétaire : une véritable vieille fille celle-là, obscure et laide, qui répondait elle aussi au nom de Miss Chudleigh. Le château était peuplé d'une série d'autres *Miss Chudleigh*, appartenant toutes à la parentèle désargentée de la duchesse. On rencontrait notamment sa filleule, *Elizabeth Chudleigh*, l'enfant qu'elle avait recueillie jadis devant l'appartement de la gouvernante du château de Windsor.

À dix heures, Sa Grâce recevait son architecte et son chef jardinier.

Ensuite, Elle recevait ses fermiers.

Puis, Elle faisait ses comptes.

À midi, Elle convoquait et dirigeait son armada de domestiques : maître d'hôtel, sous-maître d'hôtel, femmes de chambre, cuisinières, boulanger, pâtissier, saucier... Parmi les gouvernantes, Elizabeth avait même engagé une personne qu'elle disait d'un grand mérite et

La duchesse bigame

d'une vertu solide. La veuve d'un pasteur : Mrs. Judith Amis, qui était venue lui présenter ses compliments à l'occasion de son mariage et lui raconter ses malheurs depuis la mort du révérend.

Soulevée par l'élan d'amour qui, aujourd'hui, portait Sa Grâce à protéger la terre entière, Elizabeth l'avait écoutée et plainte.

Ah, la très aimable, désormais très reconnaissante, Mrs. Judith Amis qui se répandait en protestations d'amour, de respect et de fidélité !

La duchesse ne doutait pas de son amitié. La duchesse tenait même à garder Mrs. Amis dans ces bonnes dispositions. La duchesse tenait surtout à la garder à l'œil. Et sous son coude.

Elle la recueillit à Thoresby.

Le malheur voulut qu'à peine installée, Mrs. Amis s'amourachât de l'intendant. Et qu'elle l'épousât dans la foulée. Cet intendant, du nom de Mr. Phillips, volait le duc depuis des années. Elizabeth vérifiait ses livres : elle avait signalé ses malversations à son époux. Erreur... Le duc haïssait les mauvais serviteurs. Le châtiment tomba dans la seconde. Il chassa Mr. Phillips, sans l'entendre. Il chassa aussi la femme de Mr. Phillips. Il ne voulait plus les voir à Thoresby, ni l'un ni l'autre ! Elizabeth eut beau implorer sa clémence : peine perdue. Les colères d'Evelyn étaient aussi froides qu'obstinées.

L'ancienne Mrs. Amis quitta donc le château, la rage au cœur, accusant la duchesse – *cette sale Mrs. Hervey* – du renvoi de son mari. Et de tous leurs maux à venir.

Le risque, que cette sorte de ressentiment pouvait lui faire courir, ne parvint pas à empoisonner l'ivresse d'Elizabeth. Elle avait baissé la garde et se croyait en sécurité.

Le repos du guerrier.

***

Seule ombre au tableau : le duc de Kingston ne semblait plus aussi vaillant qu'autrefois. Il se fatiguait vite. Lui, jadis si placide, devenait irritable et anxieux. Il s'impatientait d'un rien. Une insatisfaction constante le minait.

Comme si les époux travaillaient à échanger leurs rôles, l'ancienne nervosité de l'une semblait s'être déplacée vers l'autre. Au terme de deux ans de mariage, la transformation était spectaculaire.

Plus Elizabeth trouvait son équilibre, plus Evelyn perdait le sien. Plus elle occupait brillamment sa place et soutenait leur train de maison, plus lui-même s'y sentait étranger et perdait le goût d'y vivre. En vérité, son union tardive avec une personne d'âge mûr, une personne avec un passé, se révélait pour lui bien plus difficile à vivre qu'il n'aurait pu le prévoir.

Non que la duchesse entrât pour quelque chose dans ses difficultés.

Le mécontentement de Kingston ne tenait pas à la conduite de son épouse. Au contraire ! Il trouvait Elizabeth parfaite. Il l'aimait, il la respectait plus que jamais.

Et cependant…

Il n'était pas satisfait. Il ne comprenait pas ses propres réactions. Il s'interrogeait. Peine perdue.

Il se reconnaissait si peu doué pour l'introspection qu'il devait s'y prendre à plusieurs fois…

Reprenons au début, allons, allons. Il s'avouait de nature timide et d'instinct casanier. Oui, cela, il le savait. Il n'avait aspiré toute sa vie qu'à se retirer à la campagne, loin de l'agitation de la capitale. Oui, et alors ?

Alors… Il ne songeait aujourd'hui qu'à ce qui se disait à Londres, il épluchait les gazettes en quête des bruits qui couraient sur le duc et sur la duchesse de Kingston. Sur leurs déplacements, leurs réceptions, leurs toilettes.

Sur leur mariage...
Il tentait de se raisonner. Il se répétait qu'il possédait à Thoresby ce qu'il préférait sur terre : ses chevaux, ses chiens, ses voisins. Et sa compagne de toujours... Tous les éléments du bonheur, tous les éléments pour jouir de l'existence et glisser paisiblement dans la vieillesse.
Et maintenant ?
Maintenant, il se souciait jusqu'à l'obsession des ragots que colportaient sa sœur, son neveu, cette horrible famille Meadows qui se répandait en médisances contre Elizabeth. Il ne les méprisait qu'avec plus d'ardeur. Il ne les haïssait qu'avec plus de férocité.
Mais il se faisait, à satiété, répéter leurs propos.
Et maintenant ?
Maintenant, honteux de sa faiblesse, il s'exaspérait de son impuissance devant les calomnies dont son épouse continuait d'être la victime.
Malgré sa protection.
Il en perdait le sommeil et la colère le tourmentait.

Les raisons de son malaise, le duc les connaissait. Elles étaient liées à la découverte d'un invraisemblable paradoxe.
Tandis qu'aucun aristocrate d'Angleterre, d'Écosse ou d'Irlande, aucune duchesse, aucune marquise, aucune comtesse n'avait ostracisé Miss Chudleigh quand elle était une demoiselle entretenue, sa concubine et sa maîtresse, aujourd'hui, certaines pairesses refusaient de la recevoir... Quand elle était son épouse !
Tourner le dos à la duchesse de Kingston ?
Comment osaient-elles !
Il devait pourtant se rendre à l'évidence : les séjours des grandes dames se faisaient rares à Thoresby. La plupart n'acceptaient même plus ses invitations aux bals de Kingston House.

L'Excessive

L'explication, encore une fois, le duc la connaissait. L'explication était que la noblesse pouvait accepter l'adultère, l'alcoolisme, le jeu, la fornication, la production de dizaine de bâtards, tous les excès, tous les vices… pourvu que ses membres les pratiquent avec discrétion. Or, aux yeux du grand monde, Elizabeth, en devenant duchesse de Kingston, avait dépassé les bornes. Ne prononçait-on pas, accolé à son titre, le nom d'un crime affreux : *la duchesse bigame* ?

L'ayant épousée, le duc jugeait sa femme au-dessus de tout soupçon. Il ne songeait pas à mettre en doute son innocence. Pas une seconde !

Le doute l'eût entaché, lui.

Mais s'il avait jugé Elizabeth Chudleigh digne de son rang, la noblesse devait s'incliner. Or, la noblesse murmurait. Les trois royaumes – l'Angleterre, l'Écosse et l'Irlande – manquaient d'égards envers lui, Evelyn Pierrepont. Oui, les trois royaumes manquaient au devoir de respect et d'obéissance que commandait son nom.

Cette idée le torturait. Cette idée le rendait fou !

Et la rumeur qui voulait que le capitaine Hervey, secondé aujourd'hui par son frère aîné, le riche comte de Bristol, et par son frère cadet, le puissant évêque de Derby, se préparât à une nouvelle campagne en vue d'obtenir l'annulation de son mariage avec « la catin Kingston », le jetait dans les affres.

Elizabeth, pour sa part, s'en souciait comme d'une guigne.

Tous les Hervey de la création pouvaient bien s'agiter : le jugement de l'Église qui l'avait déclarée apte à se marier était irrévocable. Elle se sentait tranquille. Quant aux quelques morsures d'amour-propre qui minaient le duc, elles ne l'atteignaient pas… Du moins : pas en profondeur.

La duchesse bigame

Elle s'était bien aperçue, elle aussi, que certaines de ses anciennes amies lui battaient froid. Et alors ? Elle était la duchesse de Kingston. Gare à celles qui ne lui rendaient pas les hommages que les convenances exigeaient. Pour avoir longtemps attendu son titre, elle entendait qu'on le respectât. Elle se montrait très pointilleuse sur les honneurs qui lui étaient dus, elle aussi. Mais, au contraire du duc, elle ne craignait pas les affronts. Elle en avait l'expérience. Elle conservait assez d'esprit pour y répondre. Et ces dames, qui n'ignoraient pas les insultes auxquelles elles-mêmes s'exposaient en la contrariant, gardaient profil bas. Elles lui cédaient la place dans les cérémonies, et s'inclinaient.

Elizabeth n'imaginait pas qu'Evelyn pût recevoir en plein cœur ces quelques camouflets – au demeurant, assez rares –, qu'elle interprétait comme de la jalousie.

Elle oubliait qu'il ignorait ce qu'étaient l'adversité, la contradiction ou seulement le désaccord. Et qu'il ne savait comment y faire face.

Elle oubliait qu'il n'avait traversé aucun revers de fortune. Qu'il n'avait connu aucune humiliation. Et que, toute sa vie, il avait pris soin d'éviter la dispute et de fuir toutes les formes de conflit.

Fidèle à lui-même, il n'exprimait rien.

Il se contentait de s'irriter tout seul. Et de boire plus que de raison.

Elle le suivait sur ce terrain avec allégresse. Elle abusait de son petit madère et partageait avec son mari un goût exagéré pour le whisky, le bordeaux et le champagne : ses excès appartenaient à ses plaisirs. Elle avait, elle, le vin gai.

Le duc, lui, cherchait dans l'ivresse la pugnacité qui lui manquait. Il tenait bien l'alcool : nul ne pouvait se douter de son ivrognerie. Toutefois, au fil des mois, il forçait la dose, et son intempérance l'usait.

Ses forces diminuaient.
Il déclinait. Il le sentait.

***

En février 1772, trois ans après son mariage, il fit venir de Londres son médecin, le docteur Raynes, et son notaire, maître Collier.

Elizabeth ne fut pas admise dans leurs conciliabules : le duc lui ferma sa porte. Elle ne s'offusqua pas. Elle jugeait Raynes sans talent et le clamait. Evelyn, lui, ne jurait que par Raynes et s'en félicitait.

Elle se garda d'intervenir.

Elle n'eut pas longtemps à s'impatienter : le médecin déclara la santé de son patient très satisfaisante, et rentra chez lui.

Bon débarras.

L'homme de loi remplaça l'homme de science dans le bureau du duc.

Encore une fois, le duc tint Elizabeth à l'écart de leurs conversations. Il avait appelé le duc de Newcastle à ses côtés, son ami et voisin qu'il avait institué son exécuteur testamentaire. Il voulait que Newcastle assistât, lui, à ses entretiens avec maître Collier. Les trois larrons s'enfermèrent de longues heures à l'étage, tandis que la duchesse piaffait en bas.

Elle savait que son mari avait rédigé de sa main, en juillet dernier, ses dernières volontés. Sans doute désirait-il s'assurer qu'il les avait écrites dans les règles de l'art, et que nul ne pourrait contester ses instructions.

Elle s'irritait d'ignorer ce qu'Evelyn préparait. Mais elle ne chercha pas, cette fois, à se mêler de ses affaires.

Durant près d'un demi-siècle, elle n'avait pourtant pensé qu'à cela : le futur. Prévoir la guerre, pour préserver la paix… Se garantir des coups. Protéger ses

La duchesse bigame

arrières. L'avenir. Amasser les propriétés, placer les biens mobiliers afin de s'assurer de sa sécurité, dans l'avenir.

Elle n'y songeait plus. Elle avait confiance en son destin. Et si le mot « testament », qui impliquait la mort, la rendait nerveuse, elle ne s'interrogeait pas sur les manœuvres financières qui se tramaient derrière les verrous du petit bureau.

Une autre allait s'en préoccuper à sa place : Lady Frances Meadows.

Comment Lady Frances apprit-elle que maître Collier, l'avocat le plus célèbre d'Angleterre, l'ancien complice de Miss Chudleigh, venait d'arriver chez son frère ? Comment devina-t-elle qu'ils travaillaient à cette heure à la répartition des biens de la famille Pierrepont ? Mystère.

Elle débarqua à Thoresby, tout sourires, avec son fils Evelyn.

La chance de Lady Frances voulut qu'en ce jour de février 1772, la duchesse, sa belle-sœur, ne se trouvât pas au château pour défendre son mari contre la grande scène de séduction familiale qui le menaçait.

Elizabeth était à peine partie pour Londres. Un deuil qui la touchait au plus profond la ramenait en hâte dans la capitale.

Augusta...

La princesse Augusta venait de mourir d'un cancer de la gorge, à l'âge de cinquante-deux ans.

Augusta. Sa protectrice, son alliée de toujours, son plus fidèle soutien.

Elle se souvenait de la bienveillance d'Augusta, quand elle lui avait avoué l'existence de ce lien fatal que son persécuteur s'obstinait à appeler un mariage. Elle se souvenait de la bonté d'Augusta lors de la disparition de l'enfant.

Avec Augusta, elle perdait son amie. Elle perdait sa jeunesse. Elle perdait bien d'autres choses encore...

Dans la seconde, à un signe qui ne trompait pas, elle ressentit son absence : ni le roi, ni la reine, ni le maître des cérémonies ne demandèrent à Sa Grâce, la duchesse de Kingston, de conduire le deuil de la princesse dont elle avait été la favorite durant trente ans.

Les temps changeaient.

Augusta fut enterrée à la sauvette, sous les huées du peuple de Londres qui la rendait responsable de la politique désastreuse qu'avait conduite son amant, Lord Bute, aujourd'hui le personnage le plus impopulaire du royaume.

Oui, les temps avaient changé.

De ces funérailles, Elizabeth revint très affectée. Son propre chagrin l'empêcha de prendre la mesure de ce qui s'était passé chez elle durant ces derniers jours. Elle trouva Evelyn dans un état d'irritation proche de l'apoplexie, et se désola d'avoir manqué cette visite dont elle devinait le sens. Lady Frances et son fils auraient trouvé à qui parler.

La descente des Meadows sur Thoresby eut toutefois des résultats inattendus : au lendemain de cet incident, le duc retrouva la douceur innée de son caractère.

Si le fils de Lady Frances avait espéré se rapprocher de son oncle en lui rendant visite, s'il avait voulu lui apporter la réconciliation et la paix, il avait réussi au-delà de ses espérances.

La violence de sa rencontre avec son héritier libéra le duc de cette fureur vague et constante qui le minait. Elle donnait une forme à sa colère. L'ennemi, désormais, portait un nom.

La duchesse bigame

La laideur, la bêtise, l'appât du gain – bref la médiocrité – s'incarnaient dans un seul et même visage : celui d'Evelyn Meadows.

Kingston revint à sa duchesse, plus sensible à ses qualités, plus admiratif de sa bravoure, plus fasciné que jamais par son énergie.
Il balaya sa frustration. Elle secoua sa tristesse. Ensemble, ils firent un effort sur eux-mêmes. Ensemble, ils se rapprochèrent.

En pêchant la truite côte à côte sous la pluie, les pieds nus dans les seaux de rhum, ils retrouvaient leur charme et leur grâce, cette légèreté d'antan que la vie conjugale et l'hostilité du monde avaient manqué détruire.
Ils vécurent le quatrième été de leur mariage dans la plénitude.
Et pour la première fois en vingt-deux ans, pour la première fois, le duc osait donner à sa femme les marques de sa tendresse. Il exprimait leur complicité par des gestes ostentatoires.
Il tenait Elizabeth par la taille.
Il lui prenait le bras.
Il lui baisait la main.
En public.

La perfection dura peu.
En août 1773, le duc fut terrassé par une première attaque qui déforma son beau visage et laissa son corps à demi paralysé.
Elizabeth ne douta pas qu'il allait guérir, que les eaux lui redonneraient la santé. Elle organisa immédiatement son transfert à Bath.
S'ensuivit une course éperdue, en quête des meilleurs soins. Avide de protéger sa santé et d'assurer son

confort, elle le déménagea d'un lieu à l'autre, l'installa d'abord dans un appartement qu'elle jugea trop froid ; le conduisit ensuite dans l'une de leurs nombreuses résidences – Abbey-Bath, qui se révéla trop éloignée –, le ramena au cœur des établissements de cure, loua pour lui une immense maison sur South Parade. Elle cherchait à se débarrasser du docteur Raynes, dont elle continuait à se méfier, et fit venir à son chevet toutes les sommités. Mais Kingston n'était pas un patient facile : il refusait de se laisser examiner par des étrangers. Aphasique et paralysé, il n'acceptait que Raynes à son chevet.

Elle finit tout de même par lui imposer la consultation d'un certain docteur Delacourt, un ponte de Bath.

Et là, soudain, ce fut le drame : au sortir de la consultation, le monde d'Elizabeth s'effondra.

« Madame la duchesse, écrivait sa cousine et secrétaire Miss Chudleigh à leur ami le duc de Newcastle, a été frappée de surprise et d'horreur. J'oserais même dire qu'elle s'affole aujourd'hui, qu'elle est en proie à la panique. Car les hommes de science lui avaient caché la gravité de l'état de Monsieur le duc ! Ils lui disaient que le pouls de Sa Grâce restait excellent, que Sa Grâce mangeait bien, que Sa Grâce dormait bien ; et qu'en conséquence, Sa Grâce ne courait aucun danger immédiat.

« Le docteur Delacourt lui a dit l'inverse : que Sa Grâce le duc de Kingston se trouvait au-delà de toute guérison, et même au-delà de toute rémission.

« À l'entendre, le duc n'ira jamais mieux.

« On craint d'autres attaques. Il peut souffrir beaucoup.

« Elle doit se préparer au pire. »

Le lendemain, en effet, plusieurs crises de hoquet suivies de spasmes crispèrent les muscles du duc, laissant

La duchesse bigame

dans ses épaules, ses bras et ses jambes des nœuds gros comme des noix. Il hurlait de souffrance, mordant sa langue jusqu'à la couper.

Elle appela d'autres médecins.

Tous donnèrent le malade pour perdu.

Tous, sauf Elizabeth.

Elle refusait de les croire. Elle refusait même de prendre en considération l'éventualité de sa perte. Il ne pouvait pas mourir !

Assise sur son lit, le regard accroché au regard fixe d'Evelyn qui ne parvenait plus à exprimer autre chose que sa terreur et sa souffrance, elle le veillait jour et nuit.

Elle ne le quittait pas, fût-ce une seconde. Elle craignait qu'en sortant de sa chambre, en tournant le dos un seul instant à l'homme qu'elle aimait, la Mort n'en profitât pour l'emporter.

Elle luttait de toute sa volonté, lui insufflant ce qu'elle avait en elle, sa force, son instinct, le tirant de toute son énergie vers la vie. « … Ne me laisse pas ! Sans toi, je n'existe pas… Sans toi, c'est moi qui meurs. Ne m'abandonne pas ! »

Sa bataille contre la maladie n'était pas seulement morale. Elizabeth se colletait avec elle, dans un véritable corps à corps. Mais elle ne suffisait pas à la tâche, et perdait chaque jour du terrain.

Elle ne parvenait plus à juguler seule la violence des crampes, des convulsions, des hoquets qui le secouaient. Elle devait maintenant appeler trois hommes à la rescousse, pour l'aider à maintenir le duc dans son lit.

Il suffoquait.

Était-ce cela, l'agonie ?

Elle n'avait pas été présente à la mort de son enfant… Était-ce cela ?

Déjà !

Le jeudi 23 septembre 1773, il pleuvait sur Bath… Et dans la grande maison palladienne de South Parade, la duchesse de Kingston vivait le plus grand drame de son existence. Evelyn se mourait.

Evelyn était mort.

Il s'éteignit dans ses bras, à huit heures du matin.

Au terme de quatre années de mariage et de trente jours de maladie. Mort, à soixante-deux ans.

*

Avec sa disparition, les vrais ennuis d'Elizabeth Chudleigh commençaient.

***

— … Comment la duchesse se porte-t-elle, aujourd'hui ? s'enquit le duc de Newcastle en pénétrant dans le hall de Kingston House.

Il fut accueilli chez la veuve de son ami par « Miss Chudleigh », la cousine, secrétaire et factotum de la duchesse.

La maison, qui avait résonné du brouhaha de tant de fêtes, arborait aujourd'hui la froideur et le silence du tombeau. Tout y était recouvert de noir, les murs bien sûr, les tapis et les meubles, les statues, les milliers de bibelots, même les magots chinois dans les encoignures.

Quand Miss Chudleigh eut introduit le duc au salon, ils restèrent debout, semblables aux figures voilées qui se dressaient autour d'eux, fantomatiques sous leurs crêpes.

Malheureux et gênés, ils se taisaient.

Newcastle, en grand deuil, mince comme l'avait été Evelyn, très élégant dans son pourpoint noir à boutons de jais, passait encore, comme Kingston deux mois plus tôt, pour « l'un des plus beaux hommes d'Angleterre ». La perte de son compagnon de jeu, qu'il avait connu dans l'enfance, le touchait profondément.

La duchesse bigame

La cousine, pour sa part, n'avait en commun avec Elizabeth que sa petite taille. L'âge aussi, probablement : elle dépassait la cinquantaine. Mais cette Miss Chudleigh-là, grisonnante et ridée, paraissait d'une autre génération.

Elle finit par rompre le silence, répondant tardivement à la question du visiteur :

— À la vérité, Votre Grâce : la duchesse va mal. Elle pleure sans arrêt et s'évanouit jusqu'à six fois par jour. Nous avons, Miss Bate et moi-même, les pires difficultés à la faire revenir à elle... Ce matin par exemple, Madame la duchesse est restée en pâmoison durant plus d'une demi-heure... Si longtemps, que nous l'avons crue trépassée, elle aussi ! Le médecin la saigne le matin, à midi et le soir, ce qui la calme mais l'affaiblit encore... Vous n'imaginez pas ce qu'a été notre retour de Bath ! Il nous a fallu près d'une semaine pour remonter à Londres... Et nous ne sommes qu'au début de nos peines ! J'ignore comment, tous, nous allons retrouver la force de redescendre là-bas, pour le transfert de la dépouille de Sa Grâce, qui doit être ensevelie dans le caveau familial de Holme Pierrepont, à cent cinquante miles de Bath.

— Je sais, Miss Chudleigh, je sais, et croyez bien que je suis navré de l'épreuve que j'impose à la duchesse, en lui demandant de revenir à Kingston House avant l'enterrement. Mais il m'était impossible de différer plus longtemps l'ouverture du testament. Il n'est bruit que de cela, ici. Et notre retard alimente les rumeurs les plus folles.

— Justement, Votre Grâce : à propos de la cérémonie du testament... Le médecin de Madame la duchesse me prie de vous demander humblement de la ménager. Il craint que recevoir demain l'ensemble des Pierrepont ne soit au-dessus de ses forces... Vous allez la trouver bien changée. Elle n'est pas en état de voir du monde.

L'Excessive

— Je comprends, Miss Chudleigh... Nous pourrions faire en sorte de ne convier que les Meadows.
— Sans leurs enfants ? insista la cousine.
— L'usage voudrait que les neveux fussent présents. Mais les neveux ne sont pas légalement nécessaires... Même s'ils sont concernés.
— Madame la duchesse préférerait ne pas les rencontrer.
— Qu'il en soit fait comme la duchesse le souhaite. Je ne voudrais en aucun cas ajouter au chagrin qui la terrasse. Nous restreindrons la réunion au cercle de famille le plus étroit... Rassurez-la. Seuls Lady Frances et son mari seront présents au salon.

***

En ce matin du vendredi 1er octobre 1773, une semaine et un jour après la mort du duc, la domesticité de Kingston House s'employait aux préparatifs pour la cérémonie des dernières volontés.

Au sous-sol, les femmes de chambre assombrissaient les semelles de toutes les chaussures en les teignant en noir. Les laquais astiquaient les lustres avec des chiffons noirs et remplaçaient les girandoles par des cristaux d'onyx.

Selon son ordinaire, Elizabeth ne faisait pas les choses à demi. Au travers de tous les détails, elle tenait à exprimer l'immensité de son deuil.

Les apprêts s'arrêtèrent au premier coup de heurtoir, annonçant l'arrivée du notaire.

Flanquée de Miss Bate et de Miss Chudleigh qui la soutenaient, enveloppée dans ses crêpes noirs qui s'étalaient sur toute l'ampleur de ses paniers et la noyaient complètement, la duchesse traversait la pièce à pas lents.

Deux autres dames la suivaient, portant son interminable traîne.

Dans un élan d'affection, Newcastle s'était avancé au-devant d'Elizabeth. Il ne l'avait pas revue depuis juillet, quand, rose et ronde, elle s'appuyait encore au bras d'Evelyn.

Lorsqu'elle l'eut rejoint, elle releva ses voiles pour le saluer.

Devant ce visage ravagé, il reçut un choc.

Très changée en effet... Méconnaissable.

En moins de deux mois, elle était devenue hâve et blême, comme si elle s'était laissé dévorer par le chagrin.

Le plus terrible chez elle demeurait l'absence de regard. Ses yeux, que Newcastle avait connus pétillants de vie, d'un bleu si pur, si intense, disparaissaient sous les paupières gonflées et rougies.

Incapable, dans son émotion, de trouver un mot pour la consoler, il lui baisa la main qu'elle lui abandonna avec sa grâce habituelle.

En dépit de ses allures d'automate et de cette maigreur nouvelle, elle demeurait majestueuse.

Plus imposante que jamais.

Elle en donna tout de suite la mesure et la démonstration.

Son fameux regard, qu'un instant plus tôt Newcastle aurait pu qualifier de vitreux, avait filé par-delà son épaule, pour se fixer sur les personnages qui bavardaient derrière lui.

Au grand dam de Newcastle, les Meadows n'avaient pas respecté ses instructions. Lady Frances, passant outre aux consignes, s'était présentée en force. Elle occupait le terrain.

On pouvait reconnaître son mari, Philip, âgé d'une soixantaine d'années. Son fils aîné, l'héritier, Evelyn : trente-sept ans. Charles : trente-six ans. William : trente-

L'Excessive

trois. Edward : trente-deux. Thomas : trente. Seule leur fille manquait. Mais s'ajoutaient aux cinq garçons plusieurs cousins Meadows qui n'avaient rien à faire là.

Cette tribu encerclait maître Collier.

Nul n'avait jugé opportun d'interrompre sa conversation, et de se lever à l'entrée de la duchesse.

Le notaire se tenait debout derrière le bureau, et répondait par monosyllabes aux nombreuses questions dont on le pressait. Sa réserve ne faisait qu'accroître le brouhaha.

Newcastle, pour sa part, n'avait pas tenté d'exprimer à haute voix son mécontentement, ni même sa surprise, devant cette invasion qui contrevenait aux accords pris, la veille, avec la famille.

Les Meadows restaient les plus proches parents du duc. Il n'avait pas osé leur barrer la route.

Sa Grâce, Elizabeth, duchesse de Kingston, n'était pas dotée, elle, de cette sorte de politesse, de raffinement, d'indifférence, ou de lâcheté.

Elle se redressa de toute sa hauteur.

Que ces gens, en pareilles circonstances, aient fait fi de son désir… Que ces gens se soient installés chez elle, malgré sa volonté… Pis : que ces gens aient osé violer le territoire de son mari, cette conduite la blessait profondément.

Leur attitude disait l'absence du duc. Leur comportement clamait sa mort avec plus de clarté que toutes les condoléances.

— Durant vingt ans… commença-t-elle d'une voix d'outre-tombe.

Les enveloppant dans une même colère, elle ne s'adressait cependant qu'au fils aîné. Evelyn Meadows. Elle le connaissait pour l'avoir rencontré à plusieurs reprises. Elle ne lui avait toutefois pas prêté attention.

La duchesse bigame

Sa présence, à laquelle elle ne s'attendait pas dans ce salon, cette présence que le duc aurait détestée, achevait de la choquer.

Elle répéta plus fort :

— ... Durant vingt ans, le duc a donné l'ordre à son portier de vous interdire l'entrée de sa maison.

Cette fois, tous s'étaient tus. Et tous se levèrent.

— ... Le duc avait donné cet ordre chez lui, dans son hôtel d'Arlington Street. Le duc l'avait donné à Thoresby. Le duc l'a répété ici, à Kingston House. Le duc l'a réitéré partout... Qu'est-ce donc qui vous donne à croire, Monsieur, que le duc aurait changé d'avis aujourd'hui ?

Evelyn Meadows, médusé par cette sortie, ne bougeait pas. Il restait planté, là, debout entre ses deux parents.

Elle le dévisageait.

Malgré son indignation, elle notait tout... De taille moyenne, le visage poupin, il gardait les épaules en dedans, il se tenait mal, en effet.

Elle reprenait à son compte l'ancienne antipathie de son époux.

Il avait le teint brouillé, la peau grasse et grêlée... Un début d'estomac.

Mais le petit Meadows était loin d'être aussi laid que Kingston l'avait prétendu !

Seulement commun.

Il masquait sa banalité sous un étalage de luxe. Sa perruque, d'un noir de jais, palliait une calvitie invisible. Et la richesse de ses bijoux, notamment des bagues qui ornaient chacun de ses doigts, le travail des dentelles sur ses manchettes et son jabot, la subtilité des plumes sur le revers du tricorne qu'il avait gardé sous le bras, l'ensemble pouvait faire illusion quant à son élégance.

Aucun détail n'échappait à Elizabeth.

L'Excessive

Elle se rappelait maintenant ce qu'on disait de lui.
Il était coquet. Il dépensait des fortunes pour se parer, il avait toujours besoin d'argent…
Elle jugea toutefois qu'en dépit de son opulence, de son embonpoint, de tous ces traits qui auraient dû accuser son âge et sa maturité, l'aîné des rejetons Meadows avait l'air d'un gamin.
Du moins son expression évoquait-elle l'indécision, la peur, le désir de s'échapper : toute la confusion d'un adolescent pris en faute.
Le regard fuyant, baissé, exprimait encore autre chose.
La haine.
Cela, Elizabeth ne le vit pas.
Elle tonna :
— Comment osez-vous contrevenir aux volontés du duc, aujourd'hui ? Est-ce sa mort qui vous donne cette sorte de courage ?… Sortez !
Il ne se le fit pas dire deux fois. Il quitta le salon.
Ses frères et ses cousins le suivirent. Ils allèrent attendre dehors, en compagnie des autres membres de la famille Pierrepont qui formaient déjà un attroupement dans la rue.
Les deux parents Meadows restèrent au salon pour la lecture du testament.

***

« La duchesse est un miracle de modestie, un miracle de mesure, un miracle de modération, écrivait, non sans ironie, un membre du clan Hervey au comte de Bristol, le frère aîné du capitaine Augustus.
« Elle a donc limité le dernier rassemblement chez elle à quelques intimes : l'exécuteur testamentaire ; la sœur du duc, avec son mari ; le notaire ; et quatre dames

stipendiées, qu'elle s'escrime à appeler ses *demoiselles d'honneur*. Elle avait chassé les autres, expédiant notamment Evelyn et Charles Meadows faire les cent pas devant sa grille.

« Ils y battirent la semelle toute la matinée avec leur cousin, Spencer Boscowen, qui est aussi notre parent. C'est de la bouche de Boscowen que je tiens le récit de cette scène.

« Vers midi, le père, Philip Meadows, apparut sur le perron : il sortait de la maison et traversa la cour comme un fou. Il franchit la grille. Il semblait submergé par l'émotion, secoué de sanglots. En larmes... Si bouleversé qu'il ne pouvait même parler. Il bouscula le groupe et fila dans la rue, sans fournir d'explications aux jeunes gens.

« Aucun d'entre eux ne put déterminer si Mr. Philip Meadows pleurait de douleur ou de joie.

« L'explication arriva plus tard.

« Encore une fois, la duchesse a fait preuve d'une modération spectaculaire.

« Elle n'a pris pour elle-même que l'usufruit de *tous* les biens immobiliers des Pierrepont, c'est-à-dire *tous* les châteaux et *toutes* les terres, qui ne reviendront à la famille du duc qu'après sa mort.

« Pour le reste, *tous* les biens mobiliers, elle peut les conserver, les altérer, les disperser, les vendre : ils lui appartiennent en propre... Les tableaux et les meubles, en passant par les boiseries, l'argenterie, les chiens et les chevaux, tous les objets et tous les êtres qui peuplent les châteaux lui reviennent.

« Et les neveux, me direz-vous, *quid* des neveux ?

« L'aîné, Mr. Evelyn Meadow, est coupé de la succession. Totalement. Son nom n'apparaît même pas sur le testament, sinon pour spécifier dans un codicille qu'il recevra la somme ridicule de cinq cents livres sterling.

L'Excessive

« Il ne pourra même pas souhaiter la mort de sa tante. Car – dût-elle partir avant lui –, il n'hériterait encore de rien. Kingston a stipulé que si sa veuve décédait, les châteaux Pierrepont reviendraient à Charles, le cadet. Ou au cadet de Charles, si lui-même devait disparaître sans descendance. En aucun cas, à son héritier naturel, Evelyn Meadows.

« Ce dernier ne semble pas affecté par la catastrophe qui le frappe. Il est bien le seul ! Les autres sont effondrés. Un désastre absolu... S'y attendait-il ?

« La duchesse, pour sa part, prétend ne s'être attendue à rien. Elle se veut frappée de stupeur par tout ce qui lui arrive... Étonnée de se trouver veuve aussi brutalement. Étonnée de se voir instituer légataire universelle aussi complètement.

« Merveilleuse ingénue !

« Ah, j'oubliais un dernier détail : le duc lui lègue toutes ses richesses. Oui, mais à une condition... Laquelle ? Je vous la donne en mille ! Qu'Elizabeth Chudleigh, *alias* Hervey, *alias* Kingston, *alias* la Courtisane-Vierge ne se *remarie jamais* ! Interdiction pour Miss Chudleigh de repasser devant l'autel.

« Certains prétendent que Kingston, qui connaissait ses travers et la savait une proie facile, a redouté qu'elle ne se laisse séduire par le premier flatteur venu, un aventurier qui l'aurait épousée pour son argent. Une fortune colossale, en effet, que tous les escrocs de la terre ne manqueront pas de convoiter.

« M'est avis que le duc cherchait plutôt à l'empêcher de commettre un second acte de bigamie... Sans doute craignait-il qu'elle n'en fasse une habitude et ne devienne carrément polygame ! Car, en fait de veuve, Elizabeth Chudleigh ne reste-t-elle pas l'épouse de notre malheureux Augustus ?

« Quoi qu'il en soit, le testament du duc de Kingston est, dit-on, inattaquable. Autographe et rédigé devant

La duchesse bigame

témoins, l'ensemble est formulé de telle façon que la loi ne peut rien y trouver à redire.

« Pour la protéger, Kingston a pensé à tout, absolument à tout. Il l'a mise à l'abri du besoin. Et de la tentation d'un nouveau crime… En un mot, il continue, *post mortem*, de veiller sur elle.

« La duchesse a raison de penser qu'avec ce testament, il lui offre encore une extraordinaire preuve d'amour.

« À ses yeux, ce dernier gage est probablement le plus beau. »

***

Avide et triomphante Miss Chudleigh…

Qu'elle fût sincère, qu'elle ait vraiment aimé le duc, cette idée-là ne venait à personne. Son désespoir, si contraire au bon ton, sa douleur excessive dans toutes ses manifestations, ne pouvaient qu'être joués… Ces pleurs, ce déluge de larmes… Les sanglots, les évanouissements ? De la comédie.

Trop voyante, trop bruyante, pour être vraie.

Ainsi en jugeait le monde.

Nul – excepté ses proches – n'imaginait que les derniers mois de soins, de veilles, d'angoisse, et finalement d'échec dans sa lutte pour sauver son mari, aient pu la fatiguer physiquement. L'épuiser moralement.

Quant à ce nouveau scandale : l'héritage…

Bien que l'antipathie du duc pour la famille de sa sœur fût de notoriété publique, et que cette antipathie précédât de loin son mariage, la société ne pouvait concevoir une telle iniquité à l'endroit de ses neveux.

L'aristocratie londonienne accusa aussitôt Elizabeth d'avoir manipulé son époux.

Certes, Evelyn Meadows passait pour un homme sans envergure. On le disait dépensier, inculte, dépourvu de grâce et d'esprit. Il n'était pas populaire.

L'Excessive

Mais qu'elle ait osé le chasser de son salon, le jour de l'ouverture du testament, prouvait qu'elle savait ce que le testament contenait. Sans doute l'avait-elle dicté elle-même, formulant, à la place du malheureux Kingston, ce qu'elle appelait « les dernières volontés du duc ».

Les Meadows, pour leur part, ne nourrissaient aucun doute sur ce point. Ils ne devaient leur spoliation – ce vol ! – qu'aux manœuvres de cette traînée d'Elizabeth Chudleigh !

***

Elle ne songeait pas à la sorte de danger qu'un tel sentiment d'injustice pouvait lui faire courir, et se concentrait tout entière sur son obsession. Rendre à son époux l'hommage qu'elle estimait lui être dû. Offrir à Evelyn des funérailles dignes de lui, dignes d'elle, dignes de leur amour. Une cérémonie d'adieu à la mesure de leurs sentiments… Gigantesque et grandiose.

Elle lui devait tout. Elle voulait clamer au monde sa gratitude. Dire quel homme merveilleux il avait été.

Elle savait que son mari mettait l'honneur de son nom au-dessus de ses goûts personnels… Qu'en dépit de sa réserve et de sa timidité, il aurait exigé qu'un duc de Kingston fût enseveli avec pompe et panache, comme tous les descendants du grand Robert de Pierrepont, le chevalier qui avait débarqué en Angleterre aux côtés de Guillaume le Conquérant, au XIe siècle.

De retour à Bath, elle s'employait donc avec acharnement à l'organisation du périple qui devait conduire l'homme qu'elle adorait à sa dernière demeure.

Ses préparatifs lui donnaient l'illusion que son mari était encore en vie… Qu'elle pouvait – encore un peu – veiller sur lui. Se soucier de son confort, de ses désirs.

Encore un peu…

La duchesse bigame

Lui parler, le questionner sur ce qu'il souhaitait pour son repos éternel.

Imaginer ce qu'il aurait répondu, ce qu'il aurait voulu, ce qu'il aurait aimé.

Elle tentait d'exprimer l'immensité de sa reconnaissance et de ses regrets, en réalisant ce dont il aurait rêvé.

Le convoi quitta Bath le 13 octobre. Il se composait de milliers de chevaux et de centaines de personnes qui allaient traverser trois comtés en six étapes, en direction du nord.

Durant près d'une semaine, tous les journaux suivraient les progrès de cette invraisemblable caravane. Même le *London Chronicle* donnerait un compte rendu détaillé, heure par heure, du cortège qui parcourait le pays. Et pour cause !

On n'avait jamais vu un tel défilé en l'honneur d'un particulier...

Ce particulier-là fût-il Sa Grâce le duc de Kingston ! Non, vraiment, on n'avait jamais vu semblable spectacle à la gloire d'un homme qui resterait célèbre dans l'Histoire pour avoir levé un régiment de cavalerie en 1745... Gagné un match de cricket contre Eton en 1751... Affiné une race d'épagneuls en 1761... Épousé Elizabeth Chudleigh en 1769.

« ... J'espère que la duchesse ne me demandera pas d'écrire des poèmes sur tous les crucifix qu'elle aura érigés sur son chemin, de graver des vers sur toutes les croix de toutes les stations où elle – et ses mules – se seront arrêtées pour pleurer », ironisait l'impitoyable épistolier Horace Walpole.

En ce mois d'octobre 1773, sous la chape de brume qui pesait sur l'Angleterre, la colonne serpentait, immuable, entre les talus des routes.

L'Excessive

Venaient d'abord six mules caparaçonnées d'argent, comme dans les cérémonies pontificales. Puis un carrosse occupé par six prêtres, les six prélats qui allaient célébrer le service funèbre. Ensuite caracolait le destrier blanc du duc, son fameux « Crony », que montait le maître de ses écuries : ce gentilhomme-là portait la couronne ducale, posée sur un coussin. Ensuite s'avançait le corbillard, tiré par six coursiers noirs, empanachés et splendides.

Le véhicule était entièrement drapé de velours pourpre, et couronné de grandes plumes blanches. Les couleurs des Kingston.

Il était suivi par le carrosse de la duchesse qu'encadraient six cavaliers. Elle-même restait invisible derrière les rideaux tirés. Elle ne cessait de sangloter, et ne pouvait se présenter que sous l'épaisseur de plusieurs voiles.

Derrière elle, à cheval, venaient trente-six porteurs de flambeaux.

Puis un interminable train de véhicules où voyageaient les intendants des domaines et les valets personnels de Sa Grâce.

Suivaient les fournisseurs particuliers du duc. Et toute la domesticité de ses châteaux, sur des chariots.

Enfin les bourgeois des villes du Nottinghamshire, à pied, une branche de romarin à la main.

De part et d'autre des chemins se pressaient les paysans, qui admiraient la puissance de leur ancien maître et seigneur.

Chaque nuit, dans les auberges où la colonne faisait halte, le corps embaumé du duc était exposé sur un catafalque, et les représentants des comtés défilaient dans la chapelle ardente, avant de grossir les rangs de l'escorte.

La duchesse bigame

La dépouille atteignit Holme Pierrepont, le grand château de briques rouges où reposaient les ancêtres du duc depuis tant de siècles, le 20 octobre 1773 à midi.
Au même moment à quelques kilomètres de là, sur le lac de Thoresby, les canons de *La Minerva*, le cadeau de mariage de Sir James Laroche, tonnaient soixante-deux fois – un coup de canon pour chaque année de la vie du duc. Les drapeaux étaient descendus à mi-mâts, en berne pour de longues années.

Comment, du fond de sa détresse, comment Elizabeth avait-elle trouvé l'énergie d'inventer un adieu d'une telle ampleur ? Où puisa-t-elle l'imagination pour mettre en scène ces obsèques, auxquelles seuls les rois et les empereurs avaient droit ?

Le service dans l'église Saint Edmund dépassa encore, par sa beauté, tout ce qu'elle avait déjà offert, en témoignage de respect et d'amour, à la mémoire de l'homme dont elle chantait l'hymne de toutes ses forces.

À l'heure suprême de la séparation, dans la crypte où le cercueil d'Evelyn avait été descendu, la duchesse, agenouillée au bord du tombeau, émit un vœu solennel.
Elle demanda à être ensevelie dans le même caveau que son mari. Elle le dit à haute et intelligible voix afin que toute l'aristocratie du Nottinghamshire et tous ses proches puissent l'entendre.
Elle désirait qu'on place son corps dans un cercueil jumeau et qu'on enchaîne les deux cercueils l'un à l'autre.
D'ici là…

***

L'Excessive

D'ici là ?
Elizabeth allait devoir décider ce qu'elle voulait faire d'elle-même.
Elle avait perdu l'amant, l'ami qui la protégeait depuis si longtemps. Son compagnon, durant vingt-deux ans. Au lendemain de l'enterrement, elle connut une véritable crise de désespoir. Elle n'avait pas exagéré naguère en disant au duc que, sans lui, c'était elle, Elizabeth, qui mourait. Que sans lui, elle n'existait plus.
Sans la compagnie d'Evelyn, elle redécouvrait la solitude. Elle redevenait faible et vulnérable, comme dans sa jeunesse, durant toutes les années qui avaient précédé leur rencontre.
À quel point « vulnérable », elle allait bientôt le découvrir !

Pour l'heure, l'électrice Maria-Antonia la pressait de venir réchauffer son cœur auprès d'elle, à la cour de Dresde.
Miss Bate et Miss Chudleigh ne doutaient pas que la duchesse allait se reposer un peu à Londres, qu'elle passerait quelques mois dans sa chambre, à Kingston House. Mais qu'elle finirait, un jour, par accepter l'invitation.
Toutes deux s'activaient à défaire les malles. Avant de se préparer à ce nouveau voyage sur le continent.
Eh bien : non !
Pour fuir la tristesse, Elizabeth n'allait pas choisir le confort rassurant de Dresde. Mais la lumière d'un pays qui lui était inconnu.
Elle irait se réchauffer, en effet...
Au soleil de l'Italie.
Elle n'en parlait pas la langue. Elle n'y comptait pas d'amis. Elle n'y rejoignait personne.
Elle partit immédiatement... En route pour de nouvelles aventures dans la Ville éternelle, où le pape

La duchesse bigame

Clément XIV, qui venait de dissoudre l'ordre des Jésuites et de les chasser des États pontificaux, passait pour favorable aux Anglais !

Avec tout son train, la duchesse de Kingston débarqua à Rome le 24 février 1774.

À peine installée, elle lâcha prise et s'effondra : elle dut s'aliter. Elle resta malade, en proie au délire et à la fièvre, pendant plusieurs semaines.

Quand elle émergea, elle avait accepté son nouvel état. *Veuve.*

Elle était veuve depuis plus de six mois.

Elle devait essayer de reprendre goût à la vie.

Elle s'y employa.

***

Si la duchesse commençait à se remettre, d'autres à Londres reprenaient, eux aussi, du poil de la bête.

Depuis le vendredi fatal, jour de l'ouverture du testament, Evelyn Meadows voulait la tête d'Elizabeth Chudleigh. Et l'expression n'était pas une image. Il disait qu'il allait la faire pendre, si haut et si court, que tous les badauds de Londres pourraient regarder sous ses jupes le triangle noir qui avait tant fasciné le duc de Kingston.

Il y travaillait.

Il fouillait son passé avec diligence, avec méthode, avec persévérance. Il sollicitait des précisions sur ce qu'il avait entendu dire de son premier mariage… Il interrogeait les proches de la famille Hervey.

En quête de traces, d'indices et de témoignages, il ne ménageait pas sa peine.

Evelyn Meadows allait trouver rapidement ce qu'il cherchait.

***

« Ma tristesse est sans fin, écrivait Elizabeth à son amie Maria-Antonia. Mais à Rome, j'ai retrouvé un peu de paix. Le sommeil m'est revenu, et avec le repos, ma santé s'améliore.
« J'ai été accueillie, de la façon la plus gracieuse, au Vatican. Par amour pour vous – Sa Sainteté garde de votre séjour à Rome un souvenir ébloui –, par amour pour vous, Elle me fait dîner chaque jour à sa table, et me garde en tête à tête dans ses appartements privés. Nous y conversons de longues heures. Nous parlons de vous. Et des affaires du monde… Sa Sainteté m'a même offert une ravissante tabatière, ornée de son propre portrait. Je lui ai renvoyé le compliment en offrant une somptueuse bague à son favori, le cardinal Bontempi. L'avez-vous connu ? C'est un prélat charmant. Nous ne nous quittons plus. Son Éminence le Cardinal s'emploie pour moi à l'acquisition de la villa Negroni : ce palais a appartenu, me dit-il, au grand pape Sixte Quint.
« Viendriez-vous passer l'hiver prochain à Rome, avec moi ? Que penseriez-vous de notre installation saisonnière dans ce pays ?
« J'apprends l'italien avec fureur. Je prends aussi des leçons de russe avec un poète du nom de Vassili Petrov, qui se dit " Poète Ordinaire de Sa Majesté Impériale la grande Catherine et Traducteur à son Cabinet "… Avez-vous lu quelque chose de lui ? En avez-vous déjà entendu parler ? Mr. Petrov a traduit l'*Énéide* en russe. Il travaille aujourd'hui à traduire Milton. Je l'aide de mon mieux.
« Entre nous, mon amie, la fréquentation de la communauté russe est bien plus amusante, bien plus vivifiante que celle des Anglais qui passent par ici !

Savez-vous que l'un de vos admirateurs, le prince Radziwill, me fait une cour assidue ? Je crois qu'il cherche à me distraire de mon chagrin et prétend me ramener en Pologne avec lui. Le malheureux, il perd son temps. Aucun homme ne trouvera plus jamais grâce à mes yeux... Jamais ! »
Ah oui ?
La lumière de Rome semblait pourtant l'avoir revigorée.
En lisant ce babillage mondain, l'électrice ne s'y tromperait pas.
Aucun doute : Elizabeth redevenait elle-même.
« Courte, drôle et saisissante », dans ses échanges avec le pape Clément XIV. « Amoureuse au cœur brisé », avec le cardinal Bontempi, avec le poète Petrov, avec le prince Radziwill... À cinquante-trois ans, elle retrouvait, sinon son appétit, du moins sa curiosité pour certains plaisirs de la vie.
Non, Maria-Antonia ne s'y tromperait pas : son amie se rétablissait.
Dans sa lettre, Elizabeth pouvait bien omettre de lui avouer quelques détails...
Elle pouvait bien omettre de lui dire qu'elle avait acheté un théâtre, par exemple, et qu'elle entretenait une troupe de comédiens dont les représentations la rendaient extrêmement populaire sur le Corso.
Ou encore, qu'elle avait offert le plus invraisemblable des spectacles au peuple et à l'aristocratie pontificale, en illuminant pour eux *tout* le Colisée... Cent mille *fiaccole* avaient embrasé, à ses frais, les gradins et les arches de l'arène, sous le firmament bleu de la nuit romaine.
Elle pouvait bien omettre – aussi – qu'elle avait acheté l'original de *La Minerva*, le joujou qui se prélassait à Thoresby, pour la faire naviguer sur le Tibre. Et que

L'Excessive

son vaisseau de guerre, désormais placé sous le commandement d'un ancien officier de la Royal Navy, se trouvait amarré au pied du palais qu'elle louait sur la rive du port de Ripetta.

Aucun besoin de souligner non plus qu'elle y entreposait les antiques et les tableaux, les collections entières qu'elle achetait partout en Italie, avec frénésie... Pour des fortunes.

Elle avait même obtenu de « son ami le pape » la faveur d'exporter, sans contrôle, tout ce qu'il lui plairait. Et de ne payer aucun droit de douane.

Inutile enfin de souligner que, si elle continuait à ne se vêtir que de noir, elle brillait de tous ses feux sous les diamants qui constellaient ses voiles et ses toilettes.

L'électrice savait tout cela.

Ses correspondants de l'académie d'Arcadie la tenaient informée des progrès d'Elizabeth sur les chemins de la guérison. Ils lui racontaient que les Romains, fascinés, regardaient le yacht de la duchesse de Kingston croiser à l'ombre du Château Saint-Ange, et qu'ils l'avaient surnommée, elle, *la Cléopâtre du Nord*.

Maria-Antonia s'en réjouissait. En vérité, Elizabeth Chudleigh était bien faite pour plaire aux Romains. Habitués aux fantaisies baroques qui décoraient leurs églises, ils pouvaient comprendre son personnage.

Ils savaient, eux, que l'exubérance de la duchesse de Kingston, son goût du spectacle, son sens du théâtre n'étaient pas synonymes d'insincérité, d'hypocrisie ou de froideur. Mais qu'elle se servait des apparences pour exprimer ses émotions les plus intimes, ses sentiments les plus instinctifs. Et ses intuitions.

L'indifférence d'Elizabeth à l'endroit des lointains Meadows, son mépris souverain pour leurs petitesses, l'empêchaient toutefois de sentir et d'imaginer ce qu'ils tramaient à Londres.

La duchesse bigame

Elle faisait bien de reprendre des forces, de s'entraîner à la coquetterie, de s'exercer aux bons vieux artifices de la séduction qu'elle n'avait plus pratiqués depuis son mariage.
Le temps n'était pas loin où elle aurait besoin de toute son énergie. Et de tous ses atouts.

***

Evelyn Meadows jubilait.
Dans ses dossiers, il possédait :
• Le témoignage de Mrs. Ann Craddock – l'ancienne femme de chambre de la tante Hanmer –, présente au mariage et présente lors de la nuit de noces de Miss Chudleigh avec le capitaine Hervey.
• Le témoignage de Mrs. Judith Amis-Phillips, présente lors de la fabrication de l'acte par le prêtre qui avait officié.
• La copie du registre de la paroisse de Lainston, où figuraient la date, l'heure, le lieu du mariage.
• Le registre de la paroisse de Chelsea où figurait la mention d'une naissance légitime chez le couple.
Plus d'éléments qu'il n'en avait jamais rêvé !
Il allait pouvoir prouver la vérité de cette rumeur qui courait depuis plus de vingt ans : Elizabeth Chudleigh et le capitaine Hervey étaient mariés. Leur union avait été consommée. Elle avait porté ses fruits. Mariés. Et bien mariés.
Donc : le mariage du duc de Kingston n'avait jamais eu lieu. Nul… La Chudleigh ne pouvait être en même temps Mrs. Hervey et Mrs. Pierrepont.
Donc : le testament qui instituait *légataire universelle l'épouse du duc de Kingston* ne valait rien… puisque Kingston n'avait jamais eu d'épouse.
Donc : Thoresby, Holme Pierrepont, Kingston House revenaient au plus proche parent du défunt.

L'*Excessive*

Et donc : toute la fortune tombait dans l'escarcelle d'Evelyn Meadows !

Pas si simple.

Le duc avait rédigé son testament de telle façon que tenter de le casser pouvait prendre des années.

La Chudleigh aurait tout le temps de vendre ou d'exporter l'héritage. Au rythme où elle dépensait les biens des Pierrepont à Rome, Evelyn Meadows n'avait guère de doute sur ce point.

Restait un moyen pour l'empêcher de dilapider l'argent : la faire arrêter, la faire jeter en prison, la faire tuer.

*

Il frappa un grand coup. Il lui intenta deux procès à la fois, devant deux tribunaux distincts.

Il déposa sa première plainte au Tribunal civil, en vue de la révocation du testament. Il y accusait conjointement la duchesse de Kingston et le capitaine Hervey de s'être mariés en secret en 1744. De s'être entendus vingt-cinq ans plus tard, lors du jugement de 1769 devant le Tribunal ecclésiastique, pour abuser le duc. De l'avoir conduit, par leur tromperie, à épouser Miss Chudleigh. Enfin, de l'avoir forcé, par des chantages et des menaces, à laisser sa fortune à sa femme et à déshériter ses propres parents.

Il déposa la seconde plainte devant la Cour criminelle en vue d'un jugement au banc des assassins et des putains... pour bigamie.

Evelyn Meadows savait ce qu'il faisait.

La bigamie était un crime d'État, un crime qui violait à la fois les lois de Dieu et celles des hommes, l'un des plus grands crimes contre l'ordre de la Société.

La duchesse bigame

Le châtiment était la mort par pendaison.

Au mieux : le marquage au fer rouge, suivi de la déportation. Ou le marquage au fer rouge, doublé de l'emprisonnement à vie.

Aucun doute : Evelyn Meadows tenait Elizabeth Chudleigh.

(6)

1774-1776
De duchesse en comtesse, ou de Charybde en Scylla

Par quel hasard – ou par quelles corruptions –, les lettres de maître Collier et des avocats londoniens de la duchesse de Kingston n'arrivèrent-elles pas à Rome ?
Elle ignora l'affaire, jusque tard dans la saison.
Ce fut le duc de Newcastle qui l'en avertit, par une vague allusion dans un mot qu'il remit à l'un de ses parents sur la route du Grand Tour. Ce messager-là donna, en main propre, le mot à la duchesse.
Elle comprit tout de suite le sens de la nouvelle : les Meadows cherchaient à capter l'héritage.
La perspective de ce nouveau combat l'atteignit en plein cœur. L'idée de devoir, encore une fois, affronter ces personnages, l'exaspéra et l'abattit. Une douleur supplémentaire. La calomnie la poursuivrait donc toute sa vie ! Ne la laisserait-on jamais en paix avec ce bruit ridicule d'un premier mariage avec Hervey ?
Mais le ton de Newcastle, tout en pudeur, comme l'eût été celui de Kingston, tout en litotes et en non-dits, ne lui donna pas la mesure des risques qu'elle courait.
Newcastle la croyait informée de la catastrophe : il ne s'étendit pas sur son ampleur.
Le scandale d'un procès pour bigamie, qui entachait la mémoire et l'honneur de feu son ami, le frappait lui-même trop personnellement pour qu'il osât expliquer à

l'accusée qu'elle devait rentrer *immédiatement*. Qu'elle devait faire preuve – immédiatement – de sa bonne foi devant la loi anglaise. Qu'elle devait se présenter à ses juges... avant Noël. Faute de quoi le Tribunal civil lui confisquerait sa fortune, jusqu'au jugement devant la Cour criminelle pour bigamie.

On était déjà le 1er novembre.

Une intuition, qui la réveilla avec des sueurs froides au milieu de la nuit, la fit réfléchir.

Comment se pouvait-il qu'aucun de ses avocats ne lui ait écrit ? Quelqu'un avait-il intercepté leurs messages, comme la tante Hanmer l'avait fait jadis avec les lettres d'Hamilton ?

Elle rappela le parent du duc de Newcastle et l'interrogea. Bigamie ? Que voulait-on dire, à Londres, par bigamie ? Le voyageur, que les questions sur le sujet mirent mal à l'aise, ne lui fournit aucun éclaircissement. Sa gêne exprimait toutefois la gravité de la situation.

Cette fois, elle prit peur.

Elle tenta de se raisonner.

Allons, allons... La conduite des Meadows était aussi stupide que pathétique. Ils allaient se ruiner en procédures, eux qui se prétendaient déjà si pauvres... Quant à cette plainte pour bigamie... Une aberration. Maître Collier, à Londres, se félicitait chaque jour de sa belle ouvrage. Evelyn Meadows aurait dû le savoir : *incassable*... Comme le testament du duc, le verdict du Tribunal ecclésiastique était incassable.

Que fallait-il faire ? Que devait-elle faire ?

À la lueur des flambeaux, elle arpentait ses appartements en se posant la question.

Rentrer ? Rester ?

De duchesse en comtesse…

Son ombre se confondait avec les personnages d'Andromaque, d'Hélène, de Cassandre qui peuplaient *L'Incendie de Troie*, la grande fresque sur les murs de sa chambre.

Rentrer ? Elle n'en avait aucun désir ! Elle arrivait à peine, elle commençait à peine à retrouver le goût de vivre.

Rester ?

Les Meadows espéraient-ils qu'elle reste en Italie ? Était-ce précisément cela, la réaction qu'ils attendaient d'elle ? Qu'elle passe Noël à l'étranger, comme prévu ? Et que l'Angleterre la prenne pour une fugitive ?

Les neveux cherchaient-ils à *l'empêcher* de rentrer ?

« Qu'en penses-tu ? » demandait-elle mentalement à son époux.

Dans les moments de détresse et de doute, elle continuait de s'adresser à Evelyn :

« Dois-je rentrer à Londres ? Mais sans toi, rien ne m'attache là-bas. Au reste… »

Au reste, choisir l'exil restait une possibilité.

« Je pourrais m'installer dans ce palais… Ou bien à Paris ? Je n'ai aucune raison, sans toi, d'habiter Kingston House. Je pourrais voyager… Je pourrais visiter la Russie, la Pologne comme le prince Radziwill me le suggère, pourquoi pas ? Avec ce que j'ai emporté à Rome, avec ce que je possède ici… »

Autant dire : avec rien. Ses diamants, son yacht, ses objets d'art.

Coupée de ses revenus anglais, l'immense fortune de la duchesse se réduisait à des dettes.

Dans six mois : la misère et la honte.

« Aucun doute : en ne rentrant pas à Londres, je prends le risque de tout, tout perdre. Et je me tranche la gorge ! Mais si je rentre… Oui, rentrer pour me défendre ! Rentrer pour prouver mon innocence ! »

Son innocence, Elizabeth y croyait.

Toutefois, l'idée de rentrer *malgré* elle, l'idée de céder à l'âpreté des Meadows la révoltait.

« De toute façon, je ne peux pas rentrer en cette saison ! Impossible de voyager entre l'Italie et l'Angleterre pendant l'hiver… Les routes sont impraticables. Et la mer, très mauvaise. » En outre, elle souffrait d'un abcès au côté, ultime reliquat de ses maux, de toutes les souffrances physiques qui l'avaient terrassée au lendemain de la mort d'Evelyn. « Non, hors de question de traverser l'Europe en hiver : ces monstres devront attendre ! »

Allons, elle pouvait se recoucher et reposer en paix.

Cependant…

Les neveux avaient réussi à lui gâcher ses plaisirs romains.

L'angoisse ne la quittait plus.

La nuit : l'insomnie.

Le jour : la course chez les avocats. Elle vit des hommes de loi partout, à Rome, à Florence, à Naples. Peine perdue. Les juristes italiens ne connaissaient rien aux arcanes du droit anglais. Tous se contredisaient. Et tous lui donnaient, avec le même aplomb, des avis opposés.

Pour les uns, elle n'avait aucun choix : elle devait faire face aux procès et prendre le risque de rentrer.

Pour les autres, rentrer était précisément l'erreur à ne pas commettre. Dès qu'elle mettrait le pied en Angleterre, elle serait arrêtée. Si son nom et son titre lui étaient contestés, elle redevenait Elizabeth Chudleigh, une femme de petite noblesse, une personne sans naissance. On pouvait donc la jeter au cachot, comme n'importe qui. Une fois en prison… Les choses se compliqueraient. Non, surtout ne pas tomber dans ce piège. Mais gagner

De duchesse en comtesse...

du temps, louvoyer, ne répondre à aucune provocation. Faire le mort. Les derniers lui suggéraient d'*acheter* les Meadows : « Dans tous les temps et tous les lieux, lui susurrait son conseil florentin, les plus grands princes ont été obligés de soudoyer leurs ennemis pour obtenir la paix... Et il ne me semble pas que Votre Grâce pourra jouir de la moindre tranquillité si elle n'accepte pas d'obtenir *sa* paix en payant ses adversaires. Elle devrait leur proposer, disons, dix mille livres... »

À la vérité, la duchesse de Kingston n'était plus en mesure d'acheter, de soudoyer, ni de corrompre personne.
Elle ne s'était pas présentée à ses juges. Elle avait laissé passer les délais. Le Tribunal civil venait d'interdire aux administrateurs de ses biens de lui verser ses revenus. Elle serait bientôt déclarée « hors la loi ». Elle passait déjà pour coupable.
L'étau se resserrait.

Son bailleur de fonds, un certain Mr. Jenkins, correspondant à Rome de ses banquiers londoniens, fut averti des difficultés financières qu'elle allait connaître.
Inquiet que la duchesse de Kingston ne puisse rembourser ses créances, Jenkins gela les avoirs de sa cliente – les diamants qu'il conservait dans ses coffres –, et lui coupa les vivres.

Au diable les hésitations ! Elle tenait sa réponse.
Même Jenkins servait les intérêts des Meadows. Un voleur et un traître.
Elle devait récupérer ses biens, et partir. Comment ?
Jenkins, naguère si obséquieux, si serviable, l'évitait. Il refusait de s'expliquer. Il refusait de la recevoir. Il se

prétendait absent à chacune de ses visites. Mais il serait chez lui ses plus beaux bijoux, ses traites, ses lettres de change et toutes les liquidités dont elle avait besoin pour quitter la ville.

Elle alla le trouver une dernière fois.

*

À ses correspondants anglais, Mr. Jenkins écrirait le lendemain que la duchesse de Kingston avait tenté de l'assassiner. « Assassinat » n'était pas un vain mot : elle avait voulu le tuer.

Il raconterait qu'elle avait commencé par s'asseoir sur les marches de son perron et qu'elle avait fait le siège de sa maison. Splendide et tranquille sous ses voiles, elle s'était laissé admirer tout l'après-midi par les passants. Elle était aujourd'hui une légende dans la Ville éternelle. *La Cléopâtre du Nord.* Les Romains défilaient sur le Corso pour la voir.

Contre toute attente, elle n'avait pas semblé souffrir d'une telle humiliation. Elle se donnait en spectacle avec grâce. Elle avait même répondu à la curiosité du peuple par des plaisanteries et des bons mots... Sans honte et sans façon. Les badauds l'avaient acclamée.

Jenkins, jugeant que la comédie avait assez duré, sortit de chez lui par une issue latérale. Il fit le tour du bâtiment et se présenta devant sa porte, comme s'il revenait au soir de ses courses en ville. Il feignit la surprise, se confondit en excuses, invita Sa Grâce à bien vouloir entrer.

Tout sourires, elle se dévoila pour le saluer, et le précéda dans son bureau. Elle attendit un instant, revint sur ses pas et poussa le verrou derrière eux.

Quand elle se retourna et marcha sur lui, elle avait changé de visage. Elle avait aussi changé de voix. La duchesse, si charmante quelques secondes plus tôt,

De duchesse en comtesse…

s'était transformée en furie. La façon dont elle lui réclama son argent ne laissa guère de doute au banquier : la détermination de Sa Grâce n'avait d'égale que sa violence. Et pis. Il osait le mot : … *sa brutalité*. Mais elle fut si rapide dans l'action qu'il n'imagina pas ce qui allait suivre. Il ne la vit même pas sortir ses armes. Quand il sentit sur son front le froid de l'acier, le canon entre les yeux, et qu'il vit un second pistolet pointé sur son ventre, alors seulement il comprit ce qu'elle lui disait. Elle allait tirer à bout portant. Il se hâta de répondre à ses exigences. Il lui remit tous ses bijoux et toutes ses traites. Il lui consentit même un nouveau prêt. Il ne lui réclama pas de nouveaux dépôts ni aucune forme de garantie.

Elle sortit de chez lui, emportant dans son sac l'ensemble de ce que contenaient ses coffres.

Invention ? Exagération ? En Angleterre, nul ne douta de la véracité de cette étrange fable.

On savait que « la duchesse bigame » ne se séparait jamais ni de ses armes ni de ses bijoux. On disait même qu'elle priait à genoux devant ses idoles de métal et de pierre. Ses pistolets et ses diamants… On connaissait Elizabeth grande chasseresse et bonne tireuse… On se rappelait l'histoire des bandits qui avaient pénétré chez elle pour la dévaliser à Chudleigh Place, les fameux voleurs que la duchesse bigame avait repoussés seule, à coups de feu.

À Londres aussi, *Elizabeth, la duchesse bigame*, devenait une légende.

La *Gazette* s'empara de l'anecdote romaine. Le *Morning Chronicle* broda sur les malheurs de son banquier.

*

Bien… Elle avait trouvé les fonds pour financer son retour. Parfait. Restait un autre choix à faire. Quitter

Rome, oui... Mais comment ? Les tempêtes de février empêchaient que les navires remontent d'une traite vers l'Angleterre. Tous cabotaient de port en port. Le voyage allait prendre six mois.

Elle imagina de naviguer en choisissant sa propre route, sur son propre yacht. Son capitaine s'y opposa furieusement. La mer était trop dangereuse. Ils allaient essuyer des tempêtes que *La Minerva* ne saurait supporter. Ils risquaient en outre d'être pris par les pirates. L'ancien vaisseau de guerre, aujourd'hui transformé en bateau de plaisance, n'était plus en état d'affronter les Barbaresques.

Donc, la terre : la voie qui passait par la France... Une bagatelle de mille sept cents kilomètres, jusqu'à Calais. Puis, de là, le passage de la Manche.

*

Brinquebalant entre les cailloux et les fondrières, le carrosse de la duchesse de Kingston se hâtait sur les chemins détrempés. Dès Florence, son abcès au côté s'était rouvert. Il s'infecta et devint une plaie purulente.

Elle refusait de prendre du repos. Elle avait assez perdu de temps. Elle refusait même de faire halte pour la nuit dans les auberges pouilleuses qui jalonnaient la montée vers le nord. Elle ne s'arrêterait qu'à Londres, quand elle pourrait dormir dans son propre lit.

Les secousses de la voiture lui causèrent bientôt des douleurs insoutenables. Elle se fit transporter en litière jusqu'à Bologne.

À nouveau, le carrosse... Les cahots la tuaient. Elle souffrait mille morts.

Pour le reste, le passage des Alpes, quand n'existait aucun sentier sur les cols et que les voyageurs devaient s'aventurer au-dessus des précipices à dos de mulet ou à dos d'homme : les dangers de ce voyage-là, entre la neige

De duchesse en comtesse...

et le ciel, valaient tous les naufrages en Méditerranée.
Nul n'osait franchir le Mont-Cenis au mois de mars.
Elle le franchit tout de même.
Surmontant les difficultés d'une telle aventure, elle parvint à Paris le 22 mars 1775 : à peine plus d'un mois après son départ.
Un exploit.

Les treize notaires et avocats auxquels la duchesse de Kingston avait donné rendez-vous en France ne firent pas preuve de la même bravoure.
Fut-ce le mauvais temps qui empêcha maître Collier, maître Raynes et maître Wallace de l'attendre « Au Courrier de Lyon », comme ils en étaient convenus ?
Ils ne se trouvaient pas à Paris.
Elle fila à Calais.
Maître Collier ne s'y trouvait pas non plus.
Pas question de traverser la mer avant d'avoir pris conseil et préparé sa défense !
Fiévreuse, malade de terreur à la perspective d'être arrêtée, enfermée dans les infâmes geôles de Newgate, elle attendit les hommes de loi, en soignant son abcès au fond d'un hôtel battu par les vents, face aux côtes d'Angleterre.
Sa hâte, cette course frénétique à travers l'Europe, n'avait servi à rien... Sinon à l'affaiblir.
Sa chance l'avait-elle abandonnée ?

*

Entre deux tempêtes, Collier finit par débarquer. Il apportait en France deux nouvelles : une très mauvaise, une très bonne.
Il commença par la mauvaise.
Il la formula d'un trait.
Les Tribunaux criminel et civil – conjointement – voulaient faire un exemple, en utilisant le cas de la

L'*Excessive*

duchesse de Kingston pour démontrer aux Tribunaux ecclésiastiques que leurs jugements n'étaient pas infaillibles et qu'ils n'avaient pas la préséance sur toutes les autres cours d'Angleterre, contrairement à ce qu'ils prétendaient depuis des siècles.
En clair : c'était le combat de l'État contre l'Église.
Elizabeth Chudleigh au centre.
— Je ne comprends pas ce que vous me racontez, maître Collier : le jugement qui m'a déclarée apte à épouser le duc est irréversible !
— Votre Grâce, rien, excepté la Mort, n'est irréversible.
— Mais enfin, maître, vous m'aviez affirmé...
— Maintenant, Votre Grâce, la bonne nouvelle... Le 20 mars 1775, soit deux jours avant votre arrivée à Paris, le frère aîné du capitaine Hervey – le comte de Bristol, ancien ambassadeur d'Angleterre en Espagne – est passé de vie à trépas.
— Et alors ? coupa-t-elle, s'impatientant pour la première fois de la sûreté de soi qu'affichait son avocat. En quoi cette disparition me regarde-t-elle ?
— Un miracle, Votre Grâce ! Un miracle qui arrive à point nommé.
Une vieille histoire, en tout cas.
N'était-ce pas à cette disparition, deux fois, dix fois, vingt fois annoncée, qu'elle devait ses malheurs ? Toutes les catastrophes de sa vie découlaient du pari sur la mort du comte de Bristol. Les manigances de la tante Hanmer pour lui faire épouser son candidat... La création du registre de la paroisse de Lainston, devant Judith Amis.
Un décès qu'on disait imminent depuis trente-cinq ans.
— ... Si les difficultés auxquelles Madame la duchesse se heurte, poursuivait Collier dans une envolée, si les embarras de son dernier voyage lui ont fait craindre que

De duchesse en comtesse...

la Fortune ne se soit détournée d'elle : que Sa Grâce se rassure... De tous les cadeaux du destin, celui-ci est le plus beau ! La duchesse de Kingston peut rentrer en Angleterre sans crainte. Le capitaine Hervey est aujourd'hui le troisième comte de Bristol. Ce qui signifie que son épouse est pairesse d'Angleterre.

Cette fois, Elizabeth avait compris.

La « comtesse de Bristol » ne pouvait être arrêtée, jetée en prison avec les prostituées et les assassins... Au contraire de la « duchesse de Kingston », dont le titre, le nom et le mariage étaient contestés.

Quoi qu'il arrive désormais, le rang d'Elizabeth Chudleigh – son rang d'épouse de feu le duc de Kingston *ou* son rang d'épouse du très vivant comte de Bristol – lui donnait accès à tous les privilèges attachés à la pairie.

Le premier de ces privilèges était la liberté.

— Votre Grâce est sauvée. Vous relevez désormais de vos amis, les pairs d'Angleterre. Nous ferons en sorte que vous soyez jugée par eux et non par le Tribunal criminel. Vous les connaissez tous... Il suffit maintenant d'obtenir que quatre lords deviennent vos garants, et qu'ils paient votre caution.

Elle soupira :

— À vous entendre, maître, tout semble toujours si simple.

Collier reconnaissait que le coût de sa caution était exorbitant. Mais il assurait que les innombrables admirateurs de la duchesse se disputaient l'honneur de se répartir les frais. Le duc de Newcastle et Sir James Laroche s'étaient proposés, chacun pour un quart. Les autres se bousculaient déjà chez lui, à son cabinet, afin d'offrir à la duchesse leur soutien et leur contribution.

L'avocat poussait le dithyrambe un peu loin.

À cette heure, les champions d'Elizabeth se réduisaient à une petite poignée. Rien – ou si peu –, comparé à la masse de ses adversaires : les puritains de Londres et les pairesses d'Angleterre.

Ses vieilles ennemies, les dames du monde qui se voulaient les garantes des liens sacrés du mariage, tenaient enfin l'occasion de se libérer de la menace qu'avait incarnée pour elles, durant tant d'années, l'ascension spectaculaire d'une Miss Chudleigh.

Inlassablement, Elizabeth faisait le compte de ses partisans.

Newcastle et Laroche, oui. Ceux-là, fidèles à la mémoire du duc de Kingston, défendraient la veuve de leur ami, quoi qu'il leur en coûtât.

Le duc d'Ancaster, Sir Thomas Clarges. Le comte de Barrington. Lord Mountstuart. Lord Mansfield : ses anciens amants. La chance voulait qu'ils aient été nombreux. Et qu'ils fussent aujourd'hui des vieux messieurs titrés, riches, puissants… Qui d'autre ? Sa première flamme, le duc de Hamilton, était mort depuis vingt ans… Mais pas son successeur, Lord Littletown, toujours ingambe… Ah, oui : elle oubliait Exeter et Marsh.

Elle demeurait leur maîtresse adorée. Elle le savait. La femme qui avait été l'amour de leur vie, le rêve éblouissant d'une saison ou d'une nuit.

Restait à réveiller leur passion.

Et à les convertir à sa cause.

Elizabeth pouvait en effet rentrer en Angleterre « sans crainte ».

Dans la mise à mort qui se préparait, ces hommes lutteraient à ses côtés. Jusqu'à la fin…

La fin ? La perspective n'était guère réjouissante.

De duchesse en comtesse…

*

Elle s'embarqua sous les plus mauvais auspices. Impossible toutefois de retarder plus longtemps la traversée du *Channel*.

Ce jour-là, la Manche était déchaînée. Des vents contraires s'obstinaient à repousser l'embarcation vers la côte. Elizabeth dut engager cent vingt marins pour tirer son vaisseau hors de Calais. Miss Bate et Miss Chudleigh, qui l'avaient suivie dans son périple, déclaraient forfait et priaient à haute voix sur le pont.

Toutes deux suppliaient la duchesse d'entendre la voix du Ciel.

Ces bourrasques, qui ramenaient le navire en France, étaient un message de Dieu.

Le Seigneur connaissait le cœur de la duchesse. Le Seigneur savait la pureté de ses intentions. Le Seigneur ne voulait pas qu'elle se batte contre les hommes et qu'elle prouve au monde son innocence. Le Seigneur ne voulait pas qu'elle retourne en Angleterre. Le Seigneur voulait qu'elle fasse demi-tour.

Elizabeth tint bon et débarqua à Douvres.

Elle y croisa le premier Anglais qu'elle se serait bien abstenue de rencontrer : le comte de Bristol, Lord Augustus Hervey.

Il se hâtait en sens inverse et connaîtrait, lui, peu de difficultés pour rejoindre Calais.

Accusé par les Meadows de complicité avec sa femme dans la cause qui les avait opposés devant le Tribunal ecclésiastique, il n'avait aucune intention de comparaître comme témoin devant la Cour criminelle. Il attendrait tranquillement en France l'issue du procès pour bigamie.

Les époux s'évitèrent.

Le comte de Bristol et la duchesse de Kingston continuaient de partager l'un envers l'autre la même aversion. Ils n'avaient, en outre, aucun intérêt à ce qu'on les voie se saluant, et conversant.

Mais leurs destins restaient indissolublement liés.

Au moment où Elizabeth s'apprêtait à monter en voiture, au moment où Hervey s'engageait sur la passerelle, ensemble, dans un même mouvement, ils se retournèrent.

Qu'aperçurent-ils sous les capuchons des capes qui dissimulaient leurs visages ? Que reconnurent-ils sous les plis sombres qui noyaient leurs formes ? Deux silhouettes qui se ressemblaient ? Deux aventuriers, avides de voyages, de plaisirs et d'amours ? Deux êtres qui auraient pu se plaire, se comprendre et s'aimer ?

Dos à dos comme deux duellistes, ils s'éloignèrent, et poursuivirent leurs routes dans la bourrasque.

Ils ne se revirent jamais.

Elizabeth fila vers Londres.

« La duchesse-comtesse » se réinstalla en grande pompe à Kingston House, le 20 mai 1775.

Elle s'obligea à célébrer son retour. Elle se montra partout et s'astreignit à donner des réceptions somptueuses.

Les membres de la Chambre des Lords – la Chambre qui allait la juger – vinrent souper, jouer et danser chez elle. Elle revit tous ses amis. Les hommes lui firent fête. Elle répondit à leurs amabilités avec la grâce et l'esprit qu'on lui connaissait.

Elle avait cinquante-quatre ans. Ils tombèrent à nouveau sous son charme.

Contre toute attente, ils ne furent pas les seuls à accepter ses invitations : les épouses, les filles, les sœurs des pairs d'Angleterre se pressaient à nouveau dans ses salons. Les femmes de la plus haute aristocratie disaient vouloir mesurer jusqu'où la duchesse de Kingston pous-

De duchesse en comtesse…

serait l'impudence. Était-elle inconsciente ? Ignorait-elle ce qui l'attendait ?

« Maintenant qu'elle se sent rassurée par la certitude de n'être pas *immédiatement* jetée en prison (du moins pas avant d'avoir été reconnue coupable), expliquait l'une de ses rivales, elle refuse de songer à l'éventualité de sa condamnation. La justice, dit-elle, n'est pas aveugle à ce point… Du coup, elle saute, elle danse, elle chante. Bref, selon son ordinaire, Miss Chudleigh se rit de la morale à s'en décrocher la mâchoire. »

Poudre aux yeux.

En fait de chant et de danse, Elizabeth travaillait à atteindre sa cible : éviter le procès pour bigamie.

Éviter le procès, à tout prix.

Sa campagne portait ses fruits : ses soupirants se multipliaient en discours à la Chambre. Tous invitaient leurs collègues à réfléchir au sens d'une telle affaire… À les entendre, ce procès ne visait pas à punir un crime public, mais à permettre l'assouvissement d'une vengeance privée. Chacun savait que Mr. Meadows convoitait l'héritage du duc de Kingston. Chacun savait qu'il cherchait à s'approprier les biens de l'accusée. Pourquoi ne s'était-il pas élevé contre elle s'il la savait déjà mariée, à l'époque de son union avec le duc ? Pourquoi s'en prenait-il à elle maintenant ? En jugeant la duchesse, les Lords acceptaient de devenir les instruments et les complices de sa rapacité.

Elle obtint des délais.

Mais ces délais servirent les Meadows. Ils poursuivaient leur campagne, eux aussi. Ils venaient de mettre la main sur un certain James Spearing, aujourd'hui maire de la ville de Winchester… Spearing : l'homme qui avait exigé qu'on lui fournisse un livre, et non pas une feuille volante, pour dresser l'acte de mariage de Mrs. Hervey, au chevet du révérend Thomas Amis.

Quant aux disputes qui faisaient rage à la Chambre, elles donnèrent vite à l'ensemble des Lords la mesure des passions que soulevait le cas de la duchesse de Kingston. Le procès d'un pair d'Angleterre était rare. Donc, recherché. Mais une pairesse, traduite devant la justice ? Un régal ! La dernière en date était morte au siècle précédent.

La Chambre allait faire salle comble. Le lieu des débats – la *Lords' White Chamber* – était connu pour son exiguïté. Quand l'assemblée siégeait au grand complet, les gradins ne suffisaient pas à asseoir tous les participants : certains devaient rester debout. Non, il fallait trouver un endroit mieux adapté à la circonstance... Pourquoi n'investirait-on pas le bâtiment où se déroulaient les banquets du couronnement et toutes les grandes cérémonies d'État ? Westminster Hall.

Westminster Hall ! La nouvelle consterna Elizabeth. Passer de l'intimité d'un jugement dans l'enceinte semi-privée de la Chambre des Lords à la plus grande salle de spectacle d'Angleterre ? La salle où avait été jugé le chancelier Thomas More. Les amants d'Anne Boleyn. Le roi Charles Ier. La salle où, tous, ils avaient été condamnés à mort.

Avec son aplomb habituel, maître Collier, pour sa part, assurait que le procès n'aurait jamais lieu. Il avait de bonnes raisons de le croire. Il venait de gagner la première manche devant les Tribunaux civils : le premier des deux procès intentés par Evelyn Meadows.

La Cour – rappelant que le duc de Kingston était sans descendance – avait jugé que Sa Grâce était en droit de disposer de ses biens, selon ses désirs. Le duc pouvait léguer sa fortune à la personne de son choix. Le statut de cette personne importait peu. Qu'elle fût son épouse

De duchesse en comtesse...

– ou non –, sa maîtresse, sa concubine, son amie, sa victime, son bourreau ou sa servante n'entrait pas en ligne de compte : le duc avait élu Elizabeth Chudleigh pour légataire universel. En conséquence, elle était son héritière. La Cour déboutait Mr. Meadows de toutes ses prétentions. Qu'il se le tienne pour dit. Il n'avait aucun droit sur la fortune de son oncle.

La victoire était totale.

Elizabeth restait la femme la plus riche d'Angleterre.

Ivre de rage, Evelyn Meadows lui écrivit ces mots : « Partout, toujours, je vous chasserai comme un lièvre, je vous abattrai comme un lièvre, je vous équarrirai comme un lièvre. »

Vaste programme. Elle pouvait compter que son adversaire s'emploierait à gagner sa cause devant l'autre cour, la Chambre des Lords qui faisait office de cour criminelle.

Le marquage au fer rouge... Elle s'était renseignée. Outre la souffrance du supplice, le stigmate sur la main droite entre le pouce et l'index jusqu'au poignet, resterait visible à chaque geste, pour le restant de ses jours.

Aussi, quand les violons se taisaient, que les laquais soufflaient les chandelles, qu'elle remontait à l'étage après le bal et disparaissait derrière les rideaux tirés de son alcôve, elle ne passait pas la fin de la nuit dans la luxure et le plaisir, contrairement à ce que prétendait la rumeur. Elle ne se prélassait pas, heureuse, saine, sauve et rassurée entre les bras d'un amant à sa dévotion.

Elle se plongeait dans ses livres de droit et dans ses livres de comptes.

Préparer sa défense, d'abord.

Sa retraite, ensuite.

Au cas où...

Elle avait profité de sa halte à Calais pour faire dessiner un yacht plus grand, plus beau que *La Minerva*, aujourd'hui en rade avec ses biens italiens dans un port de la péninsule. Un vaisseau puissant, plus apte aux grandes traversées. Un véritable vaisseau de guerre, où pourraient se nicher une salle de bal, un salon de musique et des appartements royaux.

À cette heure, trois armateurs français lui construisaient cet extraordinaire bâtiment dans un chantier naval de Bretagne. En grand secret.

Au cas où...

Organiser la suite.

Elle ne pouvait pas s'enfuir. Pas maintenant. Elle ne le devait pas. Elle avait juré qu'elle ferait face au procès devant la Chambre des Lords. Quatre hommes d'honneur s'étaient portés garants de sa parole. Prendre la fuite, maintenant, avant le procès pour bigamie à Westminster Hall, c'eût été s'attirer la défaite à coup sûr. La condamnation par contumace. Et la confiscation de tous ses biens par la Couronne.

Donc : prendre avantage des fameux délais.

Au cas où...

Opérer rapidement. En secret.

Elle s'employait à dénuder les murs de ses châteaux. Elle faisait démonter les cheminées, les boiseries, même les escaliers. Inventorier la vaisselle, l'argenterie. Numéroter chaque pièce du mobilier. Empaqueter avec méthode et précision chaque objet : les tapisseries, les grands tableaux, toutes les peintures qu'Evelyn lui-même avait achetées en Italie, lors de son Grand Tour.

Difficile d'agir vite, d'agir en silence et dans la discrétion.

Plus difficile encore de déposer des décors entiers... Sans les détruire.

Elle devait quelquefois en user brutalement avec son cher Thoresby. Faire défoncer un mur, élargir une porte, agrandir une fenêtre afin que son grand clavecin et les

De duchesse en comtesse...

caisses contenant les statues gigantesques de sa galerie d'antiques puissent sortir de la maison et s'acheminer vers Douvres. Les navires chargeaient de nuit la précieuse cargaison, pour la débarquer à Calais.

Au cas où...

Elle tentait toutefois de garder espoir. Elle se répétait que, dans la vie, le pire n'arrivait pas toujours.

Au cas où le pire, le procès, n'aurait finalement pas lieu, elle aurait tout le temps, tout le loisir, la joie, l'énergie de remettre chacun de ses objets bien-aimés à leur place, ses propres meubles, ses propres tableaux, ses propres instruments de musique. Elle serait trop heureuse de raccrocher dans le grand salon le Raphaël et les Van Dyck, de ranger les incunables dans la bibliothèque.

Elle s'y emploierait avec une félicité qu'elle appelait aujourd'hui du fond du cœur.

Si le procès n'avait pas lieu...

Restait encore un espoir pour y échapper : qu'une autorité au-dessus de tous les tribunaux, l'autorité royale, donne l'ordre de cesser les poursuites contre la duchesse de Kingston.

George III, le monarque qui avait fêté sa majorité à Chudleigh Place. Sa dernière carte.

Elle écrivit à l'électrice Maria-Antonia, lui suggérant, avec tact et mille précautions, de demander à son frère – Maximilien, électeur de Bavière et fils de l'empereur du Saint Empire romain germanique – de s'adresser à Sa Majesté le roi d'Angleterre, afin que ce dernier intervienne.

À regret, Maria-Antonia lui répondit que son frère refusait de se mêler de cette affaire. Elle ajoutait que Maximilien doutait fort que le roi d'Angleterre prenne le risque d'affronter son Parlement pour sauver la duchesse.

L'Excessive

La déconvenue fut immense.

Mais cette déception ne fut rien, comparée à un autre désagrément : une piqûre d'insecte qui allait se révéler ce que le monde appellerait *le coup de grâce de la duchesse de Kingston*.

*

Il s'agissait d'une pièce de théâtre.

L'auteur, du nom de Samuel Foot, passait pour l'humoriste le plus drôle et le plus méchant d'Angleterre. Le plus célèbre, aussi.

Mime, écrivain, acteur, clown, Foot tournait en ridicule ses amis et ses ennemis, avec la même cruauté : « Un mufle qui n'épargne personne, concédait l'un de ses admirateurs. Foot reste impartial sur ce point : il raconte des mensonges sur tout le monde, et sa grossièreté ne connaît aucune limite. »

Il avait intitulé son dernier spectacle : *Un voyage à Calais*. Il avait baptisé son héroïne « Lady Kitty Crocodile ».

Aussi cupide que grotesque, sa Kitty Crocodile s'affublait d'immenses voiles noirs... Et se promenait toute nue dans les rues de Londres. Elle se présentait comme une vestale au cœur pur, l'incarnation d'Iphigénie en route pour le sacrifice... Et s'immolait sur l'autel du mariage, en convolant à plusieurs reprises, de préférence durant le carême. Armée de ses deux pistolets, elle courait les grands chemins, détroussait la veuve et l'orphelin... Et recelait ses vols dans les hôtels borgnes de Calais.

Aucun doute : Kitty Crocodile *était* Elizabeth Chudleigh. Foot s'emparait de son procès pour monter, autour de son personnage, la farce qui attirerait les foules dans son théâtre.

De duchesse en comtesse...

La bassesse de l'attaque, en ces moments déjà si difficiles, la bouleversa.

La lecture d'*Un voyage à Calais*, ce texte à la fois si proche et si lointain de son propre drame, suscita en elle les mêmes réactions qu'à Rome, face au banquier Jenkins qui refusait de lui rendre son argent. Cette fois, cependant, elle n'attendit pas de se trouver en tête à tête avec son adversaire pour lui dire son fait entre quatre yeux. Cette fois, elle ne sut pas choisir son heure.

Elle perdit son sens de l'humour.

Elle perdit surtout la maîtrise de ses émotions.

Elle jeta le masque de la gaieté, elle jeta le masque de la tempérance, elle laissa libre cours à sa colère.

Devant la fausseté des allégations de Foot, devant l'injustice, devant la calomnie, devant la violence et l'indignité de ce dernier coup, ses nerfs lâchèrent. Et sa révolte éclata au grand jour, dans toute sa démesure.

Elle écrivit à Foot une lettre d'insultes, un tissu d'imprécations et de menaces, un texte aussi brutal, aussi vulgaire que la pièce elle-même.

Il se vengea en publiant dans les journaux la lettre ordurière de la duchesse de Kingston.

Elle se vengea à son tour en lui dépêchant dans les gazettes une armée de diffamateurs qui le déchiquetèrent.

Elle en appela à ses amis, notamment à Lord Mountstuart, l'un de ses garants, pour qu'il exerce son droit de censure, pour qu'il empêche la publication de la pièce, pour qu'il interdise le spectacle.

Elle obtint gain de cause.

Un voyage à Calais ne parut pas, et ne fut pas monté.

Elle avait gagné la bataille.

Elle avait perdu la guerre.

Elle venait de griller ses dernières cartouches pour forcer le respect du monde.

L'Excessive

Aux yeux du public, de tous les lecteurs qui dévoraient le feuilleton quotidien de l'affrontement entre la duchesse de Kingston et le bateleur Samuel Foot, les deux célébrités appartenaient au même univers : celui de la racaille et des goujats.
Et, des deux, le clown était de loin le plus populaire.
Aux yeux du peuple, plus rien ne différenciait la grande dame d'une petite actrice à scandale.
Aux yeux des Lords et de l'aristocratie, la duchesse s'était ravalée au niveau des amuseurs publics.

*

En fait de théâtre, à quelque distance des salons où elle s'emportait contre l'ignominie de Foot, dans le gigantesque Hall de Westminster, une armée de charpentiers s'activaient.
Ils travaillaient à la construction d'un lacis d'escaliers, de gradins, de galeries et d'estrades, assez hauts, assez longs, assez solides, assez luxueux et confortables pour accommoder un public de quatre mille personnes. Pas n'importe quel public… Cette somptueuse architecture de bois, qu'on sculptait pour l'occasion, devait recevoir la fine fleur de l'aristocratie européenne : elle se presserait vers Londres dès que Westminster Hall serait prêt. L'ouvrage avait pris du retard. On doublait les équipes.
Sur leurs devis et leurs factures, sur toutes les notes que les corps de métiers présentaient au Parlement, les artisans de Londres détaillaient leurs travaux en usant d'une seule et même référence : *Pour le chantier de la Bigame, qui se prétend duchesse.*
La date du spectacle – du procès –, repoussée de mois en mois, était définitivement fixée au lundi 15 avril 1776.
Le calvaire d'Elizabeth commençait.

De duchesse en comtesse…

***

« Pour l'heure, les nouvelles de la guerre d'Amérique et du siège de Boston devront attendre, écrivait le chroniqueur de *La Gazette de Londres*. L'Europe ne s'occupe plus que de l'affaire de la duchesse de Kingston. On se bat à Versailles pour obtenir des billets. Mis en vente à vingt guinées, ils atteignent aujourd'hui des sommes faramineuses. On parle de deux cents guinées au marché noir.

« L'accusée a fort obligeamment épargné la bourse de l'une de ses bonnes amies de la cour de Prusse. En tant que pairesse, elle a droit à un billet gratuit dont elle n'aura pas l'usage : elle le lui a envoyé.

« L'amie, qui viendra de Berlin pour l'occasion, compte traverser la Manche à Calais. La comtesse de Castiglione fera le voyage de Milan, et passera, elle aussi, par Calais. On a rajouté, entre La Haye et Harwich, des navires qui devraient pouvoir accommoder les visiteuses arrivant du nord.

« La famille royale sera présente. La reine a fait savoir qu'elle assistera, en compagnie de ses enfants, à titre privé. On espère pouvoir admirer le prince de Galles et la princesse Charlotte. Sa Majesté étant grosse, on travaille à l'aménagement d'une tribune où Elle aura ses aises.

« On attend tant de dames dans le public que plusieurs édits relatifs aux coiffures viennent d'être promulgués : les aigrettes de plumes ne devront pas dépasser cinquante centimètres pour ne pas gêner la vue des autres spectateurs. Les bateaux, les oiseaux, les cages, les paniers de fleurs et de fruits dans les cheveux sont vivement déconseillés. Quant aux postiches, ils ne pourront pas monter plus haut que les aigrettes. Il n'est pas précisé si ces limites s'ajoutent les unes aux autres : soit, aigrette et chevelure comprises, un mètre au total.

L'Excessive

« On s'interroge sur la toilette que la prévenue aura choisie pour la circonstance. Sa femme de chambre affirme qu'elle s'est commandé une traîne longue de vingt mètres. Auquel cas, sa traîne s'étendra sur toute la largeur de Westminster Hall.

« La grande question pour les juges reste celle du protocole. De quelle façon les Lords devront-ils s'adresser à l'inculpée ? L'appelleront-ils *Votre Grâce*, même si cette femme n'est pas vraiment duchesse ? Ou Lady Bristol ? Ou bien Miss Chudleigh ? Elle a tant d'*alias*, qu'on finit par s'y perdre.

« Autre question : en quels lieux la détiendront-ils ? La solennité et la grandeur de l'événement exigent qu'elle soit incarcérée… Mais où ?

« L'avocat de Mr. Meadows a suggéré la Tour de Londres. On examine à cette heure la possibilité d'y aménager pour elle un appartement. Il semblerait qu'elle se soit évanouie à cette perspective et que la fièvre ne la quitte plus. Ses médecins tentent de négocier qu'elle soit enfermée à Kingston House, sous leur responsabilité et celle d'un officier de la Couronne. Elle ne sortirait de chez elle que pour assister aux audiences.

« Il est vrai qu'elle est restée libre de ses faits et gestes, jusqu'à présent. Et qu'elle peut s'étonner des changements qui se préparent.

« On dit les Pairs très divisés à son sujet. Deux factions s'opposent à la Chambre.

« Aux yeux des uns, ce procès, qui repose sur la vengeance et sur l'avidité, ne présente aucun intérêt. Ceux-là affichent leur indifférence et laissent faire. Ils seraient plutôt favorables à la prisonnière.

« Aux yeux des autres, l'affaire est, au contraire, de première importance. Ceux-là insistent sur la gravité du délit. Ils y voient un blasphème contre les lois du Seigneur, mais aussi une menace pour la noblesse

De duchesse en comtesse…

anglaise. Si les épouses des grands aristocrates s'amusent à collectionner les maris, comment croire à la pureté des lignages ? Les Lords débattent des suites possibles de la bigamie pour l'avenir de la Couronne. Ce groupe-là veut donner l'exemple, en infligeant à la " duchesse-comtesse " un châtiment à la mesure de son crime.

« Qui vaincra ? Les paris sont ouverts.

« La moitié de l'Angleterre prétend qu'elle aura décampé avant le procès, et que les spectateurs en seront pour leurs frais.

« L'autre moitié prédit qu'elle va leur en donner pour leur argent.

« Ici encore, les paris restent ouverts. »

***

Dormir.

Quelques heures, seulement.

Mais dormir. Elle ne fermait pas l'œil depuis des semaines.

Demain… Les jeux du cirque.

Tétanisée par la peur, elle ne parvenait plus à bouger.

Elle demeurait assise, raide, le dos appuyé contre les coussins de son lit. Elle avait les deux bras tendus sur la courtepointe, les yeux fixes.

La chambre était plongée dans l'obscurité. Elle ne regardait rien.

Dormir.

Ou bien prier.

Elle avait reçu la communion tout à l'heure dans la chapelle du palais Saint James.

Impossible de prier. Elle ne parvenait plus à s'adresser au Tout-Puissant.

Le Seigneur la jugeait-Il coupable ?

Elle se posait la question pour la première fois.

L'*Excessive*

Elle l'écarta aussi vite. Le Seigneur, qui connaît les cœurs, savait qu'elle était innocente !

Elle ne parvenait pas non plus à interroger son mari bien-aimé, comme elle le faisait toujours en son for intérieur, dans les moments difficiles… Qu'il la conseille, qu'il la protège dans la bataille de demain. Ou même, peut-être, qu'il intercède pour elle auprès des anges du Paradis.

Mais, non, impossible de lui parler cette nuit. Impossible même de penser à lui.

… Se calmer. Se concentrer.

Ce soir, avant de se coucher, s'était-elle fait déshabiller ? Elle palpa son bras… Oui, elle était en chemise… Mais quand ?

Aucun souvenir. Elle avait beau faire : sa vie lui échappait.

Elle devait absolument s'intéresser à ce que Newcastle lui avait dit, cet après-midi. Il avait tenté de lui expliquer le déroulement des festivités. Ah, Newcastle… Si brave. Si bête.

Avec son goût des convenances, Newcastle n'était jamais clair. En tout cas, pas avec elle.

Elle récapitulait ses paroles et cherchait à les interpréter.

Elle avait compris que la procession de la Cour, dans le Hall de Westminster, dépasserait en grandeur tout ce qu'elle avait jamais vu. Un procès jugé par les Lords d'Angleterre était une affaire d'État dont chaque instant appartenait à une tradition établie depuis des siècles, dont chaque détail reposait sur un symbole. Le cérémonial… Qu'avait-il dit à propos du cérémonial ?

Se le rappeler.

Car sur ce point, l'étiquette, Newcastle savait tout : il occupait le poste de gouverneur des palais de Westminster. Il serait l'hôte, le maître de maison qui accueillerait demain les personnalités.

De duchesse en comtesse...

Qu'avait-il dit, la concernant ? Qu'à son entrée dans le Hall, elle devrait s'avancer vers Lord Bathurst, représentant de la Personne royale et président de la Cour : il se tiendrait devant le trône... Qu'elle devrait plonger dans une révérence. Mieux : s'agenouiller.

Quoi d'autre ?

Qu'elle allait faire face non seulement à Bathurst et à ses pairs – les cent seize Lords d'Écosse, d'Irlande et d'Angleterre – mais à tous les officiers de la Couronne.

Qu'elle devait s'attendre à trouver près de cinq cents personnes dans le prétoire... Les plus hautes instances de la Justice. Les plus hautes instances de l'Église.

« Juste ciel, avait-elle ironisé, tout ce monde pour me juger moi, l'obscure Miss Chudleigh ? »

Newcastle n'avait pas goûté la plaisanterie.

Avec son sérieux habituel, il avait insisté : elle ne devait pas se laisser impressionner par la pompe et l'apparat du rituel. L'apparat n'exprimait que la gravité de ce qui se jugeait.

Merci... Très rassurant en effet !

Dormir.

La robe qu'elle avait choisie... Non, *les* robes... Qui pouvait dire le nombre de toilettes dont elle aurait besoin ? Qui pouvait dire combien de temps ce cauchemar allait durer ?

Un jour, dix jours ?

Tous ses amis – et même Newcastle qui, pourtant, n'aimait guère s'avancer sur ce terrain – lui affirmaient que l'épreuve ne dépasserait pas la journée.

Tenir bon jusqu'à demain soir.

Tous ses amis répétaient que la Chambre des Lords n'était pas compétente pour juger de la validité d'un mariage. Que la Chambre ne pourrait que s'incliner devant le verdict du Tribunal ecclésiastique. Et mettre fin au procès.

Pourquoi tant d'histoires, alors ?
... À quoi pensait-elle tout à l'heure ?
Ah, oui, les tenues qu'elle comptait revêtir... Le choix convenait-il à la circonstance ? Elle en avait fait faire cinq. Toutes, d'un luxe raffiné. Mais toutes, de couleur noire. Et toutes, d'une sobriété digne d'une nonne derrière la clôture. Les gazettes prédisaient qu'« elle allait faire preuve de ses folies habituelles ». Les gazettes étaient toujours si dénuées d'imagination ! On allait les surprendre.

Comment osait-elle songer à de telles sottises, en cette heure si grave ? Elle se noierait donc jusqu'au bout dans des détails sans importance !

Des sottises, vraiment ?

L'élégance, la noblesse, le maintien... Allons donc ! Elle était bien placée pour savoir que sur ces « sottises » reposaient la plupart de ses triomphes.

L'issue, demain, pouvait dépendre de cela : la perfection de son apparence.

Elle avait encore un joli visage, un beau port de tête, un beau cou, une belle gorge, de beaux bras : devait-elle les cacher ?

Oui, évidemment.

Demain, *tout* cacher.

Mais ne rien céder.

Ne renoncer à aucune de ses habitudes.

Même pour sauver sa vie.

Rester belle. Rester saisissante...

Songer que le Hall avait été le théâtre de condamnations, oui, mais aussi d'apothéoses... Eléonore de Provence, Anne Boleyn, Elizabeth d'Angleterre : toutes les femmes qu'on avait couronnées seules, toutes les femmes qu'on voulait célébrer sans leurs maris, toutes les grandes reines avaient été fêtées dans le Hall.

Allons, du courage, Elizabeth, duchesse de Kingston !

De duchesse en comtesse...

... Le coiffeur viendrait la préparer à l'aube. Elle ne se faisait pas d'illusions : Bernard aurait couru toute la nuit. Que disait-elle ? Son esprit battait la campagne. Aucun doute : elle perdait la tête. Que disait-elle ? Que les dames de la noblesse confiaient leurs chevelures aux mêmes doigts... Et qu'en ce moment, de boudoir en boudoir, Bernard grimpait tous les degrés de l'échelle sociale. Ses dernières clientes seraient les plus titrées. Il finirait par l'héroïne de la fête. Elle ricana : « On a les privilèges qu'on peut. »

Aucun divertissement au monde ne pouvait tirer les grandes dames de leurs lits avant midi : demain, elles seraient toutes debout à six heures, pour la duchesse de Kingston. Décidément, cette idée l'amusait... Non, aucun divertissement ne les tirait de leurs lits le matin, à l'exception des messes du couronnement. Et de sa mise à mort.

Pendue ?

Elle ferait mieux de répéter ses discours. Elle les avait écrits. Elle les connaissait par cœur.

Elle n'en savait plus un mot.

Pas d'imprécations. Pas d'envolées. Maître Collier l'avait mise en garde... Faire preuve de respect, demain. Faire preuve de pudeur et de modestie.

Collier, parlons-en !

Le lâche.

Alors que l'idée du procès devant le Tribunal ecclésiastique était venue de lui... Qu'il n'avait cessé de répéter que le jugement de l'Église était sans appel, que le mariage avec le duc n'offensait ni les lois de Dieu ni celles des hommes, il prétendait souffrir d'un zona qui le défigurait.

Un mal qui l'empêcherait de paraître à Westminster, demain !

L'Excessive

Il l'en avait prévenue, là, maintenant, ce soir. Le lâche. Il refusait d'assurer sa défense. Il refusait même de témoigner.
Une catastrophe.
Voyons : le reste de la matinée. Elle quitterait Kingston House à huit heures. Elle traverserait Londres en chaise à porteurs, pour éviter l'embouteillage. Elle rejoindrait la demeure de Newcastle qui la prendrait dans sa voiture. Ils franchiraient ensemble les murs de l'enceinte, par une porte de derrière.
Ensuite ?
Elle ne parvenait même pas à y songer !

Lundi 15 avril 1776
Westminster Hall
Premier jour du Procès pour bigamie

Six heures – En ce matin du 15 avril 1776, il pleuvait à verse sur Londres. Le peuple se pressait sur les deux rives de la Tamise, pour venir se masser devant les murailles grises de Westminster. Il voulait voir arriver les carrosses.

Huit heures trente – Les personnes munies de billets se hâtaient dans les couloirs. À l'exception des loges, les sièges n'étaient pas réservés. Les premiers spectateurs occuperaient les meilleures places.

Neuf heures – Ceux qui ne connaissaient pas le Hall découvraient l'une des plus grandes salles de l'Europe médiévale, longue de plus de soixante-dix mètres. Sur les murs interminables, trois étages de galeries couraient en parallèle. Chaque galerie comptait cinq rangs. Les ébénistes du roi s'étaient surpassés pour harmoniser ces nouveaux balcons avec le superbe travail gothique de la charpente, une nef de chêne aux voûtes en ogives. L'ensemble évoquait une cathédrale. Au fond du chœur, un immense vitrail polychrome filtrait le jour qui tombait dru sur le trône.

En une demi-heure, tous les balcons se remplirent. Même les loges.

Comme prévu, le public était aux deux tiers féminin.

Neuf heures trente – Le journaliste du *Morning Post* s'extasiait sur la beauté du coup d'œil. Jamais il n'avait vu un tel étalage de luxe et d'élégance.

L'Excessive

Armé d'une mine de plomb et d'un carnet, il notait les noms des personnalités. La duchesse de Devonshire. La duchesse de Gloucester. La duchesse de Portland. Pour le reste, les marquises et les comtesses venaient de partout. On pouvait admirer à leurs oreilles et sur leurs seins les plus beaux bijoux d'Europe.

Le *London Chronicle* évaluait le prix des parures à quatre cent mille livres.

Le *Gazetteer* décrivait frénétiquement la couleur des toilettes : la tendance de ce printemps était au rose, au parme, et au bleu de Prusse. Les tissus : la moire et la soie.

Le chroniqueur du *Lady's Magazine* insistait sur le fait que certaines dames n'avaient pas respecté les consignes : elles arboraient dans leurs coiffures des ornements gigantesques. Leurs plumes – ces aigrettes tant redoutées – gênaient les derniers rangs. Celles qui n'étaient pas les invitées des Pairs, et ne pourraient donc se sustenter dans les salons réservés aux hôtes du duc de Newcastle, avaient apporté de quoi tenir un siège dans leur sac.

Certaines grignotaient déjà des friandises.

Encore deux heures d'attente.

Les spectatrices s'éventaient, bavardaient, plaisantaient et péroraient d'un balcon à l'autre.

— … Vous me direz ce que vous voulez, elle ne *peut* pas avoir épousé Kingston, en étant déjà mariée avec Bristol !

— Il est fort dommage qu'elle n'ait pas connu plus tôt son grand ami le pape : il lui aurait donné une dispense.

— Ou bien une indulgence pour mourir sans peur.

— En parlant de peur, elle aura fait l'impossible pour éviter l'humiliation d'aujourd'hui. Elle a tiré toutes les ficelles.

De duchesse en comtesse...

— Il paraît qu'elle a même essayé de faire enlever l'ancienne femme de chambre de sa tante, et de kidnapper tous les témoins que Mr. Meadows va produire.

Ces dames se taisaient un instant pour braquer leur lorgnette sur la loge royale où trois demoiselles d'honneur éventaient la reine.

Elles continuaient à scruter la foule, en quête de connaissances.

— Je ne vois aucun Pierrepont... Tiens, à propos, Meadows... Où est-il ?

— Il attend les résultats dans une auberge à côté d'ici.

— Le pauvre : son avenir, sa fortune, son destin dépendent du jugement d'aujourd'hui. Il s'est endetté jusqu'au dernier sou pour obtenir ce procès.

— Je préférerais tout de même être à sa place qu'à celle de sa tante ! Elle ne doit pas en mener large à cette heure.

— À cette heure, elle nous fait attendre, oui.

Onze heures quinze – Silence !

Les huissiers demandaient le silence !

La salle se leva. Les deux battants de la porte qui donnait sur la Chambre venaient de s'ouvrir. La procession entrait.

Elle était interminable et somptueuse.

D'abord, les vingt gentilshommes de la suite de Lord Bathurst, deux par deux. Chacun s'arrêtait devant le trône, se découvrait, s'inclinait, allait rejoindre sa place et restait debout.

Ensuite, les fils aînés des Lords. Puis, les fils cadets. Puis, le groupe des évêques. Puis, l'archevêque de Canterbury et l'archevêque d'York, suivis par des ecclésiastiques qui portaient leurs traînes.

Ensuite, les Pairs d'Angleterre, en toge pourpre, ourlée d'or et bordée d'hermine. Les moins titrés d'abord. Les barons : deux rangs d'hermine. Les

L'Excessive

comtes : trois rangs d'hermine. Les ducs : quatre rangs d'hermine. Puis, l'oncle du roi, le duc de Cumberland, prince du sang qui marchait seul, sa traîne portée par deux pages. Enfin, les membres du Conseil privé du monarque et tous les grands personnages du royaume.

Eux aussi se découvraient deux par deux, s'inclinaient devant le trône, et rejoignaient leurs places.

La Cour était maintenant au complet.

Dans le craquement des fauteuils et le chuintement des robes, la Cour s'assit.

Un héraut proclama la session ouverte.

— Faites entrer l'accusée.

Elizabeth parut sous le chambranle. Dans son émotion, elle ne vit pas la salle, elle ne vit rien. Mais elle sentit l'immensité du lieu. Elle perçut, d'instinct, l'ampleur de la foule. Elle chancela.

Un sentiment, semblable à celui qu'elle éprouvait jadis devant Hervey, s'était emparé d'elle.

La même horreur.

Comme dans les instants qui avaient précédé le monent du viol, quand elle avait découvert Hervey en uniforme bleu de la Royal Navy, *le capitaine Hervey au retour de la Jamaïque*, nonchalamment appuyé sur le manteau de la cheminée... L'ennemi dont elle avait tant à redouter.

La même terreur devant le danger.

La même intuition.

Elle se redressa.

Le corps raide, le souffle retenu comme si elle avait sauté dans le vide et qu'elle n'en finissait pas de tomber, elle marcha vers la Cour.

Newcastle avait dit vrai : ils étaient près de cinq cents dans le prétoire. Elle pouvait embrasser d'un seul regard le carré des perruques blanches, longues et frisées à la

De duchesse en comtesse...

mode d'autrefois, et la couleur pourpre qui ensanglantait le tribunal.

Sa minuscule silhouette noire ne pouvait offrir de contraste plus saisissant avec le monde qui l'entourait.

Elle continuait d'avancer.

Le public notait tous les détails.

Les paniers d'une ampleur modérée. La jupe qui bruissait à chaque pas. Sans dentelles. Sans bijoux. Gantée. La tête couverte.

C'était là, le coup de maître : ce contraste spectaculaire avec l'assistance. Les femmes le comprirent dans la seconde. Elles comprirent aussi le message de la petite coiffe de velours, sur les cheveux modestement frisés... La coiffe de veuve avec sa pique au milieu du front, qui évoquait l'un des personnages les plus célèbres de l'histoire d'Angleterre : Marie Stuart, la reine victime.

Elizabeth esquissa le geste de s'agenouiller aux pieds de Lord Bathurst.

Il la retint en la prenant courtoisement par la main, la releva et lui désigna sa place, le grand fauteuil face à l'assemblée des Lords.

Debout, elle entendit la lecture des chefs d'accusation.

Le procureur général rappelait l'âge des parties : l'accusée avait cinquante-cinq ans, son complice, Mr. Hervey, cinquante-deux ans. Un âge qui empêchait d'excuser leurs actes par l'inconscience de la jeunesse :

« La violation de tous les liens sacrés du mariage n'a pas été perpétrée par deux jeunes gens, mais par deux manipulateurs dont le seul mobile est l'appât du gain. »

Elle eut beau tenter de suivre le discours, elle n'en comprit pas un mot. En vérité, elle était si tendue qu'elle n'écoutait pas.

Maître Wallace, l'avocat de la défense qui remplaçait maître Collier, se leva et lut le jugement du procès qui

L'Excessive

avait été intenté devant le Tribunal ecclésiastique, sept ans plus tôt. Il rappelait que les jugements de ce tribunal étaient sans appel. Il en concluait que le procès d'aujourd'hui n'avait pas lieu d'être. Il demandait que la Cour y mît fin.

L'Église contre l'État.

Comme Collier l'avait prévu.

Durant six heures, toutes les discussions tournèrent autour de cette seule question : la compétence des Cours ecclésiastiques et leur suprématie sur les Cours civiles... Ou non.

Le public s'ennuyait ferme. Il n'était pas venu de l'Europe entière pour entendre ce débat !

Maître Wallace gagnait du terrain. Au soir, il semblait près de la victoire : le procès n'aurait pas lieu.

Erreur.

Au terme de la bataille, le président se leva et conclut les délibérations en ces termes : « La Cour des Lords, ayant statué que le verdict des Cours ecclésiastiques fut obtenu par le mensonge et la tromperie, casse la décision de ce Tribunal. Le jugement des Lords fait jurisprudence... Le procès continue ! »

Elizabeth rentra chez elle au bord de la crise de nerfs. La défaite était totale. Comment allait-elle survivre aux interrogatoires des témoins ?

Mardi 16 avril – Samedi 20 avril 1776
Westminster Hall

— J'appelle Mrs. Ann Craddock à la barre.

Émue par la solennité des lieux, Ann, l'ancienne femme de chambre de la tante Hanmer, tremblait de tous ses membres.

De duchesse en comtesse...

— Qu'avez-vous fait, Mrs. Craddock, qu'avez-vous vu, au manoir de Lainston, la nuit du 4 août 1744 ?

Dans l'obscurité qui gagnait le Hall, alors que le soleil ne devenait qu'une faible lueur à travers les vitraux, Elizabeth allait entendre raconter à haute voix, devant quatre mille personnes, sa tragédie la plus intime, le cauchemar qui avait hanté sa vie.

Impossible de ne pas remarquer sa pâleur et sa nervosité en écoutant ce récit... L'acte de folie qui avait présidé à sa destinée.

C'était trente-deux ans plus tôt.

Tous les détails.

La petite chapelle au fond du jardin... La seule flamme qui éclairait la nef : la bougie, coincée dans le chapeau de l'un des témoins... Le recteur devant le lutrin.

Elle tentait de prendre des notes. On pouvait voir, même de loin, qu'elle cherchait à se donner une contenance et gribouillait au hasard.

... Le retour des mariés vers le manoir, le groupe qui traversait la pelouse, qui se glissait en catimini dans la maison.

— Après la cérémonie, Mrs. Craddock, avez-vous vu Miss Chudleigh et Mr. Hervey au lit ensemble ?

— Je les ai vus.

— Répétez ce que vous venez de dire.

— Je les ai vus se mettre au lit... J'ai aussi entendu Mrs. Hanmer qui insistait derrière la porte pour qu'ils se relèvent.

— Est-ce que vous les avez vus ensemble au lit pendant les nuits qui ont suivi cette première fois ?

— Je les ai vus ensemble au lit la dernière nuit qui a précédé le départ de Mr. Hervey. Il devait quitter Lainston le matin, à cinq heures. Je suis venue le réveiller à cette heure-là, comme il me l'avait ordonné... En

L'Excessive

entrant dans la chambre, je les ai trouvés tous deux profondément endormis. Quand je les ai réveillés, ils semblaient désolés de se séparer.

Elle raconta ensuite la grossesse d'Elizabeth et la mort de son enfant :

— Milady, en larmes, est venue me voir et m'a dit que son bébé était mort. Elle m'a dit aussi que c'était un garçon et qu'il ressemblait à Mr. Hervey.

Le témoignage paraissait accablant. Il fut, pour la plupart des Pairs, une révélation.

Le duc d'Ancaster, Lord Marsh, Lord Exeter, tous, dans leur jeunesse, avaient voulu épouser Miss Chudleigh. Tous l'avaient suppliée à genoux de les accepter pour époux. Et tous avaient été rejetés. Ils venaient d'en comprendre la raison. Ils mesuraient soudain que leur humiliation, leur souffrance, tout leur désespoir d'antan n'étaient pas dus à leur laideur ou à leurs faiblesses, comme ils l'avaient cru.

Mais aux mensonges et à la duplicité de cette femme.

— J'appelle maintenant le docteur Caesar Hawkins à la barre.

Le vieux médecin argua de sa mauvaise mémoire, et du secret auquel sa profession le tenait, pour en dire le moins possible. Il se contenta de nier qu'Augustus Hervey ait été acheté par Miss Chudleigh, lors du procès devant le Tribunal ecclésiastique. Il s'emporta même contre une telle idée, affirmant qu'Augustus était un homme d'honneur.

Mais il confirma la naissance d'un enfant dont il avait lui-même accouché Miss Chudleigh à Chelsea, un enfant dont le père n'avait jamais connu l'existence.

Quand il quitta la barre, personne ne doutait plus qu'Elizabeth et Augustus avait été mariés.

— ... J'appelle Mrs. Judith Phillips, veuve Amis.

La veuve Amis restait une petite personne accorte et complaisante. Oui, elle se souvenait parfaitement de la

De duchesse en comtesse...

visite de Milady à Winchester... À cette époque, le comte de Bristol, le frère aîné de Mr. Hervey, semblait sur le point de mourir. C'était au mois de février 1759.
Elle se souvenait aussi de la façon dont Mrs. Hervey avait remercié le révérend, Mr. Amis :
— Elle a tapoté le registre qu'elle venait de faire signer à mon mari. Et puis, elle a dit d'un air triomphant : « Ceci pourrait bien me rapporter cent mille livres ! »
Cette phrase suscita un remous dans la foule : elle illustrait, de façon éclatante, la plaidoirie du procureur qui avait ouvert les débats en soulignant qu'Elizabeth de Kingston se moquait bien de l'identité du mari pourvu qu'il fût riche. « Bristol ou Kingston, Hervey ou Pierrepont, quelle importance ? À ses yeux, un époux en vaut un autre, puisqu'un époux ne sert qu'à cela : *l'argent.* »
L'appât du gain. Le mobile de tous ses actes... Cupide au point de commettre un geste aussi absurde que celui-ci : prendre le risque de fabriquer la preuve d'un mariage qu'elle niait et qu'elle cherchait à cacher, si ce mariage pouvait lui rapporter cent mille livres !
— Merci, Mrs. Phillips.
Maître Wallace batailla et pressa le témoin dans ses retranchements. Judith Phillips dut bien reconnaître que son mari actuel était l'ancien intendant de Thoresby, renvoyé par le duc de Kingston. Elle dut aussi avouer qu'elle avait rencontré plusieurs fois Mr. Evelyn Meadows à la « Turf Coffee-House », l'auberge où elle-même logeait avec Mr. Phillips. Et qu'ils y habitaient aux frais de la famille Meadows. En compagnie d'Ann Craddock.
Bref, Wallace réussit à prouver que tous les témoins à charge avaient été achetés par les plaignants.
Mais cette fois, l'accusée n'entendit pas les conclusions.

L'Excessive

Succombant à l'émotion, elle tomba évanouie. On la sortit de la salle.

***

Durant les années à venir, Elizabeth ne devait jamais évoquer les humiliations de cette longue semaine.
Sauf dans un texte qu'elle écrirait à la veille de sa mort. Elle y parlerait d'elle-même à la troisième personne, comme si toute l'affaire ne la concernait pas, affectant à l'égard de son héroïne une impartialité qu'elle ne reconnaissait pas à ses propres censeurs :

« Chaque fois que la duchesse de Kingston quittait ses juges, et qu'on l'emportait inconsciente, elle se faisait tirer une palette de sang. Son médecin la soignait dans une petite pièce, contiguë au Hall. La tasse qu'il lui prélevait la calmait. Elle reprenait la lucidité de son esprit, et pouvait retourner dans la salle avec dignité.

« Au fil des jours, les audiences duraient de plus en plus tard. Le public lâchait prise et s'éclaircissait. Les grandes dames donnaient leurs billets à leurs femmes de chambre. L'accusée, saignée près de quatre à cinq fois par session, perdait ses forces.

« Elle ne gardait un défenseur que pour la forme : elle se savait condamnée d'avance.

« Le souvenir de son époux bien-aimé et la tranquillité de sa conscience lui rendirent bientôt son courage. Elle releva la tête, sans faiblesse.

« Et la foule versatile, dont la basse envie avait trouvé une satisfaction dans sa flétrissure, changea tout d'un coup et lui devint favorable. On ne parla plus que de son courage, de son attitude digne et ferme. On s'intéressa à ses infortunes.

« Tombée, on ne la jalousait plus.
« Mais la pitié humilie.

De duchesse en comtesse...

« Elizabeth ne l'accepta pas.
« Elle résolut de dire ce qu'elle avait sur le cœur, avant de se taire à jamais. »

Lundi 22 avril 1776
Westminster Hall
Dernier jour du Procès

La duchesse de Kingston allait parler, la duchesse allait plaider sa propre cause : les chroniqueurs du *Morning Chronicle,* du *Morning Post,* du *Public Advertiser* et du *London Adviser* se massaient au premier rang. Leurs comptes rendus seraient repris par les gazettes étrangères qui attendaient les nouvelles sur le continent. Ils le savaient. Le ton, les mots, le contenu du discours : l'Europe voulait tout savoir.

En cette circonstance, les journaux allaient user des mêmes qualificatifs pour décrire le « noble » maintien de l'inculpée. Sa voix : « prenante », « émouvante », « pathétique ». Certains la diraient « pleine de larmes ». D'autres, « claire et forte ». Le *Morning Post* soulignerait l'éloquence du plaidoyer. Le *London Chronicle* insisterait sur son habileté.

Elle se tenait debout, face au tribunal.

Quand elle commença à parler, le public put voir qu'elle grelottait de peur et tremblait tout entière.

« Moi, Elizabeth Pierrepont, duchesse douairière de Kingston, inculpée sous le nom d' " Elizabeth, épouse d'Augustus John Hervey "... »

Très pâle. Les traits tirés. Les mains pressées sur la poitrine. Non pas en signe de prière ou de supplication. Mais les deux poings fermés, comme pour comprimer les battements de son coeur.

« J'affirme mon innocence... »

Elle clama cette phrase.

Son tremblement ne devint plus qu'une légère vibration.

Elle reprit :

« J'en atteste à Dieu qu'au moment de mon union avec le duc de Kingston, j'étais absolument convaincue de la légalité de notre mariage. J'en atteste à Dieu que si le duc de Kingston – qui se souciait de son honneur et du mien – avait eu le moindre doute quant à la légalité de l'acte que nous allions commettre, il ne m'aurait pas épousée. J'en atteste à Dieu que le duc de Kingston a pris toutes les précautions pour s'assurer de cette légalité. Qu'il a consulté les plus grands hommes de loi, lesquels lui ont tous assuré que le verdict prononcé par le Tribunal ecclésiastique était sans appel. J'en atteste à Dieu que si j'ai fauté contre la Loi, j'ai fauté sans le savoir, et sans la moindre conscience du crime que je commettais.

« Que Vos Seigneuries pardonnent les erreurs d'une femme qui fut mal dirigée dans la connaissance de la Loi, une femme qui ne pouvait imaginer qu'elle se trompait...

« J'en appelle à votre équité, My Lords. Trouvez-vous juste que cette femme soit soumise à l'opprobre d'un procès public pour un acte qui reçut la bénédiction des autorités religieuses ? Un acte qui fut honoré par l'approbation de Sa Très Gracieuse Majesté le roi d'Angleterre, et par l'approbation de feu ma maîtresse, la princesse de Galles ?

« À ceux, maintenant, qui prétendent aujourd'hui m'intenter ce procès par amour de la justice, et pour donner le bon exemple, je voudrais poser une question... S'ils me savaient coupable à l'époque de mon mariage avec le duc, s'ils m'ont sue coupable pendant les quatre années où je fus l'épouse du duc aux yeux de

De duchesse en comtesse…

tous, coupable d'un crime que j'ignorais moi-même : pourquoi ne l'ont-ils pas dit ?... Pourquoi ont-ils attendu l'ouverture du testament ?

« … Avant de me retirer, My Lords, permettez-moi d'exprimer ma gratitude et mes remerciements pour l'extrême courtoisie avec laquelle j'ai été traitée par cette Cour. Ainsi que pour votre indulgence envers une faute commise sans la moindre conscience de perpétrer un acte illégal, sans le moindre soupçon que cet acte fût immoral.

« Je jure devant Dieu, qui connaît tous les cœurs, que je n'ai jamais cessé d'être sincère.

« Et que je ne suis pas coupable. »

Ayant terminé, elle plongea dans une révérence devant Lord Bathurst. Puis elle sortit attendre le verdict.

Le procureur général résuma les faits :

— En 1744 : Mariage secret avec Mr. Hervey.
— En 1759 : Enregistrement du mariage dans le Livre de la Paroisse.
— En 1768 : Dénégation du mariage, avec la complicité de Mr. Hervey.
— En 1769 : Mariage bigame avec le duc de Kingston.
— En 1773 : Plainte de la famille Meadows.

Conclusion ?

La Cour sortit pour délibérer.

Son absence fut brève.

Quand les Pairs eurent repris leur place, Lord Bathurst les appela un à un par leur nom et leur posa la même question :

— John, Lord Sundridge, duc d'Argyle, que dites-vous ?

Lord Sundridge se leva, se découvrit, posa sa main droite sur son cœur et répondit :

— Sur mon honneur… Coupable.

Le président Bathurst procéda de cette façon pour toute la Chambre et termina par le plus important des pairs, le duc de Cumberland.

Cent fois, la même réponse
— Sur mon honneur... Coupable.

Seul le duc de Newcastle ajouta :
— Coupable oui, mais sans intention... Coupable par erreur.

— Faites entrer l'accusée.

Jamais, Elizabeth n'avait paru plus pâle. De nouveau, elle tremblait.

Savait-elle déjà ?

Elle vint se placer devant Lord Bathurst.

— Madame, les Lords de ce tribunal vous ont jugée à l'unanimité coupable du crime dont vous êtes accusée. De par les lois de ce pays, ce crime est passible de la mort par pendaison. Mais la douceur des temps modernes a remplacé la peine capitale par un autre châtiment... Avez-vous quelque chose à dire, avant la sentence ?

Incapable de parler, elle répondit par un geste.

Elle lui tendit le rouleau de papier qu'elle tenait serré dans sa main.

Il le prit, le lut, et dit d'une voix forte :
— L'accusée réclame le bénéfice de la Pairie qui l'exempte des châtiments corporels.

Cette phrase déclencha un nouveau tollé : le titre d'Elizabeth, épouse du comte de Bristol, lui évitait-il d'être marquée au fer rouge ? Oui ou non ?

Elle restait debout, attendant l'issue.

L'avocat des Meadows exigeait qu'elle soit suppliciée, et même plus sévèrement qu'une autre. Du fait de son rang.

Le procureur général arguait que, dans les statuts et les règlements de la Pairie, les épouses ne disposaient pas des mêmes droits que leurs maris.

De duchesse en comtesse...

— Pour le même crime, s'emporta maître Wallace, un pair ne serait pas châtié, quand une pairesse le serait ? Voilà qui semble bien barbare pour une assemblée aussi civilisée que la nôtre !
Une interminable discussion s'ensuivit.
Les femmes de la haute noblesse partageaient-elles les privilèges des hommes ?
On mit la question au vote.
De tous les tourments de la semaine, cette heure-là fut pour Elizabeth la plus terrible.
L'animal devant les portes de l'abattoir.

Lord Bathurst imposa le silence :
— Madame, les Lords ont pris en considération votre demande. Ils jugent que votre rang vous permet de bénéficier des avantages de la Pairie. Aucune punition ne peut donc vous être infligée... J'ose espérer que les tourments de votre conscience remplaceront, et peut-être multiplieront, les châtiments du bourreau. Permettez-moi de vous avertir que vous ne jouirez pas une seconde fois de tels avantages... Si vous deviez user d'un titre et d'un nom auxquels vous n'avez pas droit, le châtiment serait exemplaire. La Cour vous interdit – à jamais – de vous faire appeler *duchesse de Kingston*. Je le répète, afin que vous m'ayez bien compris : vous n'êtes pas, et vous n'avez jamais été, l'épouse du duc de Kingston. Souvenez-vous-en ! ... Quand vous aurez payé les frais de votre entretien durant la procédure, Madame, vous serez libre.

***

Libre ?
Pas tout à fait.
Restait les Meadows.

L'Excessive

L'enquête effectuée par leurs limiers, les voyages, l'entretien et la corruption des témoins, toute l'affaire les avait ruinés.

Quels bénéfices en tiraient-ils ? Aucun. Pour eux, l'aventure se soldait par... rien. Ils n'avaient *rien* obtenu... Ni la mort d'Elizabeth. Ni le marquage. Ni surtout la confiscation de sa fortune.

Elle sortait de ce procès comme elle y était entrée.
Humiliée, certes.
Mais riche.
Belle punition, en vérité.
Condamnée seulement à la honte...
À cette dégradation ridicule, de duchesse à comtesse.
La garce ! Hors de question de la laisser sortir du pays !

Puisque la Cour lui interdisait de porter le nom du duc de Kingston, et confirmait qu'elle n'avait jamais été son épouse, ils pouvaient lui intenter un troisième procès. Et démontrer devant une troisième cour que cette aventurière n'avait aucun droit sur leurs châteaux et les biens des Pierrepont.

Ils ne perdirent pas un instant.

Trois heures après le verdict des Lords, ils se constituèrent partie civile.

Cette nouvelle plainte leur permit d'obtenir, le soir même, la promulgation d'un décret qui empêchait la comtesse de Bristol de quitter l'Angleterre.

Jusqu'à ce que cette cause soit jugée.

Libre ?

Au même moment, Augustus Hervey, utilisant le même avocat devant le même tribunal, portait plainte contre son épouse et demandait le divorce pour faute. L'adultère ayant été confirmé par les actes du procès devant la Chambre des Lords, il n'aurait aucune difficulté à l'obtenir.

De duchesse en comtesse…

S'il parvenait à divorcer d'Elizabeth, elle perdait son nom, elle perdait son titre, elle perdait tous ses privilèges.

Et alors…

Quand elle ne serait plus ni la duchesse de Kingston ni la comtesse de Bristol, elle deviendrait le jouet des Meadows.

Une proie facile.

***

En ce soir du mercredi 24 avril 1776, quarante-huit heures après la fin de son procès, la comtesse de Bristol donnait une grande réception pour célébrer son succès.

Elle affectait de penser qu'elle avait gagné sa cause.

Libérée.

Sans condamnation.

Sans même une amende.

Le déploiement de tout l'appareil d'État pour en arriver là.

— Du Shakespeare, plaisantait-elle : *Beaucoup de bruit pour rien.*

Cette affaire, qui avait coûté le prix des fêtes du couronnement, ne ridiculisait que ceux qui l'avaient provoquée.

*

Comme du vivant du duc, lors des bals et des concerts légendaires de Kingston House, la maison irradiait. Des dizaines de flambeaux d'argent brûlaient sur les rebords des fenêtres. Les lustres illuminaient les salons à chaque étage. Une gigantesque lanterne magique.

Tous les amis, même ceux qui avaient paru hostiles durant cette dernière semaine, tous avaient reçu l'invitation. La comtesse les conviait à souper et leur promettait une surprise.

L'Excessive

Elle-même, en cette fin d'après-midi, prenait paisiblement le frais. On reconnaissait sa voiture qui longeait les pelouses de Hyde Park. On apercevait sa petite silhouette voilée derrière les rideaux. Elle faisait sa promenade quotidienne, au vu et au su de toute la ville. Le peuple se découvrait sur son passage et saluait son attelage. Elle renouait avec ses habitudes.

Même Evelyn Meadows aurait pu la voir, croiser lentement devant sa porte : sa chère tante se délassait, en attendant l'arrivée de ses invités et les festivités du soir. Elle le narguait.

S'il se fût approché, il aurait peut-être été déçu.

En tout cas : étonné.

Car si le carrosse servait bien d'écrin au repos de Miss Chudleigh… celle-ci n'était pas la bonne. Celle-ci était la cousine Bell Chudleigh.

Un leurre.

Tandis que les Meadows, les Hervey et l'aristocratie de Londres croyaient Elizabeth occupée à sa promenade et aux préparatifs de sa réception, elle galopait incognito vers Douvres.

Elle passa la Manche, en costume d'homme, sur son propre navire.

La traversée fut une nouvelle épreuve. La tempête secoua le bateau toute la nuit.

Prostrée, elle ne bougeait pas. Elle ne ressentait ni les coups du vent ni le choc des vagues. Cette sorte de danger ne pouvait plus l'atteindre.

Appelait-elle la mort ? La désirait-elle ? Elle restait assise sur les cordages, indifférente au péril des voiles qui balayaient l'air, des lames qui déferlaient sur le pont, des paquets d'eau qui l'inondaient.

Elle avait dépassé la peur.

*

De duchesse en comtesse...

À midi, le lendemain, jeudi 25 avril 1776, *La Minerva* jeta l'ancre à Calais.

Coiffée d'un chapeau qui dissimulait son visage, bottée, crottée, trempée, la petite silhouette d'Elizabeth fut la première à débarquer. À peine eut-elle touché terre, que des cris et des explosions retentirent.

Surprise, elle leva la tête.

Elle mit quelques instants à comprendre que ces coups de canon lui étaient destinés : les marins français saluaient l'arrivée de la duchesse de Kingston par des hourras et des salves.

Ceux-là l'avaient reconnue. Ceux-là célébraient sa fuite. Ceux-là se réjouissaient de son retour

Comment auraient-ils pu l'oublier ?

Sa générosité et ses munificences, lors de son séjour à l'hôtel d'Angleterre l'an passé, les avaient éblouis. Et depuis des mois, sur les quais, chaque matin, ils voyaient s'amonceler des caisses gigantesques en provenance de ses châteaux. On disait les entrepôts de la région remplis des richesses de la fameuse duchesse.

On parlait surtout de la construction d'un vaisseau, un bâtiment comme on n'en avait jamais vu – « un yacht » –, qu'elle cachait quelque part en Bretagne.

*

Elle avait cinquante-six ans.
Une nouvelle vie commençait.

(7)
1777-1788
La Liberté et le Pardon
Capitaine de mon âme et maîtresse de ma destinée

« Il semble que je sois devenue une errante sur toute la surface du globe », soupirait-elle. Elle devenait surtout l'un des plus grands propriétaires fonciers, parmi les étrangers qui acquéraient des terres en France.

Elle attaqua en achetant une maison à Calais. Fidèle à sa bonne vieille tactique, elle assurait ses arrières. Rester proche de l'Angleterre, afin que son armada d'hommes de loi puisse passer la Manche pour les conseils de guerre. Faire face, de France, aux combats à venir : les nouveaux procès qui visaient à la dépouiller de sa noblesse et de sa fortune.

Ensuite : rendre visite à sa puissante amie de Dresde.

Obtenir de Maria-Antonia qu'elle lui octroie un titre de noblesse qui lui appartiendrait en propre. Un titre que nul ne pourrait lui contester.

Elle rejoignit l'électrice à la cour de Munich, où Maria-Antonia séjournait chez son frère.

De cette incursion, la comtesse de Bristol revint « comtesse de Warth », membre éminent de la noblesse de Bavière.

Sauvée ! Si par malheur Bristol parvenait à obtenir son divorce, si par malheur Elizabeth Hervey devait cesser d'être une comtesse anglaise… Miss Chudleigh resterait comtesse ailleurs !

L'Excessive

Et maintenant ?
Acquérir une deuxième maison.
Un hôtel à Paris, pour y recevoir les grandes dames de l'aristocratie française.
Une troisième maison.
Un château pour inviter ses amis en villégiature, durant la saison d'été.
Elle choisit la demeure du duc d'Orléans qui venait d'y mourir. Tant qu'à faire... Une demeure royale.
Au château de Sainte-Assise qui surplombait la Seine près de Fontainebleau, les Orléans avaient reçu d'Alembert, Grimm et toute l'Europe lettrée. La propriété était passée dans l'escarcelle du comte de Provence. Ce fut à lui, le propre frère de Louis XVI, qu'Elizabeth l'acheta.
Des fermes, des moulins, plusieurs îles sur le fleuve... La maison comptait plus de cents pièces, et presque autant de fenêtres.
Quant aux terres, elles recelaient une telle quantité de taupes, de rongeurs et de lapins, qu'il était devenu impossible d'y faire pousser un arbre ou d'y planter une fleur.
Or, Elizabeth aimait les jardins.
Elle engagea une armée de chasseurs. Ils tuèrent les animaux.
Elle vendit les peaux, et devint cette année-là l'une des principales exportatrices de fourrures en Europe. Et la grande pourvoyeuse de lapin auprès des boucheries parisiennes. Elle s'était remboursée de quelques frais.
Elle poussa plus loin : elle demanda à l'administration de Louis XVI la permission de rebaptiser le domaine. Elle l'obtint.
Le château de Sainte-Assise s'appellerait désormais « Chudleigh Castle ».
Et maintenant ?
Poursuivre.

La Liberté et le Pardon

Reprendre cette idée qu'elle avait déjà eue, du temps de son séjour en Italie. Visiter le pays du poète Petrov qui lui avait donné des leçons de russe à Rome. Aussi bien, son vieil ami Tchernychev, l'ambassadeur de Russie à Londres qu'elle avait fêté jadis à Kingston House, la pressait depuis des années de découvrir Saint-Pétersbourg en sa compagnie. Il disait que son frère, le comte Ivan Tchernychev, qui occupait la présidence du Collège naval et portait le titre de vice-amiral, lui faciliterait toutes les démarches pour le voyage. Si la duchesse choisissait d'arriver par la mer, il viendrait en personne l'accueillir.

Pourquoi pas ?

Elle avait en outre revu à Munich le prince polonais Radziwill. Toujours aussi épris.

Le prince Radziwill : le grand ami de Maria-Antonia.

Galamment, il affectait de ne rien savoir de la honte et du procès qui la stigmatisaient : il suppliait *la duchesse* qu'elle lui fasse l'honneur de venir le trouver sur ses terres… Maria-Antonia les disait immenses… Maria-Antonia parlait même du prince Radziwill comme d'un monarque à venir : le prochain candidat de l'impératrice de Russie à la couronne de Pologne.

Pourquoi pas ?

Elle pourrait commencer son périple par une visite à la seule souveraine d'Europe qu'elle ne connaissait pas… Catherine. Et rentrer en voiture, par les domaines de Radziwill.

La grande question : avec qui ?

Parmi les personnes de sa suite, qui choisir pour l'accompagner ?

D'abord : son jardinier, Mr. Farthing, de Thoresby. Elle connaissait assez les aristocrates russes pour les savoir passionnés de jardins anglais. L'impératrice, comme son ministre Potemkine, n'aimaient rien tant que créer des parcs fabuleux autour de leurs châteaux.

L'Excessive

Elle allait leur offrir les services du génie absolu en matière de paysages.

Bien... Outre son jardinier, qui d'autre ?

Son chapelain : le révérend John Forster.

Ses deux orchestres : l'un italien, l'autre irlandais. Sans oublier son instrument favori : l'orgue monumental qu'elle avait commandé en Alsace, pour le salon de musique du navire.

Et son cuisinier, ses valets, ses laquais, ses femmes de chambre. Et ses quatre demoiselles d'honneur : la cousine Miss Chudleigh, Miss Bate, et deux autres dames de compagnie.

Enfin, les épagneuls du duc, quelques perroquets, quelques singes, sans lesquels aucune dame du monde ne saurait faire impression.

À cette ménagerie, il fallait tout de même un capitaine.

Mais là, les choses se compliquaient.

Pour devenir propriétaire dans le royaume de Louis XVI, et surtout pour mettre son bateau à l'eau, Elizabeth avait dû demander sa naturalisation. Elle gardait son passeport anglais, mais jouissait de tous les droits des Français. Son yacht, construit en Bretagne, naviguerait sous le pavillon de sa terre d'asile. Or, la France et l'Angleterre entraient en guerre sur le continent américain.

Résultat : son fidèle Harden, le capitaine de *La Minerva*, ancien officier de la Royal Navy, refusait de naviguer sous pavillon ennemi.

Elle devait donc trouver un autre capitaine.

Un Français celui-ci.

Mais, ici, nouvelle catastrophe : l'équipage anglais se mutina.

Elle dut le remplacer par des marins français.

Mais les marins français se mutinèrent à leur tour : ils refusaient de s'embarquer avec un pasteur, ils exigeaient un prêtre catholique.

La Liberté et le Pardon

Elle fit donc venir de Paris un certain abbé Séchand. Un moindre mal : on disait l'abbé bon violoniste. Mais le révérend Mr. Forster, ulcéré par la présence de ce papiste à bord, menaça de donner sa démission. L'abbé était peut-être un virtuose, mais aussi un ivrogne et un coureur de jupons.

Elizabeth passa outre.

Alors que le navire hissait les voiles dans le port de Calais, Forster et Séchand se sautaient à la gorge.

Déjà...

Et vogue la galère.

***

En ce matin du 7 août 1777, les guetteurs de Douvres écoutaient avec inquiétude un concerto pour orgue de Haendel, une musique éclatante, qui montait de la mer.

Avec plus d'inquiétude encore, les gardes sur les coursives du château de Walmer, les soldats du fort de Deal, les sentinelles sur toute la chaîne de bastions qui défendaient l'Angleterre observaient l'étrange trois-mâts qui croisait au large des côtes.

Le voilier filait à vive allure, vers le nord.

Il ne ressemblait à rien.

Ni à un bateau de pêche, ni à un vaisseau de guerre, ni à un navire marchand.

Il n'évoquait, par sa ligne et son tonnage, aucune nation.

Ni un bateau français, ni un bateau espagnol, ni même un bateau hollandais.

En étirant leur longue-vue, les guetteurs notaient toutefois qu'en dépit de son pavillon, il portait un nom anglais. Un nom aujourd'hui célèbre dans toute l'île. Il s'étalait en lettres écarlates, à la proue et à l'arrière, de part et d'autre de la coque. Lisible dans la brume, à

L'Excessive

plusieurs milles, sous tous les angles. Même sans longue-vue : *The Duchess of Kingston*.

La vengeance et le pied de nez d'Elizabeth Chudleigh à l'Angleterre : elle avait donné sa propre identité à l'instrument de sa liberté.

Le titre et le nom que les Lords lui interdisaient de porter, sous peine de mort.

*

Le 20 août 1777, *The Duchess of Kingston* fit son apparition dans les eaux russes du golfe de Finlande.

Le voilier, trop imposant pour remonter la Neva jusqu'à Saint-Pétersbourg, jeta l'ancre à Cronstadt.

Le vice-amiral de la flotte impériale, le comte Tchernychev, vint en personne chercher sa propriétaire. Il l'accueillit sur son propre navire, en grande pompe, entouré de son état-major et de l'ensemble de ses officiers.

Les honneurs dépassèrent toutes les attentes. La chaleur de la réception évoquait la générosité du pape, lors de l'arrivée d'Elizabeth à Rome, quatre ans plus tôt.

Et pour cause ! Générosité en effet... Tchernychev, éperdu de reconnaissance, ne savait comment remercier sa donatrice !

La duchesse, anticipant sa venue, lui avait envoyé quelques présents, comme le voulait l'usage. Deux tableaux, notamment. Deux œuvres fabuleuses. Le clou de la collection des Tchernychev, aujourd'hui : un grand Paysage de Claude Lorrain, et surtout une Sainte Famille de Raphaël.

Un éblouissement.

Le récipiendaire ne pouvait, bien sûr, imaginer que la duchesse elle-même ignorait la valeur de ce qu'elle lui offrait... Qu'elle avait pris ces tableaux, au hasard, parmi les caisses provenant de Thoresby. Qu'elle ne s'était

La Liberté et le Pardon

jamais intéressée à la peinture. Qu'elle n'avait aucun sens artistique, excepté pour la musique.

Quand Elizabeth reconnut sur les murs russes les œuvres si chères au cœur de son époux, et surtout quand Tchernychev nomma les peintres, elle comprit son erreur.

Trop tard.

Elle ne parviendrait jamais à récupérer le fabuleux Raphaël de la collection Kingston.

Mais elle reçut des compensations : par l'entremise de Tchernychev, elle fut immédiatement invitée au château de Tsarskoïe Sielo, où résidait l'impératrice. En audience privée.

Comme jadis le coup de foudre entre Miss Chudleigh et l'électrice de Saxe, la duchesse de Kingston et l'impératrice de Russie se plurent dans la seconde.

Catherine se laissa séduire, surprendre, amuser, intriguer par cette grande dame extravagante qui avait affrété son propre navire et bravé les gouffres de la Baltique pour lui rendre visite. Elle aima sa vivacité, son énergie, son courage et sa curiosité.

Les intérêts d'Elizabeth allaient de l'opéra aux coquillages, en passant par le droit anglais, la botanique, et les pierres précieuses... Elle avait séjourné dans la plupart des cours étrangères, elle avait été reçue par le pape, par l'électeur de Bavière, par le roi Louis XVI, et surtout par le grand Frédéric de Prusse, avec lequel elle avait longtemps correspondu. Elle-même avait reçu tous les étrangers de qualité à Londres, elle s'était liée avec les ambassadeurs de nombreuses nations. Elle avait voyagé en Autriche, en Italie, dans l'Europe entière, elle fourmillait d'histoires et d'anecdotes... Autant d'informations qui intéressaient Catherine.

Pour le reste, Elizabeth aurait pu se décrire avec les mots dont usait l'impératrice en évoquant son propre

L'Excessive

caractère. Catherine ne disait-elle pas d'elle-même qu'elle était l'incarnation de la féminité ? Mais qu'elle agissait, qu'elle pensait comme un homme. L'esprit de César dans un corps de femme.

Quant à leur vie privée, Elizabeth et Catherine s'étaient mariées à la même époque. 1744 et 1745. Et leur union, à l'une comme à l'autre, avait tourné au désastre. On disait que Catherine avait fait assassiner son époux.

L'une bigame.

L'autre criminelle.

Toutes deux aimaient l'amour, toutes deux aimaient les hommes, et toutes deux, d'instinct, les préféraient jeunes et beaux.

Là s'arrêtait leur ressemblance.

Catherine invita la voyageuse à séjourner en Russie, aussi longtemps qu'il lui plairait. On donnait, ce soir, une petite comédie dans son théâtre. Elle l'y convia et l'assit à sa droite. Cet honneur signifiait que l'impératrice recevait, non pas la comtesse de Bristol, mais « Sa Grâce la duchesse de Kingston ». Le geste disait le mépris de Catherine pour le procès et la sentence des Lords. L'ambassadeur d'Angleterre prit ce geste comme un outrage. Aucune autre tête couronnée ne s'y serait risquée. Marie-Thérèse, impératrice d'Autriche, Frédéric II roi de Prusse, Maximilien III – l'électeur de Bavière, frère de Maria-Antonia –, tous, même les amis d'Elizabeth, refusaient de la recevoir comme la duchesse de Kingston.

Catherine, elle, faisait fi de sa dégradation devant la loi.

Son indifférence – certains marchands anglais, établis à Saint-Pétersbourg, disaient « son dédain » – déclencha un incident diplomatique. Elle passa outre. La duchesse de Kingston, l'hôte de la Russie, serait traitée avec le respect dû à son rang.

242

La Liberté et le Pardon

La noblesse de la cour la plus extravagante d'Europe, la plus fastueuse et la plus puissante, suivit la souveraine : les grands aristocrates raffolèrent de la *Duchess of Kingston,* du yacht et de la femme.
Elizabeth jubilait.
L'éclat de son triomphe sous les ruissellements d'or du palais d'Hiver la lavait de toutes ses humiliations londoniennes. Elle renaissait, retrouvait son esprit, sa gaieté, sa joie. La Russie lui offrait une formidable revanche sur la vie.

Totalement séduite, elle réagit selon son ordinaire : en acquérant un palais à Saint-Pétersbourg, une datcha dans les environs de Tsarskoïe Sielo et un immense domaine en Estonie qu'elle entreprit de transformer en un jardin digne du parc de Thoresby. Elle obtint de « l'impératrice, son amie » l'autorisation de baptiser ce sol russe d'un nom anglais. La demeure estonienne s'appellerait *Chudleigh.*
Fidèle à elle-même, elle tenta de faire fructifier son bien.
Elle installa aux limites de ses terres deux distilleries : une distillerie de brandy et l'autre de vodka. Elle vendit ses alcools dans tout l'Empire.
Chudleigh Park, Chudleigh Castle, Chudleigh Calais, d'un bout à l'autre du continent, la duchesse de Kingston laissait sa marque et revendiquait ses origines. Elle rendait son lustre à un nom qui avait été traîné dans la boue.
Elle s'amusait, aussi.
En Russie, Elizabeth avait trouvé un mentor à sa mesure : le ministre tout-puissant de l'impératrice. Le prince Potemkine... Ou plutôt : Son Altesse Sérénissime Grigori Alexandrovitch Potemkine, bientôt prince de Tauride, prince du Saint Empire romain germanique,

L'*Excessive*

grand ataman des Cosaques, grand amiral des flottes de la mer Noire et de la mer Caspienne, vice-roi du Sud... Les titres, la fortune, le corps, les sens, l'âme : tout, chez ce favori des amours et des Dieux, tout était exagéré, colossal, original... Même ses ennemis lui reconnaissaient du génie, encore du génie, toujours du génie.

Sa cour – que Catherine, non sans esprit, avait baptisée la « basse-cour » – grouillait de courtisanes et d'aventuriers. Il n'aimait rien tant que les personnages interlopes qui venaient chercher fortune dans l'Empire. Ceux-là apportaient du sang neuf, ceux-là apportaient des idées... Casanova, bien sûr. Mais aussi Cagliostro... Tant d'autres ! Si la duchesse de Kingston n'appartenait pas au monde des joueurs et des escrocs dont il aimait s'entourer, elle n'appartenait pas non plus à la société compassée qui l'ennuyait. Elle l'étonna. Elle sut le faire rire... Lui-même s'intéressait à tout. Il était d'une curiosité vorace et passait pour un anglophile convaincu. Il partageait avec elle la même passion des bijoux, le même besoin de séduire. Et bien d'autres passions encore.

Mais elle se garda de s'avancer dans des eaux trop dangereuses.

Elle ne se risqua pas à partager le lit de l'amant de Catherine. Elle se contenta de quelques officiers de son état-major, dont la belle apparence lui redonna quelque goût pour la volupté.

Elle disait que son cœur était mort, qu'elle avait dépassé la saison des amours....

Potemkine et ses amis écoutèrent toutefois avec le plus grand intérêt les suggestions de la duchesse de Kingston pour l'aménagement de leurs jardins. Et pour l'amélioration de leurs plaisirs.

*

Le retour par la Pologne, le passage sur les terres du prince Radziwill, fut son apothéose.

La Liberté et le Pardon

Il vint à sa rencontre en pleine forêt, galopant à la tête de six cents cavaliers. Il sauta de son cheval, se jeta à ses pieds et lui offrit sa main. La proposition paraissait incongrue : Radziwill était marié. Mais sa femme passait pour folle et vivait enfermée dans l'un de ses châteaux... Sans enfant. Catholique. Il obtiendrait une annulation à Rome.

Elizabeth le releva.

Elle n'accepta pas la main. Elle accepta toutefois les chasses à l'ours, les feux d'artifice, les bals, les concerts, toutes les fêtes en son honneur. Ainsi que quelques bijoux, en témoignage d'amitié.

Les hommages de Radziwill achevaient de calmer ses souffrances et d'apaiser son orgueil.

« Mademoiselle Chudleigh, Hervey, Pierrepont, Kingston, Bristol, Warth, est maintenant princesse Radziwill, écrivait amèrement la sœur de l'ambassadeur d'Angleterre... Le couronnement de l'édifice ! Elle se trouve à la veille de devenir reine de Pologne. »

Elizabeth laissait courir les bruits.

La rumeur de tels succès, après tant de honte, refermait les blessures.

Elle devait toutefois regagner la France.

La bataille avec Evelyn Meadows et la guerre avec Hervey, le combat quotidien pour empêcher que l'un casse le testament et que l'autre obtienne le divorce, se poursuivait en Angleterre. Et l'obligeait à rallier Calais.

Elle mit trois mois pour rentrer. Elle était partie trop tard dans la saison. Cette fois, son équipée ressembla au calvaire du retour d'Italie.

« Les inondations ont emporté les ponts et détruit les routes. Ma voiture s'embourbe. Il faut quelquefois vingt chevaux pour me tirer des ornières. Les rivières sont maintenant gelées... Trop gelées, pour que les bacs

L'Excessive

puissent traverser. Pas assez, pour que les carrosses puissent rouler. J'ai dû attendre plusieurs jours sur la rive. Il n'existait aucune auberge à la ronde. Je ne m'étais pas couchée dans un lit depuis dix jours. J'ai risqué le tout pour le tout. La glace a cédé. La voiture a versé. J'ai été emportée. Je souffre d'une pneumonie. Je grelotte de fièvre. Je crois que... »

La lettre s'arrêtait.

En la lisant, Miss Bell Chudleigh, rentrée à Calais par la mer, pouvait craindre de ne jamais revoir sa cousine... Penser du moins que si sa pauvre Elizabeth, sa chère Elizabeth en réchappait, elle ne répéterait jamais une semblable expérience !

Erreur.

Elizabeth retournerait en Russie presque chaque année, prolongeant ses séjours jusqu'à l'extrême limite de septembre. Et pour cause : la Russie lui portait chance !

*

Elle se trouvait à Saint-Pétersbourg en 1779, lors des fêtes du Noël orthodoxe, quand elle reçut une nouvelle stupéfiante.

La dépêche, vieille d'une quinzaine de jours, la rejoignit dans son palais du quai des Anglais, au bord de la Neva. Elle émanait de son avocat, maître Wallace. Elle arrivait d'Angleterre.

Le troisième comte de Bristol venait de décéder brutalement d'une attaque de goutte à l'estomac. Il avait cinquante-cinq ans.

Hervey, mort ?

Trépassé, le 22 décembre 1779, soit deux semaines avant le jugement qui lui accordait son divorce.

Il laissait tous ses biens à sa concubine, Mrs. Nesbit, et au fils illégitime qu'il avait eu d'une autre maîtresse.

Le malheureux n'avait jamais pu se remarier. À son épouse, il laissait – bien malgré lui – le respectable titre de comtesse douairière de Bristol.
Veuve !
Mais si elle était veuve... elle n'avait plus de mari.
Et si elle n'avait plus de mari, elle cessait d'être bigame.
Et si elle cessait d'être bigame, son mariage avec Evelyn redevenait légal.
Elle pouvait donc redevenir officiellement la duchesse de Kingston ! Et la comtesse douairière de Bristol. Et la comtesse de Warth.
Elle se jeta dans la vie mondaine de Saint-Pétersbourg avec un regain d'enthousiasme.
Trois mois plus tard, le 14 avril 1780 : seconde bonne nouvelle !
Décidément, la Russie lui réussissait...
Les Meadows venaient de perdre leur procès. Les Cours anglaises confirmaient les jugements précédents : la volonté du duc de Kingston ne pouvait être mise en doute. Ses biens revenaient à la personne qu'il avait choisie dans son testament.
Elizabeth Chudleigh garderait jusqu'à sa mort l'usufruit des châteaux Pierrepont, et la propriété de tous les biens mobiliers. Cette fois, le verdict était sans appel.
Elle triomphait. Elle était plus riche que jamais.
Et libre.

Capitaine de mon âme et maîtresse de ma destinée.
Elle pouvait tout risquer.
Se lancer dans une nouvelle aventure. Vivre une dernière passion. Aller encore plus loin...
Aller jusqu'à l'oubli des injures, jusqu'à l'abandon des rancunes.
Oser le pardon.

***

Elle ne rentra pas à Londres.

« Inutile de retourner en Angleterre pour y chercher des tombeaux : j'en porte assez dans mon cœur... »

Elle filait désormais des jours heureux, sinon tranquilles, entre Fontainebleau, Calais, l'Estonie, Rome et Saint-Pétersbourg.

« Et puis moi, j'aime Paris : c'est le lieu où les absents reviennent le plus souvent ! »

Le grand monde avait cessé de l'appeler « la duchesse bigame ». Depuis que sa fortune lui appartenait en propre, elle était devenue « la duchesse vagabonde ».

Les soupers d'Elizabeth, désormais célèbres pour l'excellence de son cuisinier, attiraient à sa table les grandes dames de l'aristocratie française.

Cosmopolite dans l'âme, elle recevait aussi toute la fine fleur de la jeunesse européenne : les fils de lords et les princes russes sur la route du Grand Tour. Et les diplomates étrangers qui avaient eu le bonheur de la connaître quand ils étaient en poste dans son pays. Ils disaient toujours leur « Miss Chudleigh » la meilleure hôtesse de la ville... L'ambassadeur de Prusse, l'ambassadeur d'Autriche : de si vieux amis, pour la plupart !

En parlant d'anciennes connaissances, Elizabeth eut la surprise de trouver un matin dans sa correspondance une lettre dont l'écriture lui sembla aussi familière que désagréable. « Je vous chasserai... Je vous équarrirai... »

Evelyn Meadows.

Elle arracha le sceau avec inquiétude. Quelle noirceur avait-il inventée ? Quel nouveau plan avait-il ourdi ? Quel coup pour la dépouiller ?

En ce jour d'avril 1783, le ton de l'aîné des neveux ne ressemblait guère à ses autres messages.

La Liberté et le Pardon

Il se trouvait en France, lui aussi. À Metz, exactement. En prison pour dettes.

Il avait dépensé tout son maigre bien en frais d'avocats. Ses longues années de bataille avec la duchesse de Kingston, sa défaite finale le laissaient aujourd'hui exsangue. Le peu qui lui restait, il l'avait joué, tentant de se refaire autour des tapis verts, dans les villes d'eaux et les petites cours allemandes. Il avait tout perdu. Acculé, il avait signé de fausses traites. Il suppliait sa tante de lui accorder son aide. Elle seule pouvait le sauver. Qu'elle intervienne auprès de ses puissants amis. Qu'elle le tire de son cachot.

Elle ne réfléchit pas longtemps. Evelyn Meadows était le premier représentant de l'illustre famille Pierrepont, le plus proche parent du duc. Elle se rendit à Versailles, y rencontra le ministre de Louis XVI, obtint la grâce de son parent.

Une semaine plus tard, Meadows sortait des geôles de Metz, libre.

Elle fit mieux. Elle paya l'ensemble de ses dettes. Elle proposa de le pensionner. Elle accepta de l'accueillir.

Elle avait aujourd'hui soixante-deux ans. Lui, quarante-sept.

Nul n'assista à la rencontre entre Elizabeth et l'homme qui l'avait persécutée.

Avec quels mots Evelyn Meadows demanda-t-il son pardon ?

Il sortit tranquillisé du salon. Il venait de recevoir l'assurance d'une rente annuelle de six cents livres, le traitement moyen d'un lord. Et la promesse qu'Elizabeth écrirait, en sa faveur, un nouveau testament. Charles, son frère cadet, hériterait des châteaux de famille, comme l'avait voulu leur oncle. Mais elle lui donnerait à lui, Evelyn, ses biens mobiliers et les

L'Excessive

domaines qu'elle avait acquis personnellement. Il posséderait Sainte-Assise.

Cette réconciliation spectaculaire fut commentée partout. Encore une excentricité !

« Je ne sais pas si vous avez entendu la nouvelle : la duchesse de Kingston *adopte* Evelyn Meadows ! écrivait une Anglaise à ses amis d'outre-Manche… Sous le prétexte qu'elle-même n'a pas d'enfant, sous le prétexte qu'il est, lui, dans la misère, elle a loué au nom d'Evelyn Meadows une maison sur les boulevards. Elle l'entretient complètement. On dit qu'elle lui a confié la gérance de sa fortune, afin qu'il maîtrise dans les détails ce qui lui reviendra un jour. Allez comprendre… »

Si l'on songeait aux humiliations du procès à Westminster, on pouvait s'étonner en effet.

Décidément, jusqu'à son dernier souffle, la duchesse surprendrait !

Dépouiller l'héritier légitime du duc de Kingston, pour ensuite l'adopter ? Quelle inconséquence !

Erreur.

Elle restait fidèle à elle-même. Incapable de rancune, incapable de vengeance.

Cet ultime retournement n'était que l'illustration des traits qui l'avaient caractérisée toute sa vie. La générosité. Et puis aussi le goût des grands gestes, l'obsession de la lumière, et la passion de la gloire. Le panache.

Evelyn Meadows accepta ses bontés, mais ne se montra guère sensible à sa noblesse. Il savait qu'elle préparait son passage dans l'au-delà et qu'elle se mettait en paix avec sa conscience. Qu'elle se hâte ! Il continuait de la haïr et de souhaiter sa mort.

Quant à Elizabeth, elle ne fut elle-même ni touchée, ni séduite. En fait de raccommodement, ses émotions ne restèrent que de surface. Meadows avait beau tenter de lui plaire et de la flatter, elle ne l'aimait pas.

La Liberté et le Pardon

Fut-ce cette froideur qui la précipita, à soixante-quatre ans, dans la soif d'un véritable attachement ?
De ce rival-là, Meadows aurait tout à redouter.

*

Un prince albanais.
Elle le décrirait en ces termes : « Certainement la plus belle créature que Dieu eût jamais faite. Il était toujours armé jusqu'aux dents et portait les plus belles épées du monde, dont il se servait très adroitement. Un esprit aussi fin que brillant. Une conversation piquante et variée. Il montrait des sentiments généreux et nobles, un amour de sa patrie, une haine de l'oppression, enfin tout ce qui pouvait plaire à une femme. »
Il s'appelait le prince Warta. Il était de trente ans son cadet. Un détail. Elle avait toujours recherché la beauté chez les hommes : celui-là était splendide.
Mais pas seulement.
Ils avaient mille goûts en commun.
Très musicien, le prince Warta correspondait avec Gluck. Fervent admirateur de Voltaire et de Rousseau, il avait publié plusieurs ouvrages, dont quelques volumes de sonnets. Il avait vécu à Venise, à Berlin, il avait séjourné à Bruxelles, chez l'illustre prince de Ligne, qui l'avait présenté au comte d'Artois, frère de Louis XVI.
Il fréquentait le même monde qu'Elizabeth et partageait les mêmes amis, dont Maria-Antonia et le roi de Prusse. Elle le connaissait de longue date. Elle l'avait rencontré à Rome lors de son premier voyage, revu à Munich et à Dresde, retrouvé à Varsovie.
Allié du prince Radziwill, le prince Warta intriguait avec lui pour détrôner le roi Stanislas. Il se trouvait à la tête de dix mille partisans qui n'attendaient que son ordre pour se soulever. Lui-même en exil, chassé de sa

L'Excessive

principauté de Castriotto par les Turcs, il mettait ses hommes au service de la Pologne.

Les errances de la duchesse de Kingston et celles du prince Warta, l'exil de l'un et les affaires de l'autre, avaient empêché qu'ils s'installent dans une liaison stable.

Mais au fil des ans, à chacune de leurs rencontres, ils s'aimaient avec plus de passion. Et Warta, comme Radziwill naguère, la pressait de l'épouser.

À cette demande, elle faisait chaque fois la même réponse : la duchesse de Kingston ne devait pas, ne *pouvait* pas se remarier. Si elle convolait, elle perdait tous ses droits sur la fortune des Pierrepont.

Warta s'en moquait. Que lui importait la fortune d'un autre ? Il était assez riche pour deux.

Quand la mort d'Hervey et la réconciliation avec Meadows eurent libéré Elizabeth du passé, il lui réitéra sa demande. Elle songea alors, avec quelque sérieux, à sa proposition.

Allait-elle lâcher prise, au terme de cette interminable bataille ? Abandonner l'héritage du duc ?

Renoncer à ce titre et à ce nom, auxquels elle tenait plus que tout au monde ? La duchesse de Kingston.

Lâcher prise, après tout, pourquoi pas ?

Elle aussi était riche. Chudleigh Castle, Chudleigh Park, sa maison à Paris, son palais à Saint-Pétersbourg… Elle aussi était libre !

Pourquoi pas ?

La vie est courte, que diable ! Et cet homme la bouleversait comme ne l'avait bouleversée aucun amant, depuis la mort d'Evelyn.

Elle avait eu quelques liaisons en Russie… *Rien*, comparé à son aventure avec Warta. L'épouser ? Pourquoi pas ? Elle ne trouverait jamais mieux, comme disait la tante Hanmer.

La Liberté et le Pardon

Elle balançait encore.

Le duc de Kingston connaissait les goûts de sa chère Elizabeth. Il savait de quelle sorte de danger il la protégeait, en lui interdisant de se remarier : le prince Warta fut arrêté le 4 avril 1786 à Amsterdam.

De son vrai nom Stefano Zannowich, il trompait depuis près de dix ans les têtes couronnées de l'Europe entière. Un imposteur et un escroc.

Jeté en prison, Warta refusa de donner la liste de ses multiples identités et ne livra rien à ses geôliers. Au lendemain de son incarcération, on le trouva mort dans son cachot. Les veines tranchées.

Il ne s'était pas confessé, mais il laissait une lettre à une femme. Elizabeth Chudleigh.

Dans cette lettre, l'aventurier, pour lequel la duchesse de Kingston s'apprêtait à tout sacrifier, implorait son pardon et lui racontait sa vie.

En parlant de lui, Warta ne parlait encore que d'elle, de son ascension, de ses succès, de ses triomphes à la cour de la princesse de Galles. De sa destinée.

Les derniers mots du « prince » évoquaient les phrases que Miss Chudleigh aurait pu dire à Evelyn Pierrepont, à la veille de leur mariage, en lui avouant ses mensonges et son union avec Hervey.

« On va vous ouvrir les yeux. On va vous dire que la personne à qui vous avez donné votre cœur et promis votre main n'est pas celle que vous croyez. Et ce que l'on vous dira sera vrai.

« Oui, je suis un ambitieux. Oui, je suis indigne de l'amour que vous m'avez accordé… Si vous me regardez du point de vue du monde, c'est-à-dire du point de vue des esprits étroits dont la société se compose, en effet je vous ai trompée et je ne suis pas celui que je prétendais être.

« Mais si vous voulez me regarder comme je suis vraiment, alors reconnaissez-moi tel que vous m'avez

L'*Excessive*

pressenti et tel que vous m'avez aimé. Un homme qui a compris tout ce qu'il n'avait jamais ni vu, ni entendu, ni même soupçonné, par la seule ressource de son intelligence, par la seule force de sa volonté.

« Je me suis donné à moi-même l'éducation que je n'avais pas reçue. Je me suis donné à moi-même les manières que je n'avais pas apprises. Je me suis donné à moi-même les sentiments auxquels ma naissance ne m'avait pas exposé. Beaucoup de vos poupées poudrées auraient-elles pu en faire autant ? Et j'ai été reçu partout. Je me suis imposé à l'aristocratie entière. Par la sophistication de mon savoir, par le raffinement de mon goût, par mon courage, j'ai fini par incarner le meilleur de la noblesse. Et je suis devenu ce prince véritable que vous vous apprêtiez à accepter pour mari.

« Et cependant, oui, Elizabeth, mon père n'était qu'un conducteur d'âne, un Grec misérable de Trébizonde.

« Je ne daigne pas donner une explication aux États qui m'ont traité avec les honneurs quand j'étais un faux prince, à toutes les cours d'Europe qui me repoussent maintenant, quand elles me savent beaucoup mieux et beaucoup plus qu'un roi.

« J'ai la conscience de ce que je vaux, de ce que je suis, et je regarde la société avec dédain.

« Hormis vous, Elizabeth, vous, la vraie, la seule affection de ma vie. Vous que j'ai aimée de toute la passion de mon cœur.

« Je ne vous supplie pas, en mes derniers moments, de me pardonner. Toutefois, il me serait bien doux d'emporter avec moi l'espérance de n'être point haï.

« Adieu Elizabeth, dans une demi-heure j'aurai terminé mon rôle. »

*

Document apocryphe, créé de toutes pièces par la duchesse de Kingston pour justifier sa passion envers un faux prince ?

La Liberté et le Pardon

Ou bien testament personnel qui exprime son mépris des convenances et sa foi en la liberté ?

Quand les amies parisiennes d'Elizabeth lui demanderaient le récit de sa vie, elle leur citerait cette lettre *in extenso*.

C'était à la veille de sa propre disparition, dans les derniers feux d'un siècle d'abus, de péril et de volupté.

***

En ce matin du 26 août 1788, une chaleur torride pesait sur Paris. La duchesse se leva plus tard qu'à son habitude.

Elle se sentait un peu fatiguée et passa la matinée à bavarder avec ses dames de compagnie.

Après le déjeuner, elle demanda à Miss Chudleigh de lui servir un verre de son petit madère préféré.

Miss Chudleigh refusa, se conformant en cela aux instructions du médecin.

Elizabeth insista : « Juste un doigt. »

Miss Chudleigh céda.

Elizabeth en demanda un deuxième : « Juste une larme. »

Miss Chudleigh la servit, mais à peine.

Elizabeth en réclama un troisième.

Miss Chudleigh se rebella.

Les deux femmes se disputèrent.

Miss Chudleigh céda encore.

Puis un quatrième. Puis un cinquième.

Délicieux ! Elizabeth se leva de sa chaise longue.

Elle voulait montrer à sa cousine que le médecin était un âne. Elle fit des mines, arpenta le salon, salua, marcha, plongea dans l'une de ses majestueuses révérences… Puis elle retourna s'allonger au fond de sa bergère :

— Maintenant, je vais faire une petite sieste.

Elle garda la main de sa cousine dans la sienne et s'endormit.

Elle ne se réveilla jamais.

Elle avait soixante-sept ans.

Elle était morte comme elle n'avait pas vécu. Paisiblement.

En la veillant dans son sommeil, Miss Chudleigh revivait leur dernier échange, cette ultime bataille autour du *verre de madère*.

Elle-même s'entendait dire :

— Vous exagérez toujours, Elizabeth. Vous ne devriez pas abuser ! Vos excès vous tueront !

— Mes excès ?... Mais les excès, c'est ce qu'il y a de meilleur !

(8)

1788-1793
Le Testament

La duchesse de Kingston connaissait, mieux que personne, l'importance d'un testament. Elle avait rédigé le sien dans les moindres détails, peaufinant les termes de sa succession durant des années.

Evelyn Meadows ne respecta aucune de ses volontés.

Dès qu'il apprit la nouvelle de sa mort, il vint déménager sa maison, emportant chez lui tout ce qui pouvait être emporté. Quand les cousins Chudleigh arrivèrent en France, ils trouvèrent les murs nus et les tiroirs vides. À Paris comme à Sainte-Assise, Evelyn Meadows avait pillé les meubles, les tableaux, les statues, la vaisselle, l'argenterie…

Chudleigh contre Meadows : la bataille fit rapidement rage entre les deux familles, chacune prétendant à l'héritage d'Elizabeth.

La ville de Calais ne toucha jamais les legs que la duchesse réservait aux pauvres. Elle s'était souvenue des marins qui lui avaient offert un si bel accueil, à l'heure de sa fuite : ses dons n'arrivèrent pas à leurs destinataires. Elle avait voulu la création de deux écoles, une école de filles et une école de garçons. La construction de fontaines, l'édification de moulins qui devaient nourrir le peuple gratuitement.

L'Excessive

En Russie, le sac de ses biens se poursuivit.

L'un de ses anciens amants, un officier de l'état-major du prince Potemkine, s'institua son exécuteur testamentaire, s'empara du domaine estonien et ne respecta, lui non plus, aucune de ses volontés.

Il ne libéra pas ses serfs musiciens, une liberté qu'elle avait pourtant expressément demandée. Il ne versa pas à son médecin les sommes qu'elle lui avait laissées. Il ne paya pas ses domestiques.

Quant aux fameux bijoux d'Elizabeth qu'elle avait si passionnément décrits dans ses codicilles, choisissant une bague pour chacune de ses amies, une broche pour chacune de ses dames de compagnie, une perle pour chacune de ses servantes, assignant tel diamant à Miss Chudleigh, tel saphir à Miss Bate, se souvenant même de laisser un collier et des boucles d'oreilles à « Madame de La Touche », la belle-fille de la maîtresse du duc qu'elle avait autrefois détrônée : tous ses bijoux finiraient en vente publique chez Christie's, vendus par les héritiers du côté Chudleigh au printemps 1791.

Les frères Meadows se chargèrent du reste.

En dépit des sommes folles que ces ventes rapportèrent, Evelyn et Charles Meadows s'en disputèrent les fruits et demeurèrent brouillés.

Excessive et superbe jusque dans la mort, Elizabeth ne connut même pas l'honneur d'un tombeau.

Elle avait demandé que sa dépouille fût transportée en Angleterre, pour être ensevelie à Holme Pierrepont auprès du duc : elle resta dans son cercueil au cœur d'une maison dévastée.

Evelyn Meadows finit toutefois par faire embaumer son corps. Il l'entreposa, en attente de sépulture, dans la crypte d'une chapelle parisienne… Où il l'oublia.

Le testament

*

Mais que lui importait, à elle, l'ultime trahison des neveux ?

Avec son sens de l'à-propos et sa passion du plaisir, elle s'éclipsait la joie au cœur, son petit verre de madère à la main, quelques mois avant l'écroulement du monde qu'elle incarnait.

Elle avait fait preuve de panache et de générosité.
Elle tirait sa révérence, au bon moment.
Juste à temps.

Qu'était l'absence de marbre et de monument, que représentaient la dispersion des biens et la destruction des châteaux de la duchesse de Kingston, au regard de la tourmente qui, demain, allait emporter l'Europe ?

En montant gaiement vers le Ciel à l'aube de la Révolution, Elizabeth avait su choisir son heure et saisir sa chance.

Encore une fois !

Paris, le 30 mars 2010

TABLE

(1) Prélude « La Citoyenne du monde »............ 11
(2) 1721-1744 – Quand même ! D'un fiancé secret à un mari caché.. 17
(3) 1744-1752 – L'erreur de jeunesse.................. 47
(4) 1752-1769 – Le plus bel homme d'Angleterre. 81
(5) 1769-1774 – La duchesse bigame................. 145
(6) 1774-1776 – De duchesse en comtesse, ou de Charybde en Scylla.. 185
  • Lundi 15 avril 1776 – Westminster Hall Premier jour du Procès pour bigamie........... 215
  • Mardi 16 avril – Samedi 20 avril 1776 – Westminster Hall.. 220
  • Lundi 22 avril 1776 – Westminster Hall Dernier jour du Procès................................... 225
(7) 1777-1788 – La Liberté et le Pardon............. 235
(8) 1788-1793 – Le Testament............................ 257

*Cet ouvrage a été composé et imprimé par
CPI Firmin Didot à Mesnil-sur-l'Estrée
pour le compte des Éditions Plon
76, rue Bonaparte
Paris 6^e
en mai 2010*

Dépôt légal : mai 2010
N° d'édition : 14547 – N° d'impression : 99652
Imprimé en France